大城貞俊
未発表作品集　第二巻

逆愛

インパクト出版会

目次

逆愛

前章

1

「急げ！　急げ！　急ぐんだ！　ここに居ると、敵の砲弾の餌食になるぞ！　死にたくなければ、急ぐんだ！　ハーリー、ハーリー、ハーリーアップ！」

ブッシュ軍曹の怒鳴り声が聞こえる。リチャードはヘルメットを被り直し、仲間たちの姿を確認して立ち上がる。M16ライフル銃を両手で持ち直し、再び前掲姿勢を取りながら走り出す。見えない敵の前で緊張感を持続すること、戦場では緊張感を持続しなければ殺されてしまう。いつも上官に言われていることだ。指示された時間までに、橋を渡り切らなければならない。もちろん、敵に姿を見られてはならない。

仲間たちも、小さな山道を巧みに走っている。時々、大樹に身を隠す者もいる。目的地まで、この足で走らなければならない。この足が頼りだ。そして、この目で、敵に発見されるよりも早く、敵を発見しなければならない。この目が頼りだ。背負った背嚢《はいのう》が肩に食い込む。仲間たちの荒い息づかいが聞こえる。さわさわと、木々が葉擦れの音を立てる。風が走る。軍靴の音が響く。日差しの下を走ると、影が足下に丸くできる。すぐに視線を水平に移す。下を向いてはならない。ましてや青空を見上げてはならない。戦場では、青空を見上げると死んでしまう。

ドドーンと、近くで砲弾が炸裂する音がする。思わず藪の中に飛び込み身を伏せる。枯れ葉と土の匂いが鼻を突く。ベトナムで、コソボで、アフガニスタンで、イラクで、USAの兵士たちは戦ったんだ。国家のために、自由のために……。

ゆっくりと、息を整える。突然、隣にマイケルが飛び込んで来た。続いてデイブ。二人とも顔が泥で汚れ肩で息をしている。

マイケルがヘルメットを取り、拳で額の汗をぬぐって、また被り直す。唾を飲み込みながら正面を見据えて小声で言う。

「リチャード。タイムリミットまで、あと何分残っているんだ」

「三十分ジャストだ」

「やばいぜ、急がないとな」

「俺は、もう一度やり直したくはないよ。もう三時間余りも走りっぱなしなんだ」

デイブが、傍らで弱音を吐く。丸顔の太った身体から、汗が湯気を立てているように見える。

リチャードだって、最初からやり直したくはない。

「ゴールのブリッジ（橋）は、すぐそこだ。でも、ここからが難関だ。気をつけようぜ」

「オーケー。レッツ、ゴー」

三人は、周りの仲間たちに声をかけ、腰を屈めて走り出す。リチャードたちのグループは十三名。十三名で作った一つの分隊をスクワッドと呼んでいる。訓練は、スクワッド単位で行われる。スクワッドが三つ集まって、ワン・プラトーン（一小隊）を作る。

沖縄本島北部の野戦訓練場は、真夏日には木陰の下でも暑い。米軍の兵士たちが、ジャングル戦を想定して過酷な訓練を受ける場所だ。通称「ヤンバル」と呼ばれる森の中で、兵士たちは、中部の嘉手納や金武《きん》、辺野古《へのこ》などのキャンプから送り込まれてくる。ベトナムでの苦い経験を生かし、汗と泥にまみれて、兵士たちの厳しい訓練が続く。しかし、これが終われば、今度はイラクの街を想定したキャンプ・シュワーブでの都市型訓練が待っている。

大きな椎の樹やヘゴの樹の下を潜《くぐ》り抜けたリチャードたちの前に、一気に視界が広がった。目の前にブリッジが見える。渡りきった向こうにゴールがある。これでオーケーだ。なんとかなる。互いに安堵の表情を浮かべながら一列になって橋を渡る。まだ、だれもペイントボールの餌食になった者はいない。用心深く、辺りを見回しながら橋を渡る。

渡りきったと思った瞬間、ダダダダダッと、機関銃の音が激しく鳴り響く。しまった、と思う。狙い撃ちにあったのだ。思わず身を伏せる。が、胸に衝撃音を感じた。手で触れてみる。べっとりと赤いペイントがこびり付いている。

「リチャードは、死んだ。マイケル、デイブ、ジョージも死んだ。第一〇五スクワッドは全滅。不合格だ。もう一度やり直しだ」

目の前に、いつの間にか姿を消していたブッシュ軍曹が立っている。

「馬鹿な新兵野郎だ。橋を真っ正面から渡ってきやがった。お前たちは、何のためにブリッジクロスィングの訓練をやって来たんだ。もう一度、やり直すんだ。今すぐにだ。もう一度、ヘリで出発地点まで運ぶぞ。さあ日が暮れる前に出発だ。急げ！　全員ヘリの前に整列だ！」

謀られた、と思った。橋の上で狙い打ちにあうとは……。ブリッジクロスィングとは、橋が架かっていない谷をロープなどを使用して渡る方法だが、考えてみると当然のことだった。橋は、最も敵の視界に己を無防備で晒す場所だ。当然のことに気付かなかった自分たちが悔しかった。起き上がってデイブの手を引っ張った。デイブのゴーグルに、赤いペイントがこびり付いていた。

「くそーっ、汚え手を使いやがって……」

「戦場では、殺すか、殺されるかだ。さっさと起きろ！　急げ！」

これで今晩は、野営になると思った。成功するまで、繰り返し繰り返し、昼夜を徹して行われるのが、今回のＪＴスペシャルと名付けられた訓練だった。

ヘリの前で隊列を整えたリチャードたちは、ヘリに乗る前に上官たちに叱咤される。

「考えて行動するんだ！　このままでは、いつまで経っても終わらないぞ。戦場では、何が大切か。それを身体で覚えるんだ！」

ブッシュ軍曹の容赦ない声が響き渡る。森の木々が、驚いたように、枝々を揺らす。

「サンダース！　戦場では、何が大切なんだ？」

リチャードの傍らに立ったサンダースが名指される。緊張して身を強ばらすのが分かる。

「答えろ！」

「細心の注意です」

「そのとおりだ。しかし、それだけか？」

「……」

「サンダース、しっかり覚えておけよ。皆もだ！　よいか、もう一つ、大切なのは命令し統率するリーダーだ。これがもっとも大切だ。このことを頭に叩き込むんだ。お前たちのスクワッドにはリーダーがいない。リーダーを決めてから、もう一度やり直すんだ。最後まで、気を抜くな！　もう一度チャンスをやる。最初からだ。ゴー！」

リチャードたちは、ヘリに向かって走り出した。ヘリは、既にプロペラを勢いよく廻し始めている。

2

制限時間は五時間。飛び上がると、眼下に山の木々が水紋を作るように丸く輪を描いて波状に靡いていくのが見えた。

沖縄には、多くの米軍基地がある。基地の総面積は約二四、二八六ヘクタールで、県土面積のおよそ一〇・七パーセントを占めている。沖縄本島だけを比較すると約一九・三パーセント、中北部では、それぞれ二〇パーセントを超える。兵士の数は約二七、〇〇〇人、軍属家族を合わせると約五〇、八〇〇人と言われている。リチャードたちの宿舎のあるキャンプ・ハンセン基地は、沖縄本島北部の金武《きん》町にある。

沖縄には、日本全土の有する米軍専用基地のおよそ七〇パーセントが集中している。キャンプ・ハンセンを始め、極東最大の規模を誇る嘉手納基地、そしてキャンプ桑江、キャンプ瑞慶覧《ずけらん》、キャンプ・コートニー、キャンプ・シュワブなど、施設・区域が併せて四十二か所もある。それぞれのキャンプでは、弾薬庫や訓練場、補給基地、通信施設などの様々な機能を分散所持している。基地内の機能管理は、嘉手納基地にある最新鋭のコンピュータで統括される。嘉手納基地には、イーグル戦闘機、ハリアー戦闘機、ヘリコプター、さらに空対空ミサイルなどが配置されている。まさに、要塞の島である。

沖縄に駐留する米軍人の内訳は、およそ、陸軍一、五〇〇人、海軍二、一〇〇人、空軍六、七〇〇人、海兵隊一五、〇〇〇人で、有事の際にはアメリカ本国の支援を受けずに即座に対応できる能力を有している。基地内の実働部隊は、ＵＤＰと呼ばれる部隊展開計画により、米本国と沖縄基地、そして洋上展開している艦船の三つのポジションを、定期的にローテーションで移動している。

もちろん、それと並行して、リチャードたちのように、米本国から派遣される新兵の教育も行われている。新兵たちは、およそ半年から一年間、沖縄の各基地に分散配置されて訓練を受ける。

リチャードは、約二百名の仲間の新兵たちと共に、ノースカロライナ州のキャンプ・レジューンに集結し、海兵隊がチャーターしたジャンボ機で嘉手納基地に到着した。新兵たちは、それぞれのキャンプから迎えに来ていた大型バスに乗り込み、分散配置されたが、多くは沖縄本島北部金武町にあるキャンプ・ハンセンに送り込まれた。そこで兵士としての基本的な訓練を受けることになったのである。

キャンプ・ハンセンに到着してバスから降ろされると、手荷物はすべて広場に並べさせられた。海兵隊の憲兵隊員が、鋭い視線で新兵たちを威圧しながら、所持品をチェックした。マリファナ、コカインなどの麻薬を所持している者がいないかどうか。さらに日本国内への持ち込みが禁止されている危険な品々を所持していないかどうかを調べるためだ。麻薬探知犬が手荷物の間をゆっくりと歩き回って匂いを嗅いだ。憲兵隊員は、さらに数人の兵士を選んで、バッグを開けさせた。

検査が終わると、各兵舎ごとに隊が編成されており、それぞれに隊列を組んで兵舎へ向かった。兵舎前で再び整列し、二人一組の部屋割りが告げられ、三個のバッグが支給された。迷彩色の軍服の入ったバッグ、手荷物を入れるバッグ、そしてシーバッグと呼ばれるボクシングのサンドバッグのような大きな袋だ。シーバッグは、出動命令が下った際、装備品から身の回りの物まで一切を詰め込んですぐに出発できるようにするための物だと説明された。

兵舎内は長い廊下が中央を走り、両脇にそれぞれ二人部屋が並んで配置されていた。室内は十二畳ほどのワンルームで、二つのベッドと棚が置かれ、その脇にトイレ付きのシャワールームがある。食事は基地内の食堂で取ることが原則だが、ピザやハンバーガーなどの注文をして、室内で取ることもできる。

新兵の平均年齢は若かった。ほとんどが高校を出たばかりで、二十歳未満の兵士が全体の約七〇パーセントを占めていた。どの国でもそうであろうが、遊ぶことに夢中な年齢の若者たちである。

兵士たちは、もちろん家族の同行を許されていない。自分の行為を規制し、自分を守るのは自分自身である。それは戦場だけではなかった。厳しい訓練の中で、ホームシックにかかったり、身体を衰弱させたりする者も少なくなかった。兵士たちが、必要最少限の荷物の中で、最も大切にしているものは、家族や恋人たちの写真であった。

リチャードはカルフォルニアの出身だが、テキサス州出身のマイケルと相部屋になった。マイケルは、リチャードより二つ年上の二十二歳である。

リチャードたちは、キャンプ・ハンセンに到着した翌日から、毎朝午前五時に起床、六時には兵舎前で仲間たちと一緒に隊列を整え、ＰＴ（フィジカルトレーニング）と称せられる早朝のランニングを始めることを義務づけられていた。そのランニングも二か月目に入った。今週からは、北部訓練場で「第三世界の村」を想定した激しい野戦訓練が開始されていた。

リチャードの出身地、カルフォルニアには日系人も多く、気候も温暖でほぼ沖縄の地と似ていた。ひと月も経つと、徐々に沖縄での生活にも慣れてきた。しかし、沖縄に慣れるにつれて、カルフォルニアの日本人と沖縄の人々とは、どこかが違うように思われた。顔つきや体つきの違いだけでなく、生活の仕方や考え方にも微妙な違いがあるように思われたが、うまく言い当てることができない。

マイケルは、向かいの部屋のデイブや隣の部屋の仲間たちを誘って、よく基地前のスナックや飲食街へ出かけていた。向かい部屋のデイブがマイケルと同じテキサス州出身ということもあったからだろう。

マイケルは、筋骨たくましい角張った顔立ちの大男であったが、デイブは小太りの、どことなく女の子のようなしぐさを作る目の細い男だった。マイケルとデイブの外出には、ときどきリチャードや、デイブと同部屋のジョージも付き合った。四人の新兵は、すぐに親しくなって、行動を同じくすることが多かった。

キャンプ・ハンセンの第一ゲート前には、ネオンサインがきらびやかに飾り付けられたAサインバーが、数十軒も軒を並べていた。六〇年代のベトナム戦争当時は、ゆうに五十軒は越えたという。二〇〇四年になった現在では、やや寂れた趣を呈しているとはいえ、基地の兵士たちには、当時と同じように寂しさを紛らわし、女の子たちの匂いを嗅ぐことのできる憩いの場所になっている。

「リチャード、もう一杯どうだい?」

ジョージが、カウンターに座っているリチャードの元に歩み寄り、ビールを差し出しながら、傍らに腰掛けて語りかける。

「サンキュー」

リチャードは、グラスを持ち、ビールを注いでもらった後に、ジョージとグラスを合わせる。

後ろのシートでは、マイケルとデイブが女の子たちといちゃついている。第一ゲート前のバー「エンゼル」は、マイケルやリチャードたちの馴染みの店だ。しかし、リチャードには、マイケルやデイブのように女の子たちを、だれかれとなく抱くことができない。もちろん、女の子たちに興味がないわけではないが、強引にはなれない。

フロアのシートを離れて、カウンターに一人で座っていたリチャードの元に、ジョージが立ち上がって傍らに歩み寄ってきたというわけだ。リチャードは、マイケルやデイブよりも、ジョージと気が合う。ジョージもそう思っているのが分かる。

ジョージは、故郷コロラドの大学を途中で休学して兵役に志願したという。眼鏡をかけているが、この訓練が終わったらまた大学に戻りたいと言っている。専攻は文化人類学だ。マイケルやデイブに比べると、どちらかというと無口な方だ。リチャードは、ジョージに気を遣ってもらっているのを悪いと思う。

「ジョージ、ぼくのことは余り気にせずに飲んでくれ。特に気が滅入っているというわけではないのだから……」

「オーケー。分かっているよ」

ジョージは、いつになく酔っている。少し顔が上気している。うつむき加減に、時々顔を上げながらリチャードに話しかける。

「ねえ、リチャード……。俺たち間違っていないだろうか？」

「何が？」

「俺たちが今やっていることさ。たとえば……、国を守るためにこの島へ来たのに、女の子と、いちゃついている……」

「間違ってなんかないさ。みんなやっていることだ。気にすることはないよ」

「そうだよね……。ただ、ぼくはこの島に来て、初めて気が付いたんだけど、国を守る方法は他にもいろいろとあるんじゃないかと思うんだよ……。リチャードは、どう思うかい？」

「うーん、ぼくは、やはり国を守るために、銃を持って戦うことは尊いことだと思うよ」

「そりゃ、そうだろうけど……。ぼくはこの島がだんだん好きになっていく。そして、あんなに嫌っていた軍隊さえも、なんだかだんだん好きになっていくんだ。このことが、実は怖《こわ》いんだよ」

「なぜ？　なぜ怖いんだ？」

「うーん、うまく説明できないんだが……、戦わないことも、国を守る方法の選択肢の一つにあるのではないかと思うんだ。たとえば、国を守るためには、この島の人々と戦争をしないことだとしよう。そうすると、この島の人々と理解し合うことが、戦争をしないことにつながっていくのではないかと思うんだ。文化や社会や歴史を理解し、互いに尊重し合うことが、戦争を無くすることにつながるような気がするんだ。しかし、銃を持って訓練を受けていると、つい実弾を込めてぶっ殺したくなるんだよ。それって危険なことではないだろうかって……」

「そうだね……。でも、ぼくたちは、ぶっ殺す訓練を受けている。兵士だからな、当然なことだよ」

リチャードは、即座に言い返す。ジョージがうなずきながら、少し暗い顔を見せる。その顔を見て再びリチャードは言いつなぐ。

「確かに君の言うとおりかもしれない。ぼくだって、戦争の訓練を受けることが、戦争をなくする最も望ましい方法かどうかは疑問が残るよ。でも、それはぼくらが結論を下すことではない。ぼくらは、今は軍人だ。海兵隊の一兵士に過ぎない。政治家でもなければ、文化人でもない。もちろん、この島に派遣された親善使節でもない」

「それは、そうだが……」

「日々の訓練に疑問を持ち始めるのは、疲れているからだよ。もしくは、優秀な兵士になるプロセスで、よく起こることだと、ブッシュ軍曹は言っていたぜ」

「そうだな……。でも、お前は故郷に帰っても、一人の兵士として生活していくのかい？　俺たちは、今、一人の兵士であるが、同時に一人の若者でもある。一人の若者であるがままで、平和に貢献することはできないだろうか……」

「うーん、そうだね……」

ジョージの疑問や不安が、リチャードにもやっと分かりかけてきた。分かりかけてきたとき、ホステスのミッチーが二人の間に割って入ってきた。

ミッチーは、フィリピン人だ。この店の女の子は、フィリピンからやって来た女の子が多い。兵士と同じように寂しがっている、慰めて欲しい、というのが店のマスターの口癖だ。

「ジョージ、難しい顔しないで、一緒に踊ろう？」

ミッチーがジョージの手を引く。

「オーケー、ミッチー、レッツ、ゴー」

ジョージが、席を立つ。

「リチャード、その続きは、また後だ」

すぐにミッチーが、しなだれるようにジョージに抱きつく。のっぽのジョージに、小柄なミッチーが抱きついている様子は少し不釣り合いでおかしく見える。

マイケルとデイブは、相変わらずシートで女の子の首筋にキスを交わしながら、戯れている。

マイケルやデイブは、飲み屋の女の子たちと戯れるだけでない。若い女の子をハントするために、沖縄市や那覇市まで出かける。そして、抱いた女の子の自慢話をリチャードたちに吹聴する。マイケルは、先程もリチャードの耳元で囁いていた。

「俺たちＵＳＡの兵士のコックは最高だと、女の子たちが言うんだよ。フィリピンガールだけでないよ。オキナワンガールも、観光でやって来るジャパニーズガールも、俺たちのコックを欲しがっているんだよ」

　リチャードは、マイケルの卑猥な笑みを思い出す。ジョージがカウンターに置き忘れたケントの箱から黙って煙草を一本抜き取る。ライターを探して、火を点ける。初めての煙草だ。ゆっくり吸って、ゆっくり煙を吐き出す。二度目は思い切り強く吸ってみた。思わず咳き込んだ。喉がひりひり痛み、煙が目にしみる。

　リチャードは、指に挟んだ煙草の火を見ながら、ジョージの疑問を反芻した。少し投げやりな返事になっていた自分を後悔した。自分こそが、疲れているのかもしれないと思った。同時に、我が祖国ユナイテッド・ステーツは間違うはずがない。ＵＳＡを信じたいと思った。そう思って、リチャードは、もう一度思い切り煙草を吸った。

3

　リチャードは、休暇になると、よくジョージと誘い合って金武の海岸を散歩した。同室のマイケルは、デイブを誘って女の子たちとのデートを楽しむために沖縄市や那覇市に出掛けることが多く、リチャードもジョージも、マイケルたちに誘われたが、女の子たちをハントするのは何となく気が咎《とが》めたから、徐々に行動は二つの部屋を足して二人ずつに別れ始めていた。

　キャンプ・ハンセンからは、目前の国道三二九号線を横断し、ゲート前の飲食店街を突っ切ると、

二、三キロの距離に、太平洋が目前に広がる金武海岸に到着する。
リチャードとジョージは、潮の香りを嗅ぎ、砂浜に身体を横たえ、足を潜《もぐ》らせた。日射しの強い日には、澄み切った海水に身体を沈め海水浴を楽しんだ。

金武海岸の風景は、リチャードに、故郷カルフォルニアの海岸線を懐かしく思い出させた。ジョージは内陸のコロラド州で育ったせいか、いつまでも見飽きない程に海は新鮮に映っているようだった。もちろん、リチャードにとっても、水平線の彼方から昇ってくる目眩むほどの朝日を眺めるのは感動的であった。カリフォルニアでは、水平線は太陽の沈む場所だ。

基地内のレンタカーを借りて、金武町から隣の石川市までの海岸沿いの道路を、ゆっくりとドライブするのも楽しかった。途中で、気の入った砂浜を見つけては車を止め、ファーストフード店で買ったハンバーガーを頬張りながら、果てしなく続く海原を眺めた。

沖縄の人々は、皆明るく気さくで、砂浜で寝転がっているリチャードやジョージに手を挙げて微笑み、あるいは近寄ってきて、カタコトの英語を交え、身振り手振りで話しかけてきた。海や自然の素晴らしさ、あるいは、目前の海に棲む魚介類のことなどを、饒舌に話してくれる男もいた。

「俺は沖縄に来て、初めて海の魅力を知ったよ。この海がユナイテッド・ステーツまで続いているかと思うと、感動的だよ。世界は海でつながっている……」

ジョージは、リチヤードへ向かって何度も同じようなことを言った。実際、リチャードもそう思うことが少なくなかった。大海からの波は、太古の昔から途絶えることなくこの砂浜に寄せているのだ。

　空を見上げると、白い雲が様々な形を作りながら流れていく。この青い空も、カルフォルニアやコロラドの空、アンデスやチベットの空、そしてイラクの空ともつながっているのだ。リチャードは、バー「エンゼル」で語ったジョージの疑問を思い出した。

「ジョージ……。どうだろう、この波のリズミカルな反復は、永遠に続くだろうか」

　リチャードは、青い空を眺め、青い海を眺めて、傍らのジョージに尋ねた。

「どういう意味だい？　リチャード」

「いや……、潮の香りに包まれて海を見ていると、実に長閑《のどか》で、幸せな気分になる。でも、環境の破壊は、どんどんと進んでいる。そして、いつまでも、人間は戦争を終えることができない……。以前に、お前がエンゼルで言っていた疑問を思い出したんだよ。俺たちは間違っていないだろうか、という疑問を……。あの晩は、少し、つっけんどんな返事をして悪かったと思っている。お前の疑問は、きっと正しい疑問なんだ。今、それを思い出して……、そして、この海を見ていると、海は、海のままであり続けることができるだろうかと、ふと思ったもんだから……」

「うん、有り難う、リチャード。そんなふうに考えてくれて感謝するよ。でも、正しい疑問、という言い方は、少しおかしいよ」

「そうだな、ちょっと変だな」

　二人は、声をあげて笑った。

「でも、リチャード……。この音を聞いてみろ。ぼくたちはこの波の音と、海の香りを、失っていいはずがないよ。あの青空を失っていいはずがないよ」

リチャードは、仰向けになって空を見上げ、それから目を閉じ、耳を澄ました。ザーッ、ザーッという音が、だんだんと大きく聞こえる。豊かな海の声だ。何かを語りかけている地球の声だ。

リチャードは、その声を聞きながら、ジョージの言っている疑問を反芻した。国を守るためには戦争ではなく、他の国のことを理解することが最も大切な戦略なんだ、ということを……。

あるいは、そうかもしれない。そんなふうに思い始めていた。沖縄を理解するには沖縄の懐へ飛び込むことが大切なのだ。マイケルたちを理解するにはマイケルたちの行動を確かめることが必要なのだ。

リチャードは、次の週末の休暇には、マイケルたちと一緒に、那覇ストリートへ出掛けてみようかと思い、ジョージの方を向いて身体を起こした。

4

マイケルとデイブは、リチャードとジョージが一緒に、那覇ストリートへ行きたいと言う申し出を聞いて、目を丸くした。

「どういう風の吹きまわしだい、ベイビー。二人とも、俺たちが嫌いなのかと思っていたぜ」

「いや、そんなことはないさ」

「そうかい、そうかい。それを聞いて安心したぜ。みんな海兵隊の仲間だからな。今日は我々にとって、最高な日になるぜ」

マイケルが、にやにやと、好色そうな笑みを浮かべて、鏡の前で髪の毛を撫でた。短く刈り上げた髪なのにいつも気にして櫛を使っている。

マイケルは、リチャードとジョージの意図を、何か勘違いしているように思われたが、説明するのが面倒なので、そのままにした。

デイブやマイケルによると、那覇ストリートは異人の兵士たちに憧れた若い女の子たちが、いつでもあふれていると言う。それればかりか、若いストリートガールだっていると言う。交渉が成立すれば、いつだってセックスはＯＫだ。もちろん、そんな女の子と、そうでないお堅い女の子とを見分けなければならない。でも、お堅い女の子たちとデートするのが、スリルとサスペンスに満ちていて、たまらなく魅力的だと言う。それを目当てに、若い兵士たちは、休暇の晩には那覇ストリートへ繰り出していく。女の子たちも、それを目当てに那覇ストリートにやって来る子がいるというのだ。

マイケルの話は、やや誇張しすぎではないかと思われたが、リチャードは黙って聞き続けた。

マイケルが自動車を運転し、傍らにはデイブが乗り、後部座席にリチャードとジョージが乗った。

マイケルとデイブは、真っ直ぐに那覇ストリートには向かわずに、リチャードとジョージに、若い女の子たちの溜まり場だとか、二人で女の子をハントした場所などを得意げに案内した。

自動車は、恩納村の海岸沿いのビーチを巡り、北谷ベイを巡った。

「この辺りは観光客のジャパニーズガールが多いんだ。女の子たちは既に開放的な気分になっている」

「ここで、ハントした女の子は最高だったぜ。デイブはたまらずに車の中でイキやがったんだ。もちろん女の子もさ」

北谷ベイを過ぎたところで、マイケルが声をあげて笑い、その場面を身振りを交えながら説明した。

「俺は車外で、勃《た》ちっぱなしさ」

マイケルの冗談に、デイブが相づちを打ち、奇妙な笑顔を作りながら答えている。

ジョージが、二人の気分を敢えて盛り上げるように声を弾ませて問いかける。

「女の子たちは、言葉が通じなくても、ついて来るのかい？」

ジョージの問いかけにデイブが太った身体を揺すって答えた。

「女の子について行くんだよ。言葉なんて、理解しているかどうか問題ではない。もちろん言葉を交わすことは大切だよ。しゃべり続けなければ、女の子たちは不安にかられるんだ。だから、しゃべり続ける。なんでもいいんだ。つまり、言葉は音であればいいのだ。人間は、人間の発する音によって結ばれるんだ。言葉ではないよ。音は国境を越える。音楽は国境を越える、ってわけだ」

「デイブ、性欲が国境を越えるんではないのかい？」

マイケルが、傍らからチャチを入れて大声で笑った。

那覇ストリートに入ったのは午後の十一時を過ぎていた。マイケルの提案で、深夜の方がハントしやすいというのだ。デイブが奇声をあげて同意した。リチャードもジョージも黙ってうなずいた。

路上は昼間と同じように明るかった。光の中に車を乗り入れて、ゆっくりと走らせる。深夜だというのに、若者たちが、両端の歩道を賑やかに闊歩している。きっとリチャードたちと同じ年齢か、あるいはもっと下のようにも思われる。まるで中学生か高校生のような幼い集団もいる。手をつないで歩いている若いカップルもいる。

さすがにシャッターを降ろした店舗が多いが、その前に人混みができているところがある。そこでは、敷物が広げられて、その上に何か物を並べて売っているようだ。テーブルを持ち出して、その上でゲームを楽しんでいるグループもいる。あちらこちらに、無造作にしゃがみ込んでいるグループもいる。リチャードにも、ジョージにも初めて見る光景だ。何もかもが珍しい。

「女の子だけの集団を狙うんだ」

マイケルが、ハンドルを握りながら、小さな声で囁く。十分ほど車を走らせたところで、白いミニスカートに、圧底ブーツの女の子が、ちょうど四人で座り込んでいるところに出会う。マイケルの運転する車は、ゆっくりと接近し、その女の子たちのしゃがんでいる歩道に最も近い場所で停止する。

「ハーイ。お嬢さん。チュラカーギーね。アーユー、オーケー？」
デイブが、わけの分からない言葉を発する。
それでも女の子たちは、こちらを向いて、にっこりと微笑んだ。

5

サンダースが、オキナワンガールの寝ている寝室へ侵入して強姦未遂容疑で逮捕された。魔が差したと言うべきだろうか。あるいは起こるべくして起こったと言うべきなのだろうか。サンダースは、リチャードたちと一緒に米本国を出発し、キャンプ・ハンセンにやって来て訓練を受けている二百人の仲間のうちの一人だ。

地元のマスコミによると、サンダースは、夜、女の子の家へ忍び込んで女の子を犯そうとしているところを、帰ってきた父親に見つかった。慌てて、現場から逃走したが、怒りに駆られた父親に追いつかれ、また数名の通行人に取り囲まれて取り押さえられ警察へ突き出されたというのだ。

しかし、基地内の噂では違っていた。女の子はサンダースの恋人で、女の子が手引きをして家の中に招き入れたというのだ。父親は、それを知らずにサンダースを見て激怒した。サンダースも慌てて逃げたのはまずかった。それが騒ぎを大きくした。そして、女の子は、サンダースを知らないと証言していると言うのだ。

いずれにしろ、未成年の女の子が一人で留守をしている家へ忍び込んで、セックスに及ぶのはあまり利口ではない。あるいは、そこに男と女の微妙な関係が成立するのだろうが、サンダースが無理に犯そうとしたのであれば、やはり犯罪だ。あるいは、サンダースは、きっと合意の上だったと主張するかもしれない。気の弱いサンダースの、今にも泣き出しそうな表情が目に浮かぶ。女の子が父親に問い詰められている姿も目に浮かぶ。いずれにしろ、事件は表沙汰になったのだ。

オキナワンガールと基地の若い兵士たちの間では、表沙汰にならない事件は数多くある。今回の事件は、一九九五年に発生した少女暴行事件の悪夢が再び繰り返されたのではないかと、沖縄県民の関心と反発を強く引き付けたのだ。

リチードたちがキャンプ・ハンセンに到着した次の週の講義で強く注意を喚起されたのが一九九五年の少女暴行事件だった。沖縄県民の大きな抗議集会が開催され、政治的な事件にまで発展したという。サンダースは、北部訓練場では、うまく逃げ回っていたのに、基地の外で失態を演じてしまったのだ。

「サンダースは馬鹿だよ。兵隊は要領を本分とすべし。オキナワンガールに、本気になってはいけないよ。ほどほどがいいんだ、ほどほどが。遊びだよ。せいぜいが現地妻さ」

同室のマイケルは、唾棄するようにサンダースのことを、何度も何度も悪し様に言う。そして、鏡の前で、短く刈った髪の毛に櫛を入れて、相変わらずデイブを誘って夜の街へ出掛けていく。そんなマイケルを見ていると、リチャードは、なんだかジョージに問いかけられた疑問が、頭をもたげてくる。「俺たちは、間違ってないか」と……。

リチャードは、沖縄へ来る前に、祖父が沖縄戦に従軍医師として参加したという話を聞いていた。八十歳を過ぎた祖父は、すでに医師としても兵士としても一線から退いていたが、リチャードが沖縄に行くことを聞いて懐かしがっていた。祖父だけでなく、父もまた、パイロットとして、沖縄嘉手納基地で勤務していたことがあったという。リチャードの家族には、沖縄はゆかりのある土地だったのだ。

戦後、五十年余、沖縄の地には、祖父の汗が流れ、父の汗が流れ、そして、リチャードの汗が流れたのだ。そんな不思議な縁があったが、父子三代の汗は、あるいは沖縄の人々が望まぬ汗だったのだろうか。米軍の駐留は、日本政府にとってはともかく、沖縄の人々にとっては、望まないことなのだろうか。そう思うと、リチャードの心に複雑な思いが沸き起こってくる。

日本は、ユナイテッド・ステーツの同盟国だ。国を守り、同盟国を守ることが、兵士の仕事なんだ。沖縄の人々も、このことを理解してくれているはずだ。

リチャードは、沸き起こってくる不安を打ち消したが、一九九五年の少女暴行事件について、少し調べてみたくなった。サンダースの事件に対して、沖縄県民の反応が過剰なようにも思われたからだ。このような事件へ対する反応の背後には、どのような歴史があるのかと気になったのだ。

リチャードは、基地内のメディアセンター（図書館）へ行き、米軍や米軍属が絡んだ犯罪を調べてみた。コンピュータの前に座り、統計資料を検索し、地元新聞の英訳記事を読んだ。読みながら、記載された数多くの悲惨な事件に驚いた。これでは、まるで占領地ではないか。

さらに、リチャードを滅入らせたのは、沖縄のある民間団体のまとめた『米兵による沖縄女性への犯罪白書』と記されたレポートだった。もちろん、英訳されており、出版には政治的な意図も感じられたが、戦後五十年余の駐沖米軍の犯罪をまとめたものだ。新聞報道や書籍のコピーの他、関係者の証言を集め、根気強く調査を続けてまとめられたものだった。重い事実がずらっと並んだ統計上の数字の大きさに驚いた。また、目を覆いたくなるような写真が掲載された主要事件の紹介には、さらに大きなショックを受けた。

たとえば、タイトルだけでも列挙してみる。「野戦病院に入院している少女を、父親の前で米兵が強姦」「農作業中の三十歳の女性、米兵三人に拉致強姦される」「帰宅途中の三十一歳の女性、米兵に強姦され、全裸死体となって下水溝で発見される」「米軍トラックに乗った高三の女生徒が強姦されそうになり、走行中のトラックから飛び降り死亡」「二十一歳の時に三人の米兵に強姦され、その後精神病院への入退院を繰り返している女性」……。

リチャードは、目が回りそうだった。沖縄の人々の戦後の歴史は、まさに海兵隊に陵辱され続けた歴史ではないか。あるいは、米国にと言い直すべきだろうか……。

たぶん、レイプされた少女たちは、この実数よりも多いだろう。反戦・反基地闘争が、根強く行われているのも理解できるような気がした。「よき隣人たれ」、と訓辞した上官の顔が目に浮かぶ……。

しかし……、とリチャードは思い直した。これらは過去の数字だ。過去の犯罪なんだ。もちろん、サンダースの事件は、その過去の延長線上にある。それだから、県民の大きな反感をも買っているのだろう。でも、多くの兵士たちは、そうではない。その数字は、ぼくらには関係ないんだ。もちろん女の子とふざけあうことはある。それが過ぎることもある。それは、どこの国の若者たちも、互いにやっていることだ。暗黙の了解がある。それは、真実ではない。ぼくらは、ゼロから出発する。ぼくらは未来に生きるんだ……。

リチャードは、感情的な論理で自らを慰め、名指しがたい悲しみのようなものに殴打されながら、メディアセンターを出た。

外に出ると、芝生の緑色が鮮やかに目に飛び込んできた。身体全体が緑に包まれるようだった。上空には青空が広がっている。この緑も、この青空も、ぼくらは汚しているのだろうか。過去からつながっているのだろうか……。ぼくらには関係ない、と振り払おうと粋《いき》がっても、過去からの積み重ねがあって、現在があるようにも思われる。責任なんかないんだと、振り払うことをためらわせる何かがある……。

那覇ストリートで出会ったオキナワンガールのヒサコのことが、頭に浮かんできた。リチャードは、沖縄における戦後五十年余の米軍統治の歴史を、なぜか謝りたいような気分に捕らわれ始めていた。どのような言葉で謝ればいいかは、分からない。また一人のオキナワンガールへ謝ったって、その罪が償われるわけではない。が、なぜかそのような思いで、ヒサコに向き合うべきだという感情が沸き起こってきた。マイケルたちと一緒に彼女たちを誘ったときの感情とはまるで違う。もちろん、どこか投げやりで、どこか寂しげなヒサコの表情が、あの日もリチャードを虜にした。

あの日、那覇ストリートで会った少女たちは、外見と違って、皆ナイーブだった。ヒサコだけでなく、ナオミ、ヨーコ、トモコも、皆明るい笑い声をあげた。素顔は厚化粧の下で見えなかったが、それぞれに魅力的だった。意気投合した四人対四人のグループは、皆で那覇ストリートを笑いながら肩をぶつけ合い、端から端まで歩いた。

デイブが、リチャードとジョージの耳元で、皆でモーテルに行くことを提案したが、リチャードとジョージは反対した。それで、自然に二組ずつの四人の組み合わせのグループができた。

リチャードとジョージ、ヒサコとナオミの四人は、開店しているハンバーガーショップで、夜明けまで、カタコトの英語とカタコトの日本語で話し込んだ。

リチャードとカップルになったヒサコは十九歳と言った。リチャードより一つ歳下だ。高校を卒業したばかりでNリゾート専門学校へ通っており、将来は観光ホテルに勤めたいと言っていた。アルバイトで浦添市のファーストフード店に勤めていると言ったが、別れる際に、もう一度会う約束をした。その店を訪ねたいと思った。

ジョージを誘って、休日に二人でヒサコの店を訪ねることにした。基地内でレンタカーを借りて、五十八号線沿いにある浦添市のファーストフード店へ行った。しかし、名前を告げてもそんな子はいないと言われた。やがてヒサコたちに嘘を並べられ、騙されたことに気付いた。

リチャードとジョージは顔を見合わせて笑った。怒りよりもおかしさがこみ上げてきた。始めて会う異人の男に、簡単に職場を教えるはずがない。こちらが一夜のアバンチュールを楽しむ気分と同じように、彼女たちもまた、一夜の出会いを楽しんでいたに過ぎないのだ。年齢だって定かでない。

リチャードとジョージは、その店でハンバーグとコークを注文した。椅子に座ってハンバーグを食べながら、自分たちの馬鹿さ加減を笑い合った。オキナワンガールに、まんまと騙されたのだ。あの日も、さんざん奢らされた挙げ句、タクシー賃や小遣い銭までせびられた。下心を見透かされ、弄ばれた自分たちの滑稽な行為に苦笑せざるを得なかった。

店内は、家族連れや学生風の若者たちで埋まっていた。静かにノートを広げ辞典を引きながらメモを取っている学生たちもいる。リチャードは、そんな光景を見ながら故郷カルフォルニアでの自分の学生時代を思い出し、感傷的な気分になった。

リチャードは高校を卒業して、祖父と同じ医学の道を志したいと思いカルフォルニア大学へ入学した。しかし、二年余で大学を休学した。本当に自分が医学を学びたいかどうか、分からなくなったからだ。あるいは、大学へ入学した当初から、はっきりとした目標ではなく、漠然とした希望であったに過ぎないような気がした。もう一度、自分自身を見つめてみたかった。そのための時間を、軍隊で過ごしてみたいと思った。しばらくの間、雑誌社で配達のアルバイトをしていたが、そこを辞めて、思い切って徴兵の期間をこの時期に充てた。沖縄に配属になったのは偶然だった。沖縄が、父や祖父のゆかりの地だったことは、後から知った。

店内から外を眺めると、南国の日差しが目に染みるようにきらきらと輝いている。大きな椰子の樹の梢が揺れている。ガラス越しにも風の気配が感じられる。故郷、カルフォルニアにも、これと似た光景があったように思う。帰りに金武湾海岸に寄って、海を眺めたいと思った。

リチャードは、ジョージに合図をして立ち上がった。ガシャーンという鈍い音が店内に響き渡った。しまった、と思ったが遅かった。リチャードの背後を歩いていたウエイトレスに、立ち上がりざまにぶつかってしまったのだ。

「アイアム、ソーリー」

リチャードは、とっさに口走って、後ろを振り返った。グラスやコーヒーカップが、フライドポテトなどと一緒に盆の上からこぼれ落ちて、床の上に散乱していた。

「ごめんなさい」

女の子も、リチャードにすまなさそうに謝った。むしろリチャードよりも心配そうな顔で、リチャードを見つめていた。リチャードの腰に、熱いコーヒーがこぼれていた。

リチャードは、それよりも女の子の胸を汚したコーヒーの染みが気になった。うつむいて割れたガラスの破片を拾い始めた女の子の手伝いをするために、リチャードは慌ててしゃがみ込んだ。そのリチャードの尻が、今度は背後の腰掛けにぶつかった。前屈みになって危うく女の子の身体にぶつかりそうになった。

「ソーリー」

再びリチャードが謝った時、一瞬、女の子と目が合い、互いに申し訳なさそうな笑みを浮かべた。リチャードは、ガラスの破片を拾いながら、女の子の指先から血が流れているのに気付いた。一瞬手を伸ばして血の流れているその右手を握った。

「アイアム、ソーリー」

「ドントゥ、ウォーリー。(気にしないで)」

女の子は、顔を上げてリチャードを向き、笑顔を見せた。そして、リチャードの服を汚したコーヒーの染みを気にして、自分のハンカチを出してふき始めた。

6

太陽がまだ頂上に登りきらない柔らかな日差しの中を、金武ブルービーチに迷彩服を着た二百人の兵士が整列していた。ゾディアックボートを使った上陸訓練だ。その中に、リチャードもジョージもいた。上官の話を聞くリチャードの身体に、緊張が走った。

「いいかい、藪の中に見えるあの小屋が、敵のゲリラ拠点だ。ゲリラの人数は十人。我々と同じようにライフル銃で装備している。まず全員ゾディアックボートに乗り込んで沖合に行き、そこで待機する。その中から偵察のボートを二隻海岸へ上陸させる。偵察部隊が安全確認の合図を送った後、本隊が上陸を開始する。栄誉ある偵察部隊のボートに乗るのは、リチャード、ハミルトン、マイケル、ゴンザレス……」

リチャードが偵察部隊の一員に加わるのは、先週の講義で既に言い渡されていた。以来、上陸シーンを何度もシュミレーションしてきた。ゾディアックボートとは、特殊作戦用の戦闘ゴムボートのことだ。レジャーボートより一回り大きく、エンジンを装備している。偵察部隊は、沖合から海岸に向かって約五十メートルほどの海上でボートを停止させ、海に飛び込んで砂浜に近づく。ペアはゴンザレスだ。上陸したら、互いの身体に砂を掛け合い身体をカムフラージュする。ライフル銃を低く構えて前進する。仲間同士でも言葉は交わさない。低い姿勢のままで、ジェスチャーと囁き声だけで合図を送る。砂浜に俯《うつぶ》せる際は、仲間の傍らに飛び込む。足を交差させ、足で合図を送ることができるようにするためだ。

砂浜から草むらまでの距離は約百メートル。時間はおよそ十分。草むらに飛び込んだら、ゆっくりとゲリラの拠点に近づく。ゲリラが背を向けた瞬間、口を押さえて引きずり込む。同時にライフル銃を発射しながら突撃する。突撃開始から二分以内に敵を鎮圧すること。戦闘が長引けば、敵の応援部隊が駆けつけてくる。

作戦のブリーフィング（打合せ）を行うブッシュ軍曹の声が、砂浜に響き渡る。

「よいか、上陸は三波に分けて行う。第一波が砂浜に拠点を確保、それを見て後方の第二波が上陸し、続いて第三波が上陸する。上陸作戦では、波状になって攻撃目標に近づくことが重要だ。分かったか！」

「イエス、サー！」

皆が、一斉に声を合わせて敬礼をする。

ブルービーチとは、金武町の集落から北側に位置する太平洋に突きだした金武岬周辺の白い砂浜一帯のことを言う。ここは、海兵隊が確保している訓練場の一つである。白い砂浜は、全長七三〇メートルもあり、水陸両用車を使用した上陸訓練やヘリコプターからの海上降下訓練など、様々な訓練が行われる場所だ。

集落の南側の海岸沿いには、レッドビーチと名付けられた訓練場もある。さらにブルービーチの背後には、ギンバル訓練場と呼ばれる銃撃や迫撃砲の訓練場もある。さらに隣接して、最近はイラクに擬した都市型の訓練場がひそかに建設中だ。

キャンプ・ハンセンは、国道三二九号線の西側に沿ってフェンスが張り巡らされた基地である。主力の部隊は、第四海兵連隊だ。その東側に、国道を挟んで対峙するように金武の集落が広がっている。

基地の背後には恩納岳や金武岳などが聳えている。その一つのブート岳は、砲弾訓練場の目標地点になっており、山はいつも赤色の肌を剥き出している。北側の辺野古岳の麓にはキャンプ・シュワーブがある。両方のキャンプを結ぶようにして背後の山中には、第一訓練所から第三訓練所まで様々な訓練施設がある。廃弾処理場、ライフル射撃場もその山中にある。

基地の兵士たちが太平洋岸に出るには、必ずしも集落の中央を通るわけではない。キャンプ・ハンセン基地の第二ゲートを出ると、集落の中央を横切らずに海浜に出ることができる。集落の北外れをギンネム林に沿って二キロほど歩くと、ブルービーチに到着する。

「よいか、退却の際は、必ずボート前で待つ二人の兵士の間を通ること。なぜだか分かるか?」

「……」

「それはな、いいかい、そこで仲間の兵士の数を確認するためだ。敵地に仲間を残すようなミスを防ぐためだ。海兵隊は、決して仲間を見殺しにしない。よいか、頭に叩き込んでおけ!」

ブルービーチに降り注いでいた先ほどまでの柔らかい日差しは、いつの間にか強い南国の日差しに変わっている。ブッシュ軍曹が太陽を見上げ、額に汗を浮かべながら言う。

「実際に、作戦を実行するには、天候が悪ければ悪いほどいいのだ。訓練中、異常があれば作戦はただちに中止する。常に敵が出現してくる可能性を忘れずに緊張感をもって作戦を実行すること。では、作戦開始だ。ゴーッ」

ブッシュ軍曹の合図で、兵士たちはM16を担いで、一斉にゾディアックボートに向かって走り出した。ボートには、八人ずつのグループに別れて乗り込む。冷たい海水のしぶきが頬にあたる。南国の透明な海水は、海底の珊瑚礁を鮮やかに見せている。長い一日が始まるのだ。

リチャードたち新兵の上に、緊張と疲労の積み重なる日々が、何日も何日も続いていくのだ。自由を守る兵士になるためには、このような厳しい訓練をせねばならないのだ。何もせずに、自由を守ることはできない。闘わねばならないのだ。一人前の兵士になるためには代償が必要なのだ。
リチャードは、その代償が、今、訓練を重ねているこの努力の日々なのだと言い聞かせて、辛い日々に耐えていた。

7

リチャードは、ぼんやりと天井を眺めながら、この一週間の訓練を思い出していた。午前中、ずっと寝ていたせいか身体がだるかった。同室のマイケルは、既に出かけていた。昨日の過激な上陸訓練を思い出しながら、眠ることによって徐々に疲労が回復されていく心地よい気だるさの中に身を委ねていた。
外にあふれる柔らかな光が、窓ガラスを通して室内をも明るく照らしていた。やがて、リチャードは、その心地よい気だるさの中で、週始めに行われたG5の「沖縄文化講座」の講師の情熱的な話しぶりと、ファーストフード店で出会ったあの女の子の笑顔とを思い浮かべていた、
G5とは、基地司令部が数年前に設置した新しいセクションの一つで、沖縄県民との間に「良き隣人」としての関係を構築しようと、軍の中枢になって努力している外交政策部のことである。基地問題についてナーバスになっている沖縄県民の感情を正確に把握し、また、基地を抱えている市町村との友好関係を維持したり、防衛施設局職員との情報交換などを行ったりしているセクション

だ。

さらに、地元のマスコミで報道されたニュースを翻訳して上官へ報告したり、住民とのトラブルを起こさないように、兵士たちを教育したりする場でもある。

これまでにも、リチャードたちのように沖縄に初めて駐留する兵士たちに対して定期的に沖縄文化講座が開設されてきた。たとえば、「日米地位協定」「沖縄の歴史と文化」「沖縄の交通網」「沖縄の風習と食生活」「米国と沖縄文化の違い」などである。

今回は、首里城などを含めて、グスク群と呼ばれる城跡が、世界遺産への登録がなされたこともあって「沖縄の文化遺産」のタイトルで講座が開かれた。G5職員が招待した沖縄人の講師は、遺跡として残っている城跡をスライドなどを交えながら熱心に紹介し、沖縄の文化遺産の素晴らしさを述べた。そこには首里城だけでなく、中城城《なかぐすく》、勝連城、座間味城、そして周辺の風景など美しく紹介されていた。

リチャードは、それらを自分の目で確かめたい思った。できれば、その案内役を、ファーストフード店で出会ったあの女の子にお願いしたいと思ったのだ。たしか、その子は、小さな声で「ドントゥ、ウォーリィ」と言ったはずだ。あるいは、英語が話せるかもしれない。そう思ったのだ。ジョージを誘って、もう一度その店に行きたいと思った。

リチャードは、決心するとベッドを抜け、向かいの部屋をノックしてジョージにその計画を伝えた。

「グッド、アイディアだよ、リチャード。でも、ぼくは、今日は頭痛がする。外出を控えたいんだ」

ジョージは、ベッドの中で、心なしか表情の冴えない顔で言った。それを聞いて、リチャードは、やはり計画は無謀かと思った。

「無謀ではないよ、リチャード。グッド、アイディアだよ。ここから、ぼくたちの理解は出発するべきなんだよ。ぼくに気にせず、どうか出掛けてくれ。そして体調が回復したら、是非、ぼくと一緒に、もう一度行こう」

ジョージの励ましに、一瞬迷った思いが吹っ切れた。リチャードは、思い切って出掛けることにした。基地内でレンタカーを借り、午後から出発することにした。その店には午後の二時ごろに着いた。

店に到着すると、少し遅い昼食のメニューを注文した。カウンターの中には、その子が明るい笑みを浮かべて働いていた。

「こんにちわ」

リチャードは、思い切ってその子を見つめながら声をかけた。

「いらっしゃい！」

その子もリチャードのことを覚えてくれていたようで、にっこりと笑みを浮かべながら返事をしてくれた。

注文したハンバーガーは、彼女が持ってきてくれた。

「ぼくのこと、覚えていますか？」

「ええ、覚えていますよ。先日は、どうも失礼しました。あらためて、ごめんなさいね」

「いいえ、こちらこそ失礼しました。ぼくのミスでした。本当にごめんなさいでした。ぼくは、リチャードと言います……」

リチャードは、習い始めた日本語を必死で使い、先日の無礼を詫びた。そして、G５の講座でテキストに使われた雑誌『沖縄の文化遺産』を広げて見せ、立ち去ろうとする彼女へ、懸命にカタコトの日本語を交えながら一緒にその場所に行きたいと誘った。

リチャードが予測したように彼女は、リチャードの英語とカタコトの日本語を理解してくれているように思われた。そして、リチャードの意向は伝わったようにも思われた。

「日本語が、上手ですね。私の英語より、たぶんあなたの日本語が上手だわ」

彼女は、笑みを浮かべてリチャードの話を聞いていたが、そう言っただけで、すぐに仕事に戻った。リチャードの申し出に対する正確な返事はもらえなかった。先日、ヒサコたちオキナワンガールにからかわれたことが頭をよぎった。

リチャードは少しがっかりした。同時に無理もないとも思った。もう少し、早くから基地内の日本語講座に通い、もう少し上手に話せるようになっておけばよかったと後悔した。ジョージと誘い合って、週二回の基地内の日本語講座へ通い始めたのは、ひと月前だ。

リチャードは、あきらめてハンバーグを食べ、コークを飲んだ。遠くから眺める彼女の笑顔は、ますます魅力的に思われた。ピンクのストライプの入った半袖の白いブラウスに、茶色のタイトスカート。店のトレードマークの茶色の三角帽子を被って明るく振る舞う彼女は、爽やかであった。彼女の大きな瞳を見ながら、向こう見ずなお願いをした自分を少し恥ずかしく思い、自分の行為を後悔した。

ゆっくりと食事をしながら雑誌を広げ、記載された首里城までの道順を思い浮かべながら、これから一人ででも出掛けてみようかと決心をした時だった。

「エクスキューズミー、リチャード。マイネームイズ、可南子《かなこ》。ヨロシクね」

リチャードの傍らに立って微笑んでいる女性がいた。長い髪を肩まで垂らして微笑んでいる。一瞬、目を疑った。あの女の子だ。女の子というよりも、一人の若々しい華やいだ女性であった。制服を脱いでいる。帽子に隠れていた長く美しい黒髪が、肩まで掛かっていた。

「あなたの申し出、オーケーよ。私でよかったら、案内してあげるわ。でもその前に、条件があるの。私の友人の久美子《くみこ》よ」

可南子の傍らで、もう一人、笑みを浮かべて立っている女性がいる。やはりこの店で先ほどまで、てきぱきと働いていた女の子だ。

「ナイストゥミートユウ。よろしくね」

久美子が、微笑んでいる。

「ナイストゥミートユウ。こちらこそ、よろしく」

リチャードは、思わず笑顔を浮かべ手を差し伸べた。

「彼女も一緒ならオーケーするわ。それでもいい？　それにもう一つ。首里城を見る前に、見るべき所があるわ。摩文仁《まぶに》の平和の礎《いしじ》。それを案内するわ。この二つの条件を受け入れてくれたら、オーケーよ。すぐにでも、案内していいわよ」

可南子が、悪戯っぽく笑っている。

「すべて受け入れる。とっても嬉しいよ。とてもラッキーだ」

リチャードは、声を弾ませて答えた。そして、今度は先日と違い、用心深く腰掛けを引いて立ち上がった。そのしぐさを見て、二人の女の子は思い出したように笑った。

「私たち二人は、ちょうどこの時間が、勤務の交替時間なのよ。神様が、きっとこのチャンスを与えてくれたのよ」

可南子が微笑んで、おどけるように言った。それからリチャードに向かって左手を出口に向けて差し伸べた。リチャードが勢いよく歩き出そうとして、テーブルに腰をぶつけた。小さなテーブルの上で、コーヒーカップがカタカタと音を立てて落ちそうになった。慌ててリチャードと可南子の二人が、両手で捕まえた。それを見て久美子が声を出して笑った。そして、明るく言った。

「カップが取り持つカップルね。レッツ、ゴー」

可南子が、テーブルの上を片づけてカウンターに持ち運ぶ。

リチャードは、慌ててポケットの中に手を突っ込み、自動車のキーを探した。それから、そのダジャレに気づいて、ウインクして久美子と笑いあった。

南国の夏の日差しは、目に痛い程に眩《まぶ》しい。午後三時を過ぎても、太陽は、きらきらと輝いていた。自動車の中で、あらためてリチャードは自己紹介をした。可南子と久美子が地元の大学の短大部に通う学生であることも分かった。ジョージが一緒だったらもっと楽しい一日になっていたのではないかと思うと、少し残念な気がした。

自動車の中では、可南子ではなく、久美子がリチャードに熱心に話しかけた。平和の礎へ行くことは可南子の提案であったようだが、説明の多くは久美子が受け持った。久美子も可南子に劣らずチャーミングな女性だ。あるいは、リチャードの誘いを可南子が受けたのも、久美子の意見であったかもしれない。

久美子は、リチャードに向かって積極的に話しかけた。

「ミスター、リチャード。沖縄の文化遺産である首里城は、確かに私たちの誇るべき遺産だわ。沖縄は、かつて琉球王国と呼ばれ、十四世紀の後半から東南アジア諸国と交易・交流を重ねてきたの。琉球は武器を持たない独立国家だったのよ。訪れる人々に対して礼を持って接する平和の民、守礼の民として、周りの国々にも知られてきたのよ。琉球国は、交流した諸国の文化を巧みに取り入れながら、独自の文化を築いてきたの。その象徴が首里城よ。人々は貧しいながらも、平和を愛して生きてきたわ。でも、この島に戦争が起こったの。薩摩《さつま》の侵略があり、明治政府による琉球処分があり、そして太平洋戦争があった」

「薩摩？　ファッツ、薩摩？」

「今の鹿児島県のことよ。一六〇九年、琉球王国は薩摩に侵略されたの。薩摩から兵隊がやって来て、首里城を攻めたの。琉球王国はそれ以降、傀儡《かいらい》政権になったの。住民は重い税に苦しむことになるの。それから明治時代になって、琉球は沖縄県と名称も変えられて正式に日本国家の統治下に入ったの。一八七九年のことで琉球処分とも呼ばれているわ」

「そうですか」

リチャードには、初めて知ることが多かった。「傀儡政権」って何だろう。尋ねる前に久美子はなおも話し続ける。

「琉球王国の抵抗は、首里城を巡る局地戦で終わったけれども、太平洋戦争では、そういうわけにはいかなかった。沖縄に住むすべての人々が戦争に巻き込まれたのよ。沖縄戦での戦死者は、実に二十四万人を超えるわ」

「もういいんじゃないの、久美子……」

熱を帯びてきた久美子の説明に、可南子がストップをかける。

「もう少しよ、平和の礎の説明までちゃんとしなけりゃ……。リチャード、退屈？　私の英語、理解できる？」

「大丈夫、大丈夫だよ。それに、その話、とても興味があるよ」

リチャードは、実際、久美子の話に興味があった。少しばかり沖縄の文化について学んだが、文化は、その時代時代の歴史と一緒になって生まれてくるような気がした。

「ほら、ごらんなさい。リチャードは退屈なんかしていないわよ。ね、リチャード？」

「イエス」

「本当言うとね。私がこの話をしたくて、尻込みする可南子をけしかけて、あんたの誘いに乗ったのよ。アメリカの若い兵士は、もっと沖縄の歴史を知るべきだよ。そう思わない？」

「アイ、シンク、ソー。そう思うよ、久美子さん」

リチャードが答える。やはり、久美子が積極的にリチャードの申し出を受けたのだ。

可南子が苦笑している。リチャードは、バックミラーに映った可南子の困ったような表情を見て思わず微笑んだ。可南子は、それに気付いていない。傍らの助手席に座った久美子がリチャードの笑顔を見て再び話し始める。

「平和の礎はね。沖縄の歴史と風土の中で培われた平和の心を広く内外に伝え、世界の恒久平和の確立に寄与することを願い、国籍、軍人、非軍人を問わず、沖縄戦で亡くなった二十四万人余もの人々の氏名を刻んだ記念碑なのよ。メモリアル、モニュメント。それを見ずしてどうして沖縄の文化や歴史が理解できようかというわけよ。分かったかな？　ミスターリチャード？」

「分かった」

「オーケー」

分かったというリチャードの前に、久美子が助手席から右手を伸ばして握手を求めた。リチャードは一瞬戸惑った後、慌てて右手をハンドルから離して、差し出された右手を握った。

「オーケー。国籍、軍人、非軍人を問わずというところが、大切なのよ。これからが始まりよ。きっと私たちは理解しあえるわ」

「アイ、シンク、ソー」

リチャードは、久美子の笑顔に、はっきりと答えた。

リチャードは、平和の礎だけでなく、平和祈念資料館にも案内された。そこに展示されている戦争の歴史と残酷さに思わず目を覆いたくなった。戦後の米軍の統治下から今日までの悲惨さについては、つい先日、目まいを覚える程の衝撃で知ったばかりだった。その前に、当然のことだが、悲惨な戦争があったのだ。この事実を忘れてしまうところだった。

それから、南部戦跡と呼ばれている摩文仁を中心とした戦争の遺跡を見学した。ひめゆりの塔、健児の塔、海軍壕など、どれもリチャードにとっては衝撃の大きい体験だった。

喜屋武《きやん》岬から、沈み始めた夕陽を眺めた。この岬でも、追いつめられた人々が死んでいったのだと久美子に説明された。

海は、静かに目前に横たわっていた。夕焼け雲が水平線を赤く染めている。この地で、祖父も戦ったのだろうか。軍医である祖父も、あるいは、二十四万人もの戦死者への加害者の一人であったのだろうか……。そんな考えに捕らわれると、いたたまれなかった。

リチャードは、糸満街道に面したお土産品店で、案内してもらったお礼に小さな貝のネックレスを買って二人にプレゼントした。久美子がお返しにと、大きなアイスクリームを買ってきた。

「完璧なお返しだよね。何か文句ある？」

顔を見合わせて戸惑っている可南子とリチャードに向かって、久美子が悪戯っぽく大声をあげる。

「いいえ、完璧でございます。久美子様。少なくとも私たちの英語以上にはね……」

「ぼくの日本語以上に」

「あら、失礼だわね」

可南子とリチャードの冗談に、久美子が切り返す。三人で笑いながらアイスクリームを食べた。

リチャードは、もう一度ジョージを連れて案内を乞いたいと思った。久美子にその話をすると、すぐに承諾の返事をくれた。

結局、その日、リチャードは目的の首里城を案内してもらうことはできなかった。それでも満足だった。少し不満の残ったリチャードの気持ちを察するかのように、久美子が言った。

「首里城は、可南子に案内してもらってね。デートの約束をすぐにしなきゃだめよ。リチャード。可南子は美人だからもてるのよ」

「何言っているの、久美子は……。私は久美子と一緒でなければ行かないよ。今日だって、断りたかったのに」

可南子が、口をとがらせて笑っている。

リチャードは、すぐにデートの約束を取り付けたいと思って、振り返って可南子に申し込んだ。

「ほら、危ないよ、前を向いて運転しなけりゃ」

振り返ったリチャードに、可南子が、背後から怒ったような顔でリチャードを睨み付ける。

「デートの約束をしてくれるまで、ぼくは何度でも振り返るよ」

リチャードは笑いながら、ほんとに何度も振り向いた。

可南子が慌てて何度も注意する。また振り向く。また注意する。何度も繰り返す。本当に事故を起こすのではないかと、心配になる。

「リチャード、頑張れ！」

久美子が、リチャードを応援する。可南子は、返事をしない。

「ジョージも、久美子さんも一緒に、四人でデートしよう。それならいいだろう？」

リチャードの我が儘な申し入れとしぐさに、可南子は、久美子を見ながら、仕方なくうなずいて承諾した。

リチャードは、それを見てハンドルから両手を離して、奇声を発して万歳をする。久美子も、リチャードと同じ動作で万歳をする。

可南子は、それを見て二人とも子どものようだと思った。そして久美子がいつも言っているように、国は違えど同じ若者なんだと思うと、自然に笑みがこぼれ声をあげて笑った。四人の休みが重なる日は意外にも近く、来週の土曜日、午後2時に決まった。

8

リチャードは、可南子とのデートを重ねるようになってから、休日が待ち遠しくなった。首里城はもちろんのこと、県立博物館、玉陵《タマウドゥン》、勝連城、紅型工房、南風原《はえばる》工芸館などの遺跡や文化施設の他に、玉泉洞などの観光地なども訪ねた。久美子とジョージのペアと一緒の時もあれば、可南子と二人だけの時もあった。たまには、二人して映画を観ることもあった。

リチャードは、可南子と知り合ってから、なおさら沖縄のことが知りたくなった。可南子は、織物のことに深い関心を寄せているようだった。基地内のメディアセンターから、沖縄関係の書物を借り受け、織物のこと、紅型のこと、芭蕉布のことなどについて調べた。

しかし、リチャードの目を釘付けにしたのは、やはり多くは戦争や基地被害のことが記されている箇所だった。この地での悲惨な戦争や「集団自決」のこと。戦後は焦土と化したゼロからの出発であったこと。米軍基地建設のために土地を奪われていった人々のこと。基地被害で沖縄の人々が苦しんでいること。それゆえに大きな反基地闘争のうねりとなって日本復帰運動が実現したこと。そして今なお多発する米軍人・軍属の関連する犯罪で、住民生活が脅かされていること。沖縄の人々は、平和な島・沖縄を目指し、基地の整理縮小を求めて粘り強い要請行動を行っていること、などが徐々に理解できるようになった。

最初に首里城を見たいと言ったとき、可南子が平和の礎こそ最初に見るべきではないかと勧めた理由が分かるような気がした。可南子の言葉にも、静かな語り口であるが、久美子と同じように切々と平和を求め、この島を愛し、この島の人々を愛する思いがあふれていた。

リチャードは、もっとこの島を理解し、もっと可南子を理解したいと思った。夜間に基地内で開設されている日本語の講座にも、ジョージと共に欠かさずに出席した。

「面白いところを、案内するわ」

可南子と二人だけでのデートの時、笑いながら案内された那覇市の公設市場には驚いた。国際通りとほぼ並行に走る壺屋通りを案内してもらった後のことだった。

那覇市場には、豚の臓物やチラガー（顔面）やミミガー（耳）やトンソク（足）が所狭しと並べられていた。魚の大きなミンタマ（目玉）や、エビや蟹が蠢き、野菜や果物など、店頭に据え置かれた食料品は、生命が極彩色に彩られたように弾んでいた。そして新鮮で、何もかもが魅力的で、強烈なバイタリティを感じた。

「ここは、たとえて言うならば那覇市の台所よ。那覇市だけではなく、近隣の市町村からも、客はやって来るわ」

可南子は、目を回して珍しそうに様々な食料品を覗き込んでいるリチャードを見て笑いながら説明した。

リチャードは、何か感想を言わなければいけないと思ったが、適当な言葉が見つからなかった。

「エキサイティング」

思わず、口をついて出た言葉だが、ワンダフルと言うべきだったのかと後悔した。

可南子は笑って次々と楽しそうに説明し、並べられた品目を紹介し続けた。

「クーブイリチャー。足テビチ。血イリチャー。ゴーヤーチャンプルー、そば……」

リチャードは、本当に目を回しそうだった。

市場の二階スペースでは、五、六軒ほどの食堂が営業しており、一階の市場で買った食材を、二階に持って行けばすぐに料理して食べさせてくれることも知った。

「何か、食べましょうか……。リチャード、琉球料理に挑戦してみる？」

可南子が悪戯《いたずら》っぽく笑った。

「オーケー」

リチャードは、すぐに返事をした。

二階に上ると、メニューは、長方形の紙に赤い縁取りがされ、一つ一つの品目を書いて壁に貼り付けられていた。可南子が、それを読み上げて説明をしてくれた。その中から、リチャードは、可南子に言った。

「イカ汁、食べます」

「イカ汁？　リチャード、本当に大丈夫なの？　イカ墨の黒い汁なのよ」

「オーケー。イカ汁、聞いたことがあります。でも見たことはありません。食べたこともありません。挑戦してみます」

可南子は、笑って二人分を注文した。

「ここにある料理は、みんな琉球の独特な料理なの。もちろん、庶民の料理ってとこだけど、日本料理とは料理の仕方も味付けも違うわ。私は、ここの料理が気に入っているの。でも一つだけ苦手なものがあるわ……」

「それは、何ですか？」

「イカ汁なの」

「オオ、ノー。ぼくは、とても悪いことをしたのかな？」

「ええ、そうよ……。でも、私もチャレンジしてみるわ。その機会をあなたが与えてくれた。感謝しているわ。しかめっ面をしたら笑わないでね」

「それは、ぼくも同じです」

二人は一緒に笑い合った。そこへ、どんぶりに入ったイカ汁が運ばれてきた。二人は、顔を見合わせて驚いた。箸を手にして、恐る恐る黒い汁の中に箸を入れた。

やがて、真っ黒になった互いの唇と歯ぐきに気付いて、二人はまた顔を見合わせて笑い合った。

リチャードは、沖縄を理解するとはこういうことだったのだと確信した。マイケルやデイブとつきあって女の子をハンティングするために国際通りを歩いた自分が恥ずかしくなった。

9

リチャードと可南子との楽しい日々が、夢のように重ねられていた。それは久美子とデートを重ねるジョージにとっても同じだった。訓練の合間や、基地の食堂での食事の時、ジョージはリチャードの傍へやって来て、久美子がいかに魅力的な女性であるかを熱っぽく語った。真剣に久美子を愛していると言った。リチャードは、素晴らしいことだと祝福した。

マイケルやデイブらの放蕩は、なおも続いていた。サンダースの事件があってから、行動は慎重になっていたが、その分、余計にずる賢くなっていた。リチャードに意見をされてからは、女の子たちとのセックスや破廉恥な行為をリチャードに報告することはなくなったが、にやにやと下卑た笑いをいつも浮かべていた。

「リチャード、そんなに嫌な顔をして睨むなよ。もちろん、俺たちも破廉恥だけど、同じように女の子たちも破廉恥だということだよ」

マイケルが、いつものように出かける前に鏡の前でめかし込みながら、リチャードに振り返って言った。

「俺たちは、つまり相互に楽しんでいるんだ。悪いことをしているわけではないよ。そうだろう？セックスは自然の摂理、人類共通の関心事だよ。俺たちは、オキナワンガール、ジャパニーズガール、フィリピンガール、皆、同じように愛しているよ。それこそ国籍を超えた愛と連帯の日々だ。

イデオロギーではない。肉体こそが平和の懸け橋だよ」

マイケルが、にやにやと笑う。嫌な笑いだ。嫌な理屈だ。

「ジャパニーズガールは、ツアーでやって来ることもあるぜ。そんな時は、身体がいくつあっても足りないよ。ぼくとデイブだけでは相手にできないよ。お前とジョージにも、手伝ってもらいたいんだが、どうだい、手伝ってくれないかい？」

「お断りだよ」

「本当にそれでいいのかい？　無一文で、リッチな遊びができるんだぜ。食事つき、ホテル付き。食べ放題、飲み放題。シュチ、ニクリン（酒池肉林）の世界だ。ジャパニーズガールもアメリカンボーイも、共にハッピーになるんだ。何が遠慮がいるもんか。どうだい？　一度、一緒に来るかい？　病みつきになるかもよ？」

「いや、遠慮するよ。何度も言うが、君たちは間違っている。人間を誤解しているよ」

「人間を誤解ときたか。えらく買いかぶった言い方だな。その書物から手に入れた知識かい？」

マイケルが皮肉たっぷりにリチャードを振り向く。リチャードは、読みかけの『琉球王国史』を閉じ、目を上げてマイケルに向き合う。

「マイケル、故国が泣くぞ。俺たちは誇り高い海兵隊だ。誇りを捨てるなよ」

「捨ててなんかいないさ。でもなリチャード。俺たちは兵士だ。いつ戦場に行くか分からない。命を捨てる準備をしなけりゃな」

「女の子と遊ぶことが、命を捨てる準備をすることになるとは、とても思えないよ。勝手な理屈だ」

「何だと！」

マイケルが大声をあげた。リチャードは殴り合いになることを覚悟した。しかし、マイケルは、やがて卑屈な笑いを浮かべ怒りを収めるように再び鏡を見て髪を撫でた。

「そうだろうな。お前たちは、お前たちで、ピュアなオキナワンガールと楽しんでいるようだからな」

マイケルの言葉にリチャードは少しむっとした。今度はリチャードがマイケルに向かって飛びかかりそうになった。ぐっと堪《こら》えて顔を上げ、マイケルを見た。マイケルが振り返る。

「いや、悪気があって言ったんじゃないよ。お互いにお互いの方法で頑張ろうなってことさ。俺は今夜も外泊だ。じゃあな。何かあったら、よろしく頼むよ。もちろん夜明けには帰ってくるさ」

マイケルは、香水を掌に取り、顔面や首筋に叩きつけている。それから、指先の爪を見た。そして、リチャードの方を見てニヤッと笑い、ドアのノブを回して外に出ていった。

マイケルと、もう少し言葉を交わすと、リチャードは殴りかかっていったかもしれない。あるいはマイケルが飛びかかってきたかもしれない。心に燃え上がったマイケルに対する怒りは、遣り場を失っていた。だが、遣り場のない怒りの実体は、リチャードにも、はっきりとは理解できなかった。

マイケルと自分はどこが違うのだろう。同じ海兵隊だ。同じ訓練も受けている。その違いを明確に把握できない苛立ちがあった。マイケルの卑猥な笑みに、すぐに飛びかかっていけなかった原因もそこにあった。そして意見が衝突しながらも相部屋を解消しない理由もそこにあった。なんだか可南子が侮辱されているようで嫌な気分になった。

ジョージが興奮した口振りで久美子とのデートやベッドインのことを話したときも、リチャードは、何かうまく言い表せない複雑な気持ちが渦巻いた。そんな複雑な気持ちを見抜いたジョージは、リチャードに言った。

「リチャード……。俺は、久美子を愛しているんだ。俺たちを祝福してくれよ。二人とも、ハッピーなんだ」

マイケルも、ハッピーだと言ったんだ。マイケルとジョージの行為は、どこが違うんだろう。どこが……。愛、信頼、尊敬、理解、合意、結婚、永遠、国家、責任、男と女、本能……。自分と可南子の間は、どのような尺度で測ればよいのだろうか。あるいは、このような尺度で測ることが愛なのだろうか。愛とは目に見えるものだろうか。己の行為を正当化することに愛を使っていいのだろうか。

リチャードは、可南子に無理な要求はしなかった。もちろん、性的な衝動に駆られることはあった。しかし、どうしても一線を超えることはできなかった。可南子とは、まだキスしたこともなかった。可南子は、そんな雰囲気をうまくはぐらかしているようでもあった。時折、リチャードといることが苦痛であるかのように、どことなく暗い表情を見せることもあった。その暗さの原因をリチャードが尋ねることを、強く拒んでいる雰囲気さえ有していた。

リチャードは、肩に手を回したり、手を握り合うことはあったが、それ以上の無理な要求はしなかった。手を握っていると、可南子の温かい体温が伝わってきて、身体が火照った。しかし、興奮する思いを、無理に抑えつけた。

リチャードは、高まっていく可南子への思いを鎮めるように、訓練に熱中した。早朝のランニングにも、人一倍大きな声を出して参加した。腕立て伏せ、腹筋、背筋、屈伸を、他人よりも多く繰り返した。ライフル銃の照準を正確に合わせて引き金を引くバトルサイトゼロ訓練では、標的への銃弾を一発も外すことはなかった。

しかし、そんな中でも、リチャードと可南子のデートは滞ることなく続いていた。リチャードの日本語も、徐々にうまくなっていた。簡単な言葉や挨拶などは、日本語で交わした。

可南子も、大学では英語学専攻であったから、英語への関心は強く、同じように理解力は向上していた。可南子のレポートを、二人で仕上げることもあった。互いの言語を理解していく中で、互いの国の文化や、また互いの人格に対する理解は、徐々にではあるが確実に深まっていった。

二人のデートは、リチャードが基地内から借りてきたレンタカーに乗ってドライブをすることが多かった。北部の海洋博記念公園にも行き、水族館を見て驚いた。さらにイルカのショーを見学して歓声をあげた。可南子が握ってきた手作りのおにぎりやお弁当を芝生に座って、二人で食べた。

海洋博公園では、初めて可南子の方からリチャードの腕を取って身体を寄せながら歩いた。今帰《なき》仁《じん》城址や東南植物楽園にも行った。読谷村の琉球村にも行った。大宜味村喜如嘉《きじょか》の芭蕉布の里にも行った。リチャードは、可南子と一緒だと、どこへ行っても楽しかった。可南子の澄んだ瞳と笑顔を見ると、心が洗われるようだった。このような感慨は、本国での高校時代に、どの女の子たちとデートした時にも味わったことのない感慨だった。もちろん、可南子の心は、相変わらず測りかねていた。

10

斎場御嶽《セーファウタキ》を一緒に見に行こうと言いだしたのは、可南子だった。可南子も、まだ一度も見たことがないと言った。斎場御嶽は知念村にあり、琉球王国時代の王家一族や神女たちの遙拝所だった。国始めの霊所でもあり、王国時代には、神女の即位式や五穀豊穣の祈願を行う場所でもあった。リチャードは、すぐに興味をもった。

那覇から南へ約十キロ、一時間足らずの距離であった。知念半島をぐるっと回ると、その先端に知念海洋レジャーセンターがある。御嶽はそれを見下ろす背後の森の中にあった。

二人が訪れたのは、日曜日の昼間であったが、人の気配は全くなかった。鬱蒼と茂った森の中に、二つの巨岩が寄り添うように支え合って、三角の巨大な空間を作っている。樹の根がその巨岩の岩肌を這うように幾筋も走っていた。

リチャードと可南子は、恐る恐るその三角の空間に入った。そこは光が遮られており、薄暗かった。ひんやりとした冷気を感ずると共に、厳かな気分になった。そして、不思議なことにそこから海の方角を眺めると視界はぱーっと明るく広がり、正面に久高島《くだか》が見えた。島を遥拝するように香炉が置かれている。

「神秘的な空間だね。何か、神のお告げを受けるような空間だ」

リチャードが興奮して、可南子に言った。可南子も答えた。

「来てよかったわ。うまく言えないけれど、人間はずーっと昔から神秘的なものへ畏敬の念を抱いて生きてきて、これからも、ずーっと生き続けていくんだ、ということを教えられたような気がする。人間の理解を超えるものがあるような気がする。大切なものは言葉の中にあるのではなく、きっと、感ずるものなんだね」

「人間は、傲慢になってはいけないと……」

「そう……、自然の一部なんだと……」

「それは、きっと人間だけでなく、国と国との関係についても言えることかもしれないね。ぼくは今、優秀な兵士になるための訓練を受けている。ずーっと兵士のままでいたいとは思わないが、正しい戦争があることを信じている。でも……」

「でも、なあに……」

「ここにいると、生きることだけが正しい」

「そう。愛しあい、理解しあうことだけが正しい」

「そんな気がする。難しいだろうけど、それが出発だ」

「難しいことはないわ、リチャード……。それを、私たちの出発に重ねることができるかしら……」

可南子が、少し寂しいような悲しいような顔で、リチャードを見た。リチャードは、思わず可南子を見つめた。可南子は、あるいは、この言葉を言うために、この場所に誘ったのかなとも思った。

可南子は、目の前で自分の言った言葉に徐々に頬を紅潮させている。ちょうど御嶽の奥に広がる三角の光を背にして、可南子の姿はシルエットのように映る。可南子の首筋の産毛が黄金に彩られてゆらゆらと光っている。

「約束する。可南子。ぼくたちはここから出発しよう」

リチャードは、内奥から噴き上げてくる熱い思いを押し留めることができなかった。思い切って可南子の肩に手を回し抱き寄せた。可南子の身体の熱いぬくもりが感じられる。腕の中で可南子がわなわなと震えている。髪を撫で、頬を撫で、そっと唇を重ねる。それからもう一度抱き締める。もう一度、頬に手を当てて優しく撫でる。

可南子の閉じた目から涙が糸を引いている。リチャードは、再び唇を重ね、激しく、そしてさらに強く可南子を抱き締めた。

しばらくして、リチャードが帰りを促すと、可南子が悪戯っぽい目で、甘えるようにリチャードに寄りかかってきた。

「500数えて……」

「えっ、どういうこと？」

「もう少し、ここにいたいの……」

可南子の言葉に、リチャードは微笑んで、もう一度強く可南子を抱き締めた。そして可南子の手を握り、久高島をもう一度眺めた。

二人がデートを重ねてから、半年余の歳月が流れていた。

後章

1

リチャードと可南子のデートは、さらに楽しく重ねられた。これまでの抑圧されていた魂も肉体も、解き放たれたかのように、互いに激しく抱き合い、すべてを求め合った。

「500数えて……」

可南子は、デートの別れ際に、いつもそう言ってリチャードを困らせた。モーテルで一緒に過ごした後、時間を気にしてベッドを出ようとするリチャードを、潤んだ目で見つめ、拗《す》ねたように甘えて、リチャードを困らせた。

リチャードは、そんな可南子を可愛いと思った。若い肉体をむさぼるようにぶつけ合い、しなやかに身体を震わせた後の幸せな余韻の中にいつまでも沈んでいたい思いは、むしろリチャードのほうが大きかったはずだ。

「あなたが数えないなら、私が数えてもいいのよ」

微笑んで、リチャードを離すまいと抱き締める可南子を、本当に愛しいと思った。リチャードは、その言葉に可南子のすべての思いが凝縮されているような気がした。５００数えている間に、世界が本当に変わればいいと思った。

可南子は、時折暗い悲しみが澱《おり》のように染みついた表情を見せる瞬間があった。それは可南子と知り合ってからずーっと続いていた。リチャードは、思い切って何か心配事があるのかと、可南子に尋ねた。

「心配事ならたくさんあるわよ。この十の指で数え切れないぐらいにね」

可南子は、質問をはぐらかせて笑うだけで、真剣に答えてくれなかった。リチャードの質問には、どんなくだらないことにも真剣に答えてくれる可南子には、珍しいことだった。

リチャードは、その理由を見つけることが可南子を理解することだと思った。機会がある度に、さりげなく尋ねたが、その度に笑って誤魔化された。リチャードには、可南子の暗さの原因については、なかなか想像が及ばなかった。

二人で、飛行機に乗って久米島への一泊の旅行をも楽しんだ。何か新婚旅行のような錯覚に陥って、幸せな気分になった。

また、車を運転して北部の大国林道を駆け抜けた。可南子は中部の具志川市の生まれで、北部の深い森は初めてだと言った。椎の樹の群生に感嘆の声をあげた。リチャードは、得意になって案内した。この森の中には、海兵隊の北部訓練場があるのだ。

リチャードは、ジョージたちと一緒にこの森の中で訓練をした話しをした後で、少し複雑な気分に陥った。何のために、自分はここで訓練したのだろうか。疑問が沸いてきた。きっと、可南子との、こんな平和な時間を守るためにだ、と言い聞かせた。だれと戦うのだろう。敵は、どこにいるのだろうか……。それは国家が決めることなんだ、とリチャードは再び自分への問を、はぐらかした。

しかし、ユナイテッド・ステーツは、いつも正しいだろうか。どんな国よりも、正しく、敵を見極めることができるだろうか……。少し不安になってくる。リチャードにとって、国家は間違いを犯さない理想的な正義であった。ぼくたちは、その正義を遂行しているんだ。可南子を守るためにもだ……。

リチャードは、答えを曖昧にしているような気もしたが、それが今の精一杯の結論のような気もした。

リチャードは、大国林道からの帰りの車の中で、可南子にプロポーズをした。かねてから考えていたことだった。

「有り難う、リチャード……。でも、返事はもう少し待ってね。まだ乗り越えるべきハードルは、いくつか、あるように思うわ……」

リチャードは、慌てて言い継いだ。たくさんの言葉で、可南子を守る決意を語った。可南子を幸せにできる自信があると語った。語れば語るほどに、可南子への思いが迸《ほとばし》ってくるようだった。

「リチャードは、本当に私とうまくやっていけると思う？」

可南子が、目を潤ませながら、リチャードに問いかける。

「もちろんだよ。心配いらないよ」

「本当？　いつだって、私を守ってくれるの？」

「一生、守っていくよ」

「戦争から、だけじゃないよ」

「何から守ればいい？」

「それは、……」

可南子が、言いかけて唇をぎゅっと結んだ。やはり、言い淀んでいるものがあるようだ。

「何から守ればいいのだろうか。言ってくれないと、分からないよ」

可南子が決心したように顔を上げる。

「それを話したら、リチャードが私を嫌いになるんじゃないかしら……。それよりも、話したとたんに、私がリチャードを嫌いになるんじゃないかしら。そんなことを考えると恐いのよ。だから、話さなくてもいいんだ、話さなくてもいいんだと思い込ませて、ここまで来たんだけれど……」

リチャードは、やはり可南子には、リチヤードに見えない闇を抱えているんだと思った。それが、可南子が悲しい顔を作る原因に違いない。

「ぼくが、力になることができるかもしれない。是非話して欲しい」

「……」

可南子は、やはりまだためらっている。ぼんやりと、視線を車の外の景色へ向けている。長い沈黙の時間が、窓外に写る景色の変化の早さを苛立たしく感じさせるほどに、気まずく過ぎていく。

リチャードは、その沈黙に耐えられなくなって、傍らの可南子の手の上に、自分の手を重ねた。温かい可南子のぬくもりが伝わってくる。

「話せるときでいいよ……。今は無理に話さなくてもいいよ」

「うん、有り難う。もう少し待ってね」

「うん、いいよ。でも……、それほど長くは待てないよ。ぼくはもうすぐ兵役を終わるからね。決断をする時が迫っているんだ」

リチャードは、そう言いながら、可南子のいる沖縄に留まることができるかと考えた。可南子の返事次第では、このことを考えてもいいと思った。兵士の間は、沖縄での駐留を希望して沖縄勤務を続けてきたが、兵役を終えるとそういうわけにもいかない。基地に適当な仕事があるだろうか。何度も考えたことだ。

でも、リチャードは、自分の将来のことを考えると、可南子と一緒にカルフォルニアに戻ったほうがいいような気がする。両親にも早く可南子を紹介したい。

「ぼくは、結婚を決意した素晴らしい女性がいると、両親には既に伝えているよ。何も問題はないよ」

「有り難う、リチャード……」

「ぼく、これから５００数えようか」

リチャードの冗談に、やっと可南子に笑みが戻ってきた。可南子が声を出して笑った。

リチャードは、本当に数えてみた。

「イチ、ニ、サン、ヨン」

「ヨンでなくて、シでもいいよ」

「イチ、ニ、サン、シ、ゴ、ロク……」

可南子が、顔を上げてリチャードへ言う。

「リチャード……、私の返事を聞く前に、私の家族に会ってみない？」

「オーケー。ハッピーなことだ。すぐにでも、会いたいよ」

「それでは、来週の土曜日、午後三時。私をバイト先に迎えに来てくれる？」

「オーケー、きっと行くよ。５００数えてよかったよ」

「ジュウまでしか、数えてないよ」

可南子が、また声をあげて笑った。

リチャードは、可南子の笑顔を見て、あるいは家族に会うことで、可南子の悩みのすべてが解決できるかもしれないと思った。可南子の不安も、可南子のリチャードに対するわだかまりも、家族に会えば、すべてが見えてくるような気がした。

リチャードは、きりっと顔を上げた。可南子の胸の内にも、きっとそのような決意が秘められているような気がしていた。

2

可南子の実家は、キャンプ・コートニーが在る具志川市の安慶名《あげな》に在った。かつては、キャンプ・シュワーブのある辺野古《へのこ》でクリーニング屋を開業していたという父親は、今は個人タクシーの運転手をしている。母親は県立の総合病院で、看護師として働いていた。

リチャードが訪ねると、両親と姉がきちんと時間を作って対応してくれた。

可南子は四人姉弟の三番目にあたり、上には教員をしている姉と市役所に勤める兄、下にはこの春に卒業する高校生の弟がいると言った。

互いに挨拶を交わし、互いに家族のことを紹介し合った。リチャードは、出身地がカリフォルニアで、祖父と両親が健在であること、二人の姉と一人の兄がいることを話した。そして、祖父は沖縄戦に軍医として参加し、父は嘉手納の基地に勤務したことがあると付け加えた。

可南子の両親は、リチャードの言葉に相づちを打ち、ほとんど言葉を交わさなかったが、可南子より六歳年上という姉は、鋭い視線をリチャードに浴びせた。もちろん英訳は傍らに座って緊張している可南子がやってくれた。

しかし、リチャードも、できるだけゆっくりと笑みを浮かべ、カタコトの日本語を交えて話した。

姉は、リチャードへ、しつこいほどに可南子に対する気持ちを尋ね、将来の意向を尋ねた。

「ぼくは、可南子さんにプロポーズをしました。でも、返事は、まだもらっていません。ぼくは、真剣に可南子さんを愛しています。将来アメリカへ帰りたいと思いますが、沖縄に住み続けても構いません。仕事は基地の中で探せると思います」

リチャードは、はっきりと自分の意志を自分の言葉で伝えた。繰り返し、繰り返し練習してきた日本語で話した。

「あんたは、いくつだ？」

黙っていた父親がリチャードに尋ねる。

「二十三歳です。キャンプで誕生日を迎えました。可南子さんより一つ歳上です」

「あんたたちは、まだ若いよ……。後悔しないかね」

「後悔なんかしません。後悔するとしたら、可南子さんと結婚しなかったときです。そのときは、ぼくは抱えきれないほどの大きな後悔をするでしょう」

リチャードは、しっかりと日本語で答えた。

父親は、また黙って茶を啜った。

母親は、しきりにテーブルの上の食べ物を勧める。サーターアンダギーと説明した。リチャードは、可南子と一緒にイカ汁を食べたときの驚きを、身振り手振りで、可南子の両親と姉に話した。母親が笑い、父親が少し笑みを浮かべた。姉は、なぜだか目頭を赤くして涙をにじませていた。可南子の兄と弟は同席していなかった。

先ほどまで、リチャードを責めるように強い調子で問いただしていた姉の口調が、いつしか柔らかくなっていた。面長の顔は、可南子と似ていると思った。

「リチャードさんは、日本語が上手ね。どこで習ったの？」

「半分は可南子さんから。半分は基地内の日本語講座で習いました」

「私なんか、英語を何年も習ったのに、可南子と違っていつまでも上手にならないわ」

その時、隣の部屋のドアが開いて、老人が入ってきた。よろよろと身体を震わせながら真っ直ぐにリチャードの方へ向かって歩いてくる。

「私の祖父なのよ」

「おじい、休んでいたらいいよ」

母親と可南子が、同時に声をかけた瞬間だった。老人は、両手の指で銃を構えるしぐさをして、リチャードへ狙いを定めた。

「バーン、バン、バーン」

狂ったように、口で銃声の音を発したかと思うと、よろめきながらリチャードへ銃を向け、ぐるぐると、リチャードの背後を周り始めた。父親が慌てて、立ち上がり両手で抱きかかえた。老人の痩せた身体は、すぐに父親の腕の中で宙に浮いた。

「アメリカーやタックルサントや、タックルサント、ナランドオー」

老人は、着物の裾をはだけて、なおも足をばたばたさせながら暴れ続けた。父親が、なだめすかすように言う。

「おじい、アメリカーや、ナア、ウランドー（アメリカ兵は、もういないよ）」

「アレ、ユクシムニーシー（嘘を言ってからに）。ウヌイキガヤ（この男は）アメリカーやあらに？アメリカーやさや？　イナグ、ワラビ（女子ども）は、早くヒンガサント（逃がさないと）」

「分かっているよ、おじい。分かっているよ」

父親が、祖父を抱きかかえたまま隣室へ姿を消した。

一瞬の出来事だった。可南子の母親が、謝るように言う。

「おじいは、歳をとって、少し認知症の症状が出ているから……、ごめんね」

父親は、数分経っても戻ってこなかった。一つ隔てた隣室では何か言い争いをしているような声も聞こえた。

可南子は、おじいの言葉をリチャードに訳してくれなかった。

「母さん……、リチャードを送ってくるね」

可南子は、リチャードに立ち上がるようにと促して、外へ出た。

膝を畳んで座っていたリチャードは、立ち上がる際、足が痺《しび》れて思わず前につんのめりそうになった。それを見て、母親と姉が顔を見合わせ、声をあげて笑った。

リチャードは、笑っている二人にもう一度座り直し膝をついて言った。

「よろしくお願いします」

「ご丁寧にどうも。こちらこそ、よろしくお願いします。可南子の決意は固いようだから……、いろいろと二人で、ゆっくりと相談してね」

「有り難うございます」

リチャードは、母の言葉に礼を述べて立ち上がった。

外に出ると、夕暮れ時の淡い明かりが辺りを包んでいた。夕日が海の彼方から中空までの空を赤く染めている。

「リチャード……、私を嫌いになった？」

「とんでもない。ますます好きになったよ。可南子のことを家族の皆が愛していることがよく分かったよ」

「そう……。それでは、今すぐ、私をモーテルへ連れていって」

初めて、可南子が自分から誘った。

リチャードは、可南子の顔にそれとは別の、ある決意が秘められているような気がした。

モーテルに着くと、可南子は待ちきれないようにリチャードの胸に飛び込んだ。あっという間に二人は燃え上がり、そして果てた。

モーテルの小さな窓から眺める外の景色は、一気に闇が訪れていた。暗闇の中で、街灯やネオンサインが賑やかに灯っていた。

可南子は、リチャードの胸に手を当てながら、静かな、そして規則的な心臓の鼓動と息づかいを聞いていた。そして、心に秘めているわだかまりを、今日言わなければ、永久に言えないだろうと思った。

「リチャード……、今日は疲れたでしょう？　ごめんね、気を遣わせたね。おじいが飛び出してくるとは、私も思わなかったよ」

「どういたしまして。びっくりしたけれど、可南子も大変だなと思ったよ」

「おじいはね、戦争中だけどね。目の前でアメリカ兵に二十歳にもならない娘を殺されてしまったの。おじいも銃撃されたけれど、奇跡的に命は取り留めたの。小さかったお父も、それを隠れて見ていたのよ……。おばあが、水汲みに行っている間だったそうよ。それを知ったおばあは、私が代われば、よかったって、気が狂ったように泣き続けたそうよ。だから、おじいもお父も、アメリカ兵が大嫌いなの。うちの家族はみんな、アメリカ兵が嫌いなの。お兄ちゃんも弟も、リチャードの顔も見たくないと言って、今日は家を出ていったの」

「知らなかったよ、そんなことがあったのか……」

「知らなくて、当然だよね、今日、初めて話すんだから……」

可南子は、リチャードを見ていなかった。リチャードを見ずに、なんだか遠いところを見て話し続けている。可南子が時折見せる悲しい顔だ。リチャードは、なんだか可南子が遠いところに行ってしまいそうで不安になった。

「可南子も、アメリカ兵が嫌いなの？」

「そう、嫌いだよ」

尋ねなければよかったと後悔したが、もう後にはひけなかった。

「どうしてぼくのことを好きになったんだい？」

「なんて言えばいいんだろうね……。時々、リチャードがアメリカ兵であることを忘れるの」

「そう……。それは、きっと、いいことなんだよね」

「分からないわ」

可南子が寂しそうに首を振る。

リチャードは、戦争のせいだと思った。戦争が、可南子や可南子の父親たちを不幸に陥れたのだ。

何かを言わなければならないと思った。

「戦争は、人間であることを、人間に忘れさせてしまうけれど……、ぼくらは戦争をこの地球上からなくするために、訓練しているんだ……」

「それ、矛盾していない？」

リチャードは、なんだか、自分の発言に矛盾しているような気がして、言い淀んだ。可南子に指摘されて、分からなくなった。

可南子の視線は、一瞬リチャードを挑むように見ていたが、すぐに再び空中にさまよわせた。

「それに……、沖縄では、戦争はまだ続いているわ」

「どういうことだい?」

「この島では、まだ米兵による婦女子への暴行や、基地被害と呼ばれる交通事故や事件などが続いているってことよ……」

リチャードは、メディアセンターで調べたこれまでの記事のことが頭をよぎった。

可南子が言い継いだ。

「復帰後にも、米兵や米軍属による犯罪は続いているのよ。復帰の年の一九七二年から一九九七年までのおよそ二十五年間に起こった犯罪件数は、ある統計資料によると二六万九千二九九件よ。一年でおよそ一万件の事件が起こっているのよ。この数字、どう思う? ミスター、リチャード?」

「どう、思うって……」

「一年で一万件というと、一日に三十件、一時間に一件以上の犯罪が起こっていることになるのよ」

リチャードは言葉に詰まった。

「一件につき、被害者は一人と限らないから、被害者の人数はもっと多くなるはずよ」

可南子が、奇妙な嗚咽をあげ、言葉を詰まらせながらもリチャードを見据えて一気に語った。

「私も被害者なのよ。でも、この数字には含まれていないわ……」

可南子は、声を詰まらせ涙を浮かべながら語り続けた。

「私の家は、そのために家業のクリーニング屋を畳んで引っ越したのよ。姉は、私のことを考えて人一倍気を遣ってくれているけれど……、自分を責めてもいるのよ」

「その日は、たまたま姉の替わりに私が店番をしていたの。部屋の奥では、おばあちゃんが機《はた》を織っていたわ。私もおばあちゃんの前でそれを見ていたの。私は中学の二年生になっていた……。もう分かったでしょう。私は、その日、強姦されたの……。私だけでないわ、おばあちゃんもよ。二人とも、米兵に強姦されたのよ……」

可南子が、声をあげて泣き出した。くしゃくしゃになった顔から、涙があふれている。

「そんな……、もういいよ」

「よくはないわ。……私は、二人の米兵に口を押さえられ、手を折られ、足を押さえられ、衣服をむしり取られ、顔を叩かれて、強姦されたのよ。……おじいが、死んだようになった私と、私を抱いて放心しているおばあを最初に見つけたの。おじいは、気が狂ったけれど、私は狂わなかったわ。父は怒り、姉は詫び、母は泣き続けたの。おばあは、それから間もなく死んだ。私を助けることができなかったことを、ずーっと悔やんでね……」

「それから……」

「それからって、どういうこと？」

「……」

「私たちは、それを家族全員の秘密にしたのよ。それは、堅く守られてきたわ。私は長いリハビリ生活と専門医のカウンセリングを受けて、やっと立ち直ったの」

「その私が、よりによって米兵と結婚したいと言い出すなんて、家族の皆は、びっくりしたわ」

「……」

リチャードは、もう言葉が継げなかった。

「私がアメリカ兵と結婚したいと言うと、兄は私に向かって、お前も、おじいと同じように気が狂ったのかと、なじったわ……。リチャード、こんな私でも愛することができるの？　結婚したいと思うの？　守ってくれるの？」

リチャードは、可南子の衝撃的な告白にたじろいだ。可南子は、このことを言うために自分をモーテルに誘ったんだと思った。どこかに暗い陰がつきまとっていた可南子の表情には、このような過去が隠されていたのかと思った。悲しかった。返す言葉が見つからなかった。日本語で何と言うのだろう。

可南子は、涙を流しながら、リチャードを見つめていた。大きな洪水が、可南子の内部で堰を切って流れ出したんだ。

可南子は家族の反対にあいながらも、今日まで一歩一歩、二人のために歩いてきたのだ。このような卑劣な行為をした米兵と同じ国民であることが、恥ずかしかった。

リチャードは、可南子を黙って抱き寄せた。必死に言葉を探し、必死につぶやいた。

「愛しているよ。可南子、ずっとだ……」

リチャードの言葉に、可南子が抑えていた感情を再び吐き出すようにして、リチャードにすがりついた。

「ごめんね、リチャード、嫌な話しをしてしまったわね。でも、話さずにはいられなかったのよ」

「謝るべきなのは、ぼくの方だよ。そして、こんなぼくでも、愛してくれるかと、ぼくこそが問うべきなんだ……。可南子、許してくれ」

「あなたを許すべきかどうか、私には分からないわ。でも……、私は、話すべきだと思ったの。二人のためにも……」

「もう……、リチャードは私を愛してくれないかもね」

「そんなことはないさ」

「私が、リチャードを愛せないかもね」

「そんなことはない、そんなことはないさ」

リチャードは、必死に可南子の言葉を遮った。腕の中で肩を震わせながら泣き続ける可南子を、ますます愛おしく思って強く抱き締めた。そして、以前にも増して、可南子と結婚したいと強く思っていた。

3

リチャードにとって、人生で最も慌ただしい数週間が過ぎた。あるいは、最も充実した数週間と言うべきかもしれない。

リチャードと可南子は結婚を決意し、この島で結婚式を挙げ、新婚生活をスタートさせることにしたのだ。リチャードは可南子との結婚をカルフォルニアにいる両親に報告し、家族に結婚式に参加してもらうことにした。両親は不安を少し漏らしたが、リチャードの決意を、すぐに理解してくれた。

また、リチャードは、兵役が残り数週間で終わるため、延長か、退役かの判断を迫られたが、退役をし、嘉手納基地で勤めることが決まった。上官に便宜を図ってもらったものだった。可南子が大学を卒業するまでは沖縄へ残り、可南子の卒業後に、二人でアメリカへ渡ることにした。

結婚式は、基地内の教会で行った。ブッシュ軍曹やジョージ、マイケル、デイブも招待した。家族と数人の友人が見守るだけの質素な結婚式になったが、可南子は、母に無理を言って花嫁ドレスを着けさせてもらった。姉が、涙を堪えながら、なにくれと世話をした。

結婚式後に、家族親族の集うパーティを基地外のホテルで開催した。もちろん二人の共通の友人であるジョージと久美子は、その日は、ずーっと一緒に立ち会ってくれた。

ジョージは、久美子へのプロポーズを済ませていたが、久美子が結婚を決意しかねていた。久美子は、可南子よりも、なんでも積極的に行動したから、その性格を知っているジョージとリチャードは、盛んに久美子を冷やかし、煽《あお》り立てていた。

「可南子の花嫁姿を見たら、私も結婚したくなったな……。でも、私の両親はアメリカ嫌いだからね。アメリカ一は、私の一族にとっては、今だ敵国なのよ。ジョージと付き合っていることさえ、家族には黙っているの。ジョージのことを話したら、それこそ腰を抜かしてびっくりするだろうね。親子の縁を切られるかも。それとも、監禁されるかな……」

「だから、ぼくを両親に会わせてくれよ。ぼくが両親を説得するって、いつも、そう言っているのに、久美子は、ぼくを両親に会わせてくれないんだ。それに、結婚は二人の問題なのに、両親や一族のことを気にし過ぎるよ」

「そう言われてもね、私は一人娘だし、そう簡単にこの島を離れられないわ」

ジョージと久美子が、リチャードと可南子の前で愚痴を言い合っている。

「ああ、世界が変わらないかなあ」

久美子が、寂しそうにつぶやいた。

「500数えりゃ、世界が変わるよ」

「えーっ？　どういうこと？　リチャード？」

リチャードは、久美子のため息に、思わず冗談で答えたが、しまったと思った。可南子を見ると、恥ずかしそうに、内緒だよ、二人の秘密だよ、という顔でしかめっ面をして睨んでいる。慌てて、その場を取り繕う。

「言葉だよ、言葉。一緒にそれぞれの国の言葉を500言いあえることができたら、お互いが理解できて、結婚ができるということだよ」

「ふーん、そうなの……。それで、リチャードと可南子は、500の言葉を数えることができたの？」

「そうだよ。やってみようか。イカ汁、アバサー汁、ゴーヤーチャンプルー、アブラミソ、カタハラウブチー、サーターアンダギー……」

「それ、みんな食べ物の名前ばかりじゃないの？」

「たまたま、そうなっただけだよ。たとえば、紅型、絣、首里綾織り、読谷山花織り、機《はた》、芭蕉布、苧麻《ちょま》……」

「もういいわ、なんだか怪しいな……」

「怪しくないよ。可南子は織物のスペシャリストなんだ……」

「可南子が、織物に興味があることは私だって知っているわ。だけど、何か誤魔化していない？　リチャード？　可南子と二人だけの、何か秘密のキーワードではないの？　たとえば愛情表現の何か」

「もういいでしょう、久美子……」

二人の間に、可南子が割って入る。もちろん久美子も楽しみながら、詮索しているのだ。

「あら、可南子は、500言えるの？」

「ラブ、ラブ、ラブ、ラブ、ラブ、ラブ、ラブ……」

「はい、ごちそうさまでした」

久美子が、大声をあげ、頭を下げて舌打ちしながら笑う。

リチャードは、相手の有している500の言葉を並べることができたら、ひょっとして本当に相手を理解することができるのではないかと思った。可南子は、別れを惜しんで、いつも500数えてと、リチャードに甘えたが、500の言葉で世界が変われば、これほど嬉しいことはない。

リチャードは、冗談で言った500の言葉が、本当にこの島を理解する目安になるのではないかと思って、頭の中で唱えてみた。が、すぐに周りに集まって来た友人や家族の祝福を浴びて中断された。

リチャードの家族は、全員がリチャードの結婚式に参加した。両親だけでなく、二人の姉と一人の兄、そして祖父までがやって来た。まるで観光気分であった。実際沖縄は、祖父や父の兵役中の任務地であっただけに、老いた祖父や父には感慨深い地であり、祖父への慰労の意をも有していた。さらに、祖父には、戦時中一緒に働いた地元の医師の遺族へ会う目的もあった。

また、母や姉たちとっても、カリフォルニアには沖縄出身の友人も多数いたので、その友人たちの出身地を訪ねてみたい気分もあったようだ。

家族の皆は、花嫁の可南子をすぐに気に入ってくれた。是非カリフォルニアで、すぐにでも結婚パーティを開きたいと言ってくれた。リチャードが、あらためてその申し出を断り、いずれ、カリフォルニアに戻った際に、親族を集めて紹介パーティを開くことで了解してもらった。

リチャードは、沖縄の地に住み、沖縄の地で育った花嫁を娶ったので、結婚式にしろ、沖縄流の習慣で充分だと思ったが、可南子の希望で、基地内の教会での結婚式になった。

ホテルの披露宴では、少ない招待客であったが、沖縄式に三線が弾かれ、太鼓が叩かれ、琉舞が披露された。可南子の兄や弟も、やっと気持ちを和らげ、兄弟二人の友人である若者たちによって賑やかなエイサーが繰り広げられたときには、リチャードの家族は、皆が立ち上がって拍手をした。

舞台で繰り広げられる演舞の説明は、久美子やジョージが担当してくれた。リチャードの家族は、それを聞いて盛んにうなずいていた。可南子は、その光景を見て微笑ましく思った。

リチャードの家族のはしゃぎように比べて、可南子の家族は静かで、むしろ口数は少なかったかもしれない。しかし、だれもが可南子の幸せを願っていたはずだ。可南子は、そのとき、既にだれにも言えぬ決意をそーっと、あたためていたのだ。それはリチャードにとって、最も残酷な決意になるものだった。

4

リチャードの家族の沖縄観光は、可南子が案内役を務めた。結婚式の翌日だったが、せっかくの機会なので、沖縄滞在を楽しんでもらいたいと思った。その晩は、リチャードの家族の皆も、可南子とリチャードの泊まる同じホテルに部屋を取ったので、午前中に出発することができた。

リチャードは、ゆったりと座れるボンゴ車を借りて、可南子とよく行った観光地や戦跡を巡った。

可南子は、リチャードと家族だけの一日にしたいと思ったのだが、強引な家族の誘いに、断れなかった。もとはと言えば、可南子が勧《すす》めた観光地巡りだ。

「可南子も、今日から家族の一員よ」

義母にそう言われると、断りづらかった。

リチャードと可南子は、平和の礎《いしじ》と斎場御嶽、それに首里城と玉泉洞を案内した。斎場御嶽では、「なぜこの地には何もないのか。また、ここは二人の思い出の地なのか」と、皆にしつこく尋ねられたが、リチャードが沖縄の信仰について、熱心に語っただけだった。

リチャードの父も祖父も、沖縄在任中には、いずれも訪れたことのない場所だと言った。祖父は、戦争中従軍医師として沖縄戦に参加したが、多くは本島中部に設置された難民や捕虜収容所のキャンプで職務に従事したと言った。亡くなった祖母とはその後に勤務した軍病院で出会ったと懐かしそうに話した。

義父は、ベトナム戦争が終わり、沖縄が復帰する直前の七〇年代前半の二年間を慌ただしく過ごした、と言った。復帰運動や反基地闘争の高揚した時代だ。

二人とも感慨深そうにリチャードや可南子の説明を聞いていた。祖父は、特に懐かしそうで、この島の青い海、青い空、そして人々の優しさは、永遠だと、何度も述べた。ちょうど二十代の終わりのころで、祖母との青春時代の貴重な体験も数多くあると、目を細めて笑みを浮かべた。

祖父の目的のもう一つは、終戦直後の収容所で、一緒に診察や医療に携わった沖縄人医師志堅原《しけんばる》良一の家族を訪ねたいということだった。志堅原医師は、戦時中、野戦病院で病死していたが、一緒に写した写真が一枚祖父の手元に残っており、それを遺族にプレゼントしたいということだった。それを、是非自分の手で実現したいと、老いた身体に無理を強いての沖縄訪問だった。

祖父の意向を知り、遺族の捜索は可南子が引き受けることにした。祖父が沖縄を訪れる前に、地元の新聞社にその写真と広告を掲載したが、すぐに遺族の息子夫婦が名乗り出た。意外にも、可南子の住む具志川市近くのコザ市に住んでおり、セッティングは市役所に勤めている可南子の実兄が労を取ってくれた。

祖父は、結婚式の前日、沖縄に着いたその日に志堅原家を訪ね、写真をプレゼントした。とても勇敢で献身的な医師であったと誉め称え、家族からは手厚くもてなされ感謝された。

広告を掲載してくれた新聞社は、戦争中の美談として大きくその模様を報道した。可南子たちの結婚披露宴の席上でも司会から紹介があり、祖父の目的の一つは、すでに達せられていた。

ただ、なぜ、これまで長く写真を手元に置いていたのか。今ごろになってどうしてプレゼントする気になったのか、と問う記者の質問には、写真が手元にあることに気付かなかったと、祖父は繰り返し答えていた。

祖父は、観光も終わりに近づいた首里城の境内で、可南子に寄り添ってくると小声で尋ねた。

「ドクター志堅原と、チームを組んで医療に当たった当時のキャンプGの在った場所を、訪ねてみたいんだが……、可能だろうか」

祖父は申し訳なさそうに語ったが、一語一語をゆっくりと語る口調には、強い意志を感じた。

可南子が答える前に、それを可南子の傍らで聞いていたリチャードが、可南子の答えを遮るように言った。

「可能だが……、今は、当時の面影はまるでないよ。サトウキビの畑の中に、住宅がポツリポツリと建っているだけの閑散とした土地だ。失望するだけだよ」

「それでも、構わない。是非連れていって欲しい……」

祖父は、可南子へ尋ねたときとは違い、必死でリチャードへ頼みこんだ。可南子は、リチャードが、その地のことを詳しく知っていることは意外だったが、祖父の願いを叶えさせてやりたいと意見を述べた。リチャードが、やがて承知した。

「オーケーだ。ただし、女どもはホテルに戻って休むこと。それが条件だ」

「私も一緒についていきたいんだけど……」

「駄目だよ、ぼくだけで十分さ。だって、本当に何もないんだから」

可南子の申し出を、リチャードはすぐに却下した。リチャードの優しい心遣いだと思って、可南子はもうこれ以上、何も言わなかった。

皆でいったん、ホテルに戻ってから、リチャードと父と祖父の三人だけで、その地に車を走らせることになった。義兄は、女どものおもり役としてホテルに残ることになり、玄関で皆で手を振ってボンゴ車を見送った。

5

リチャードの運転するボンゴ車が、キャンプG跡に着いたのは、夕陽が落ちる寸前であった。木々の影やステッキを持って立つ祖父の影を長く地面に映した。

「やはり、当時の面影はないな……」

祖父は、リチャードに感慨深そうにつぶやいた。

「キャンプといっても、疲弊した沖縄の人々の収容施設だったんだ。中心に医療施設があって、放射線状に無数のテントが広がっていた……」

リチャードの耳に、父の質問に答える祖父の言葉が入ってくる。

「悲惨なものだったよ……。傷ついた人々だけでなく、遺体も次々と運ばれてきた。元気な者は、選別されて近くの捕虜収容所に送られたから、ここは、さながら死に場所だった……」

祖父は、ゆっくりと記憶を一つ一つ取り出すように語り続けた。祖父が、この土地に特別な感情を持っていることは、リチャードにも、すぐに理解できた。遠くの風景を見て、時折涙ぐむように声を詰まらせて語る祖父の言葉の一つ一つが、重く感じられた。

リチャードも祖父に呼ばれ、父と三人で足元の草を撫でるように平らにして腰を下ろし、ゆっくりと祖父の話を聞いた。

「もちろん、傷ついた兵士も、多数運ばれてきた。まだ、日本軍の散発的な抵抗が続いていた。そして、若い婦女子が、我々医師の手伝いをしてくれた。包帯を取り替えたり、ベッドを整えたり、看護に当たってくれた……」

「キャンプGは、救急の野戦病院であり、戦争で疲弊した住民の収容所であり、同時に捕虜収容所でもあったわけだ。志堅原医師は、旧日本軍の従軍医師であった。この地で共に医療に携わったが、やがて自ら死んでしまったんだよ……」

祖父は、感情を鎮めながら、淡々と話し続けた。当時は充分な人手も医療器具も薬品もなく、多くの傷ついた兵士や、沖縄の人々が死んでいったこと。希望を失った人々の間で、餓死や、栄養失調での死、また略奪や暴行などが、際限なく繰り返されていたことなどを話した。リチャードには、どの話も理解を超えるような出来事だった。

「私が過労で倒れたとき、一人の若い沖縄人看護師に親切に看病されて、危うく一命を取り留めたことがある。私は、すぐにその娘が好きになったよ……」

祖父は、時には自分の長い影を見つめて、ため息をつくように語った。あるいは、これまでだれにも語らなかったことかもしれない。父も興味深そうに、身を乗り出して聞いていた。

語り続けながら、再び感情的になったかと思うと、しばらく言葉を詰まらせた。そして意を決したように、再び顔を上げて語り続けた。

「実は、ドクター志堅原は、尊敬に値する医師ではあったが、同時に常軌を逸した行動が目につくようになってきたんだ。チームから外すようにと、私は上官に進言した」

リチャードは、思わず聞き耳を立てた。志堅原医師の遺族には語らなかったことだ。

「常軌を逸した行動とは、どういうことですか？」

父の問に、祖父はためらった後、はっきりと答えた。

「レイプだ。……ドクター志堅原は、やがて、若い娘の患者をレイプする行為が、噂されるようになった……。そして、やがて患者だけでなく、見境がなくなり健康な女性にまで手を出すようになった。志堅原の行為は、今考えてみると、戦争に対する大きな怒りのようなものだったのかもしれない。戦争が人間性を奪い、自らの同胞の運命さえをも蹂躪し、痛みを忘れる人間を作り出すのだよ。ドクター志堅原は、やがて致死量以上の薬物を自らに注射して死んだ。もちろん表向きは、自死ではなく病死ということになっているがね……」

祖父は、顔を歪《ゆが》めた。

「私は、この歳になってやっと、ドクター志堅原の狂気が理解できるようになってね……。それで、一緒に写した写真を、遺族にプレゼントしようという気になったんだよ。なにしろ私が愛した若い娘も、ドクター志堅原にレイプされ、それを苦にして死んでしまったからね、志堅原を許せなかった……」

祖父は、戦争の残酷さを述べ続けた。これはすべて戦争が原因だ。多くの地域で、従軍医師として働いたが、どの地でも同じようなことが繰り返される。正しい戦争はないと言い切った。

「私は、このキャンプGで、生きることが嫌になったのに、こんなにも長生きしてしまった。しかし、生きていてよかったのかもしれない。今はそう思うよ……」

祖父は、寂しそうに顔をゆがめて立ち上がった。

父は、話し終えた祖父の手を取り、肩を抱いた。リチャードも傍らから祖父を抱き締めた。

祖父は、この話を、この土地に向かって語るために訪れたのかもしれない。この土地に埋もれた悲劇を解き放つためにだ。リチャードは、そう思った。そして、可南子をホテルに置いてきて良かったと思った。

「ツルコ……」

祖父は、最後にぽつりと漏らして、歩き出した。ツルコ……。あるいは祖父が愛した若い娘の名前かもしれない。しかし、祖父は、二度と同じ言葉を口には出さなかった。また、リチャードも、問い返すことを憚らせる何か異様な雰囲気を感じていた。

辺りは、地面に映った祖父の影をすっかりと消し去り、静かな夕べが訪れ始めていた。

「戦争だ……。すべて戦争のせいなんだね」

リチャードは、消えてしまった祖父の影に、ぽつりとつぶやいた。

6

「武器を手にしている時は、常に弾丸が装填されているものとして扱え！　撃つ時以外は、指を真っ直ぐに伸ばし、引き金に指を掛けるな！　すべて号令に従って行動しろ！」

ブッシュ軍曹の、いつもの甲高い声がスピーカーから流れる。リチャードにとっては、今日が最後の訓練になる。やっと、二年間の兵役期間が終わるのだ。

全長一メートル、重さ約四キロのM16ライフル銃の口径は五、五六ミリ。最大射程距離は、八百メートルにも達する。戦場では、このライフルが頼りだ。

射撃台に並び、射撃の準備を始める。膝をついて標的を見つめる。上官がやって来て、M16の実弾を三発渡す。リチャードは、それを受け取ってマガジンに弾を込める。緊迫した訓練場に、カチャカチャという金属音が響く。

「マガジンを装填しろ！」

再びスピーカーから、ブッシュ軍曹の声が響き渡る。リチャードは、腹這いになり、右肩にM16ライフルを当てて、ゆっくりと標的に狙いを定める。人型の標的は百メートルほど離れた目前の山肌に立てられている。

「撃て！」

発砲を許可する号令が下される。「パン、パン」と、銃声の音が辺り一面に響き渡る。渡された三発の射撃が終わると、命中の確認を行い、当たった部分にはマークがつけられ、外れた際には、どれだけ外れたかを確認する。ライフルの照準を微妙に調整しながら、もう一度、目標に照準を合わせる。作業が終わると、再び三発ずつの銃弾が手渡された。また合図がなされて、射撃が開始される。この訓練を、何度繰り返してきたことだろう。

「いいか、お前たちにとっては、この訓練が最も大切で基本的な訓練だ。敵よりも射撃の技術が正確ならば、それだけ生き延びられる可能性が高くなるというわけだ。これまでの訓練の成果を見せてくれ。マガジンを装填しろ！　いくぞ！」

「撃て！」

乾いた発砲音と共に、リチャードの持ったM16ライフルが微妙に振動し、薬莢が湯気を上げたように飛び出す。二年間、磨き上げてきた銃と、何度も何度も調整し、合わせてきた照準だ。

だが、なぜ、人は殺し合うのだろう……。まだ、疑問は解消されていない。正しい戦争はない、という祖父の声が、響き渡る射撃音と共に、リチャードの脳裏に甦り、指先を揺さぶる。あの日の祖父の述懐が甦ってくる。弾は、微妙に目標から外れていく。

傍らのマイケルとデイブは、一発ごとに奇声を発しながら、楽しそうに射撃している。やはり、自分は優れた兵士にはなれないと思った。リチャードは、最後の銃弾を発射した後、ライフルを肩から外して仰向けにひっくり返った。

青空が、目にしみる。太陽の光が眩《まぶ》しい。思わず目を細め、それからゆっくりと目を開いた。白い雲が流れていく。この青空は、どこまでも続いているのだ。カルフォルニアにもアフガニスタンにも、そしてイラクにも……。

リチャードは、訓練の最終日に、やっと結論が出たことを実感する。ぼくは、兵士になれない。ぼくはマイケルやデイブと違う。ぼくは祖父でもないし、可南子でもない。でも、ぼくはそれぞれの悲しみを理解できる。ぼくは、ぼくなんだ。ここからすべてを始めるんだ……。

リチャードの気持ちは、青空のように澄み切って、最後の訓練を終えた。

リチャードは、その日を最後に、再び銃を握ることはなかった。結婚後は兵舎の外に出て、可南子と二人のアパートでの質素な生活を始めるつもりだ。可南子の卒業を待ってカルフォルニアに飛び立つ予定だ。その間、基地で働く目途も付いていた。

友人のジョージは、再び故郷へ戻り、大学で文化人類学の研究を続けると言った。ジョージは、結局、久美子を残してアメリカへ飛び立った。

マイケルとデイブは、優秀な兵士として、隊の解散式で表彰され、そのまま軍に残り、韓国基地へ配置されることになった。一緒に訓練を受けてきた二百人の仲間は、それぞれの決意を胸に、ある者は軍隊に留まり、ある者は故郷に戻って元の生活を始めた。そして、ある者はここ沖縄の地での新しい生活を始めた。

リチャードは、キャンプ・ハンセンから、嘉手納基地へ移り、通称嘉手納ラプコンと呼ばれる嘉手納基地の管制施設のオフィスに軍属として就職した。沖縄の軍事基地を維持するために、兵士の労力が必要でない部署やシークレットな業務を必要としない部署については、多くの沖縄県民が基地労働者として雇用されていた。同じように米国籍を持つ民間人も多く採用され、英語が必要な部署についていては、兵士として訓練を受けたリチャードのような民間人は、軍属として重宝されていた。

嘉手納ラプコンには、約二百人ほどの兵士が勤務しており、そのうち、管制官は総計で五十名ほどで、三グループに分かれて二十四時間体制で管制塔に詰めていた。リチャードは、オフィスに居て、日々の交信記録を整理するのが仕事だ。もちろん、基地の維持・管理は、ほとんどが大型コンピュータで制御されていたから、その作業がうまく働いているかどうかのチェックが主な仕事である。時々は、機械的に数字を読み込み、機械的に数字をコンピュータにインプットすることもあった。

ユナイテェド・ステーツは、東西冷戦が続く中で、兵器の技術革新を進め、沖縄基地にも常に最新鋭の兵器を配備していた。冷戦後も軍事技術の開発は続き、NVG（ナイト・ヴイジョン・ゴーグル＝夜間暗視装置）も、その一つであった。夜間でも、昼間と同じように周りを見ることができるNVGの存在は、湾岸戦争でも威力を発揮し、作戦行動の範囲を大きく広げた。リチャードたちも夜間訓練を受けたが、ここでは、ヘリコプターや戦闘機が、管制官と交信しながら盛んにNVGの訓練が行われていた。

嘉手納基地の管制塔では、那覇空港や普天間基地との交信も盛んに行われていた。この管制塔では、年間十万機近い航空機と交信するという。もちろん、このうちの七〇パーセントは、嘉手納基地へ離着陸する軍用機である。リチャードは、この青空に軍用機でなく、様々な国の民間機を飛ばすことができたら、どんなに幸せなことだろうと思うこともあった。

リチャードは、嘉手納ラプコンに勤務するようになってから、さらにアメリカ政府がいかに沖縄基地を重用視しているかが分かってきた。ここにいると、沖縄基地全体の俯瞰的な動向や、基地を維持するために巨大な予算が消費されていることも、すぐに理解できた。そして、その多くが日本政府から出資されていることも分かった。

沖縄に散在する軍事基地では、それぞれの場所で様々な訓練が行われていることも分かった。リチャードたちキャンプ・ハンセンに駐留した新兵の訓練は、氷山の一角にしか過ぎなかったのだ。たとえば、北部訓練場では、新兵だけでなく、年間約六千人の米軍兵士が訓練を受けていた。また、防毒マスクを付け、殺傷力の極めて高い核・化学・生物兵器への対応を想定したNBC訓練が日常のように行われ、有事を想定してタウンと呼ばれる艦隊病院が、いつ出動してもいいように待機していた。さらにユナイテッド・ステーツと東南アジア諸国が実施するキャラットと呼ばれる海外合同軍事演習など、沖縄の軍事基地は休むことなく動いていた。

7

可南子の妊娠を知ったのは、可南子が大学の卒業を控えた前の月、リチャードが嘉手納ラプコンで働いてから半年程が過ぎたころだった。

リチャードは、この半年で、沖縄を太平洋のキーストーン（要石）にするというアメリカ政府の軍事基地政策に対して大きく理解を深め、同時に多くの矛盾を感じ始めていた。この疑問は、同じように日本政府にも向けられていた。沖縄県民に対する日本政府の差別的な政策や、米軍の悲劇的な駐留の歴史と、いまなお続く軍属や兵士の野蛮な行為による犠牲者の続発について心を痛めた。

日本と米国の共存や連帯は、共に共通の敵と戦うことではない。共通の敵を作らない努力こそが、相互の国に住む人間として誇り高く、より価値の高いものにしてくれるように思えた。民族や、宗教や、歴史を超えるためには、破壊や排除ではなく、理解と尊敬が必要なのだ。どうしてこの単純な真理が、世界には実行できないのだろうか。

コソボやマケドニアなどの紛争が続くバルカン半島、あるいはインドネシア、カンボジア、そして長く不幸な歴史が続いているイスラエルとアラブ、それからイラク、ウクライナ……。

世界は様々な矛盾を抱えているが、皆生きて呼吸している人間の住んでいる地球だ。嘉手納ラプコンにいると、世界が、本当に身近に感じられる。世界は近くて、そして愛しい。困難であっても、武力に頼ってはならない。兵器を置き、戦争を放棄すること、これこそが理解の一歩を模索することになるような気がする。殺戮は止めるべきなのだ。

リチャードは、祖父の悲しみが何度も甦ってきた。祖父の愛した沖縄人女性が、自分の愛する可南子の姿に何度も重なった。可南子を奪われる悲しみを想像すると、いたたまれなかった。緊張感を漂わせて生きる兵士の一日一日の暮らしは、決して幸せではないはずだ。嘉手納ラプコンにいて、優れた破壊兵器を目前にすると、その思いはますます強くなっていった。

それと同時に、リチャードが思い悩んでいた自分の本当にやりたい仕事が、徐々に輪郭を有して立ち上がってきた。リチャードは、ライターになりたい。作家になりたいと、思い始めていた。

当初、それは漠然とした未来への夢のようなものだったが、だんだんと具体的なライターとしての日々さえ思い描くことができるようになった。たとえば、祖父の語ったような体験を拾い集めて、戦争の悲惨さを世界に知らしめること。名もない市井の人々の記憶を甦らすこと。それらのことを書くことによって、平和の尊さと戦争の悲惨さを訴えるのだ。戦争の残酷さは、まだまだ祖父のように人々の内に秘められているはずである。それを掘り起こすことによって、人間の尊さを呼び起こすのだ。

あるいは、コソボに飛んで、悲惨な現実を取材し報告してもいい。このことが、生きることの貴重な意味を問い。答えを導いてくれるはずだ。ピースメーカーになるには、兵士になることではなく、むしろ人間同士が愛し合って生きることとの素晴らしさを実感することなのだ。それは、もちろん戦争を描くだけでなく、平凡な日常の家族の風景や、愛しあう男女の姿を描くことによっても可能なことだろう。困難な仕事だが、やりがいのあることのようにも思えた。

そんな思いが強くなればなるほど、今、勤務している嘉手納ラプコンでの自分の仕事が、戦争に加担する行為ではないかと、疑問を抱かざるを得なかった。軍と関わらない仕事を探し、そして、思い切り、作品を書き上げたい。そんな思いが、日増しに強くなっていった。

可南子が突然、アメリカで出産したいと言い出したとき、リチャードは驚いた。その申し出が理解できなかった。

リチャードの読んだ本の中では、沖縄の女性たちの出産は、むしろ母方の実家に帰ることが一般的な習慣だと書いていたからだ。その疑問を可南子に言うと、笑っているだけで答えてくれなかった。可南子のそんな態度は好きではなかったが、あるいは、リチャードのことを思っての決断のようにも思われた。可南子の優しさを強く感じ、それ以上は追及しなかった。

リチャードは、あるいは、可南子の理由を詮索することよりも、自分の夢を実現することに、関心の多くは傾いていたのかもしれない。それだから、ライターとして自立したい自分の夢を、可南子へも熱心に語ったのだ。

可南子は、そんなリチャードの夢を叶えるためにも、アメリカへ渡るのがいいことのように思われた。また、当初から、大学を卒業したら、リチャードの故郷カルフォルニアへ行くことを承諾していたのだから、なんの抵抗もなかった。また、アメリカで出産すれば、生まれてくる子どもは自分と同じ日本の国籍と、出生地主義をとるアメリカの国籍の両方を取得することができることを知っていた。

可南子の両親や姉や兄も、もう可南子の人生を拘束することはできないことを理解していた。可南子の家族にとっては、米兵や戦争は、最も憎むべき対象の一つであったのに、今はなぜか曖昧なものになっていた。極端な言い方をすれば、可南子がリチャードと結婚したことは、家族の結束を裏切った「事件」であった。

しかし、可南子が並々ならぬ決意で、リチャードとの結婚を決めたことを知っていたがゆえに、もう咎《とが》めることはなかった。米本国へ渡りたいと聞いたときも、家族は当然のことのように受け入れた。

リチャードが一足先に、カルフォルニアへ帰郷した。仕事先と、可南子と一緒に住む住居を探すなどの準備のためである。リチャードの両親は、喜んで帰郷する息子夫婦に協力してくれた。リチャードの仕事も、すぐに見つかった。父親の友人が関わっている大学のオフィスの仕事だったが、しばらくの間は、臨時的に任用してくれるという。

リチャードは、兵役に就く前に入学していた大学を、中途で辞めることになったが、何も未練はなかった。可南子や生まれてくる赤ちゃんのことを考えると、働きたかった。ここで働きながら、ライターとして出発を飾る作品を書き上げたいと思った。

可南子は、那覇空港を出発する日、家族の皆に笑顔で手を振って別れを告げた。可南子の母は、異郷の地で子を生む可南子のことを思って熱い涙を流した。そんな母の姿を見て、可南子は思わず慰めの言葉をかけた。

「母さん、大丈夫よ、アメリカには大きな病院があるのだから。それに、すぐに戻ってくるよ。心配しないで」

「すぐに、戻ってくる? 可南子、どういうことなの?」

母の傍らに立っている姉が、怪訝そうに可南子の顔色を窺った。

可南子は少し動揺した。うっかり口を滑らせた。もうすぐ自分の計画が成就するのだ。慌てて取り繕う。

「ううーん、なんでもないよ。赤ちゃんができたら、すぐに里帰りするからねって、いうことよ」

姉が、なおも疑問を払拭できない顔で、可南子に向き合った。

「そういうことなの……、びっくりしたわ。最初から、もう別れるつもりの結婚だったのかなと思って、一瞬、ひやっとしたわ……。あんたは、小さいころから、何をするか分からない子だったからね。びっくりさせるようなことばっかりやってきたからね。この結婚だって、そうでしょう。可南子、あんた、まさか、何か企《たくら》んでいるんじゃないでしょうね……」

「何、言っているの、お姉ちゃんは……。そんなことないわよ」

「そう、それならいいけれど……」

可南子は、姉の視線を逸らすように、母の前に立って別れを告げた。母は、もう涙をぬぐうばかりで、多くは語らなかった。父もぼんやりと、可南子を見つめていた。

可南子は、母の涙を見て、あの悪夢のような日の出来事を思い出していた。中学二年生の可南子の身体に覆いかぶさったのは、リチャードと同じ匂いをもった男たちだ。リチャードと同じ髪の毛、同じ目の色、同じ息遣いをしていた。その男たちを決して許さない。その男たちの背負っている国を侮辱してやる。リチャードを精一杯引きつけて、裏切ってやるのだ。

可南子は、あるいは、リチャードを裏切る自分の魂胆を姉に悟られたかもしれないと思った。しかし、その決意を実行する前に、心変わりをするかもしれない。それだから、だれにも話していなかった。もちろん姉にも、友人の久美子にも秘密にしていた。話せるようなことでもなかった。また、リチャードを、だんだんと愛し始めている自分に気付くことも何度かあった。

可南子は、少し目立ち始めたお腹に手をやって、それから家族の皆へ別れを告げた。機内の椅子に腰掛け、これからの日々を考える。お腹には、大切な宝物のような命の胎動を感じ始めていた。この子を生み、リチャードに愛してもらわなければならない。このことがなければ、可南子の計画は水泡に帰してしまうのだ。

でも、たぶんそれは大丈夫だろう。今朝も、温かい愛情のこもった電話を受けたのだ。大学で英語を学んだのも、この計画を実行するためだった。

可南子は、リチャードとの出会いを思い出しながら、リチャードを裏切るその瞬間をいつも想像した。ためらってはいけないのだ。長く温めてきた計画なのだ。

リチャードと暮らす長い歳月は、可南子の計画の実行を困難にすると思った。できるだけ短い歳月で実行するのが得策だと思った。自分の身体に受けた傷は自分の身体で返すのだ。子どもを一人生む。リチャードが愛するであろうその子と共に、リチャードを裏切るのだ。可南子は自分にそう言い聞かせると小さく微笑んだ。

8

可南子は、オークランドの市立病院で可愛い女の子を出産した。オークランドは、サンフランシスコから東にわずか数キロ離れた距離にあり、リチャードの生まれ育った町でもある。その町のリチャードが生まれた同じ市立病院で女の子を出産した。

リチャードの両親も、リチャードと可南子の計らいを歓迎した。生まれた赤ちゃんには、リチャードが、ラビイと名付けた。可愛い女の子には、ミヤラビ（美童）という言葉が沖縄では冠せられることを、リチャードは覚えていた。

リチャードの職場は、もちろんオークランドにある。両親もオークランドに住んでいた。休日になると、ラビイを抱いて両親の元を訪ねた。その度に両親は満面の笑みを浮かべて歓迎した。芝生の生えた広い庭で、友人や一族を集め、ガーデンパーティを開いてくれた。リチャードと可南子には、夢のような幸せな日々が続いた。

リチャードは、予定どおり、仕事の傍ら自分の夢を追いかけた。自分の書いた作品を新聞社へ投稿したり、雑誌社の募集へ応じたりした。また、時には出版社へ自ら書いた原稿を直接持ち込んで交渉することもあった。しかし、なかなか期待した結果は得られず、また満足のいく作品には仕上がらなかった。でも、夢を実現するための努力は、リチャードを幸せな気分にしていた。傍らには、愛する可南子もラビイもいるのだ。毎日が充実していた。

可南子は、リチャードが仕事を終えてから夜遅くまで起きてパソコンの前に座っている姿を見て、心打たれることが多かった。夢に向かって努力しているリチャードの姿は素敵だった。

しかし、その度に、可南子も自分の夢を思い出した。自分の夢も手放してはいけないと思った。何もかもが、可南子の計画どおりだった。不安と言えば、自分の意志が萎えてしまいそうになることぐらいだ。これ以上リチャードとの生活を続けていくと、もうきっと別れられなくなるだろうと思った。最後の計画を実行する日を先へ先へと延ばしている間に、オークランドに来てから一年余が過ぎていた。

可南子は、リチャードと知り合ったときから、このような結末を思い描いてきたのだ。最も愛するものを、リチャードから奪う。自分を強姦した米兵や米国に対する復讐だ。愛する父の兄妹や、親族も多くは戦争で死んだ。戦後も家族の戦争は続き、祖父は気が狂い、祖母は目前で可南子が強姦された無惨さをぬぐいきれず、悲しみの表情を見せながら首を括った。祖母の亡骸を荼毘に付したとき、可南子は決意したのだ。祖母を殺したもの、自分の純血を奪ったものにきっと復讐してやると……。

たとえ、リチャードだって許すわけにはいかない。リチャードが、今、最も愛しているもの、それは私とラビイだ。それを奪ってやるのだ。ただ、リチャードに、どのように切り出せばよいのか。それが可南子を迷わせていた。最も効果的な打撃を与える方法は何だろう。はっきりと、すべてを言うべきなのか。それとも黙って姿を消すか……。いずれにしろリチャードにとって辛い選択であることには間違いない。

可南子のかつての夢は、祖母のように機織りで、絣《かすり》を織ることだった。祖母は、可南子が生まれたころから、可南子の傍らで、いつも機を織っていた。可南子は、そんな祖母のしぐさを眺めて育ったのだ。カタン、カタンと響く機織りの音は、何とも言えぬ心地よい世界へ可南子を誘ってくれた。しかし、今はその音は、激しい怒りの音に変わっていた。

祖母は、戦争中に殺された娘のことを忘れるように、機を織っていたのかもしれない。今ではそう思う。それなのに、まさか孫の可南子もまた娘と同じ不幸に見まわれるとは、だれが予測することができただろう……。

あの事件があってから、祖母は、機を織る度に、可南子の不幸、いや自分を襲った運命に耐えきれなくなったのかもしれない。そうでなければ、あのような悲惨な結末は迎えなかったはずだ。カタン、カタンという音は、祖母だけでなく、可南子にとっても、日々、記憶を甦らせ狂気を呼び覚ます音に変わっていったのだ。その狂気の音が、リチャードに抱かれる度に、可南子の耳元で甦っていたのだ……。

可南子は、リチャードには、祖母のように機織りで絣を織るために沖縄へ帰りたいとのみ告げるべきか、それとも自分の内部に滾《たぎ》ってきた残酷な復讐心をも告げるべきかを迷っていた。

やがて、すべてを告げるべきだという結論に達した。リチャードへの未練を断ち切るためにも、また、リチャードが自分とラビイへの未練を残さないためにも、すべてを告げるべきだと思った。いや、未練を残すことによって苦しませるためにもすべてを告げるべきなのだ。

あるいは、それがリチャードへの愛を葬るためにも必要なのかもしれない。５００数えてと、別れを惜しんだのは、計画には無かった。突然に出た言葉だった。楽しかったリチャードとの日々が甦ってくる。未来にも多くの楽しい日々が待っているはずだ。その日々を夢見ることを、可南子はラビイを抱きしめ、歯を食いしばって拒否した。

可南子は、リチャードが休暇で、カルフォルニア北部にあるレッドウッド国立公園を観光する小さな旅の計画を立てた時、宿泊するホテルで、すべてを打ち明けたいと思った。その旅は、三日後に迫っていた。もうオークランドの町にも秋の気配が忍び寄り、レッドウッド国立公園では、一年のうちでもっとも美しい季節が到来しようとしていた。

可南子は、リチャードの腕を取って、この旅に出かけた。何もかもが順調だった。

ラビイを寝かせた後、可南子は、ホテルのウェイトレスにコーヒーを運ばせてから、ゆっくりとリチャードと別れ、沖縄へ戻る決意を話し出した。

リチャードは驚いた。何度か可南子の話を遮りたいと思った。しかし、可南子の高揚した強い決意を感じると、遮ることができなかった。涙を堪《こら》えながら話している可南子へ、最後まで涙を堪えながら聞くことが、沖縄で培った礼儀だと思った。

リチャードは、可南子が話し終わった後、強く翻意を促した。そして、可南子とラビイをどれほど愛しているか。可南子とラビイを国家の犠牲にしたくはない。民族間の悲惨な歴史の生け贄にはしたくないと言った。悲惨な運命に負けたくないと言い、可南子の論理の矛盾をも罵った。あるいは、感情的に、可南子の行為の残酷さを糾弾した。だが、議論し合えばし合うほど、可南子の決意は強まり、リチャードの元から遠ざかっていくようだった。あるいは、可南子が言うように、生きることは理屈ではないのかもしれない。どんな正義を守るよりも、家族を守ることが大切なのかもしれない。可南子は愛する家族をユナイテッド・ステーツの男たちに奪われたのだ。

リチャードは、それでも可南子との間には、すべてを超え得る大きな愛があると思っていた。理解し合えたと思っていた。

しかし、やがてリチャードにも歴史を超えることのできない愛があることが理解できるような気がした。二人は最初から、違う方向を向いて歩いていたのだ。逆向きの愛を育んでいたのだ……。

レッドウッド国立公園に隣接するオリックの町のクラッグホテルは、あまりにも優しすぎた。沖縄の地へ帰る可南子を、もう引き止めることはできないと思った。リチャードは、すべてを承諾した。そして、可南子を抱き締めた。

「ぼくたちは、別れても愛し合っている、理解し合っていると、思っていいだのろうか」

「分からないわ、分からないよ」

可南子は、すべてを語り終えた緊張感から解放されて、リチャードの腕の中で泣き続けた。千切れて荒れ狂う感情の中で、一つだけ確かなものも見えていた。沖縄を愛している。両親を愛している。家族を愛している、リチャードを愛している。ラビイを愛している。この強い思いが、やがて可南子を慰め落ち着かせくれた。この思いは、可南子の全身から、同じようにリチャードにも伝わり、リチャードを慰めてくれるものだった。

その日、リチャードと可南子は、静かに抱き合った。そして翌日、もう一度ラビイの手を引いてレッドウッド国立公園を散歩した。二人の前を、ラビイがおぼつかない足取りで、よちよちと歩いていく。大きな松やカエデの大木の間を遊歩道が築かれている。その上に落ち葉が、幾重にも散り重なっている。秋を告げる風が、時折その落ち葉を撫で、かさかさと音を立てる。

リチャードは、可南子の手を握り、それから再び肩を強く抱いて可南子との間に隙間を作らないほど身近に引き寄せた。ラビイが大きくなったら、もう一度、きっと沖縄を訪ねたいと思った。沖縄での日々は、軍事訓練ではなく、大人になるための訓練だったのかもしれない。あるいは人間になるための訓練だ。そして今、この辛い試練が与えられているのだと思った。

リチャードは、枝に紅葉を残して聳える大木の隙間から空を見上げた。抜けるような青空である。この青空も自然も、人類の平和と連帯のためにこそあるような気がした。そして、突然、書くべき作品の内容が浮かび上がってきた。

米国人の若い航空管制官と沖縄の娘との出会いを基軸にして、作品を書こう。人類の平和と連帯を描こう。ぼくと可南子が超えられなかったものが何だったのか、それを探すのだ。ぼくらが超えられなかった限界、それが見つけられたら、あるいはすぐにでも、可南子を迎えに行くことができるかもしれない。もう一度やり直せるかもしれない。そう思うと、何だか爽やかな気分にさえなった。入口があったのだから出口もきっと見つけられるはずだ。

リチャードは、傍らのベンチを指さして可南子と一緒に座った。それから、足下に飛び散っている黄色い落ち葉を手に取った。大きなイチョウの葉だ。それを二枚拾うと、一枚を可南子へ、そして一枚を自分のポケットに入れた。ラビイが目の前で大きくよろめいた。

「危ない！」

リチャードと可南子は、同時に立ち上がって声を発した。ラビイは振り返って二人を見て、にっこりと微笑みながら、両手を上げてよちよちと歩いてきた。

可南子は、ラビイが二十歳になったら、日本かアメリカか、どちらかの国籍を選択させよう。それが、リチャードへのせめてもの償いだと思った。可南子は、そう思ってしゃがんでラビイを待ち構えた。ラビイが、可南子の胸に飛び込んできた。可南子は、ラビイを抱えて立ち上がると、リチャードを見て大きな声で言った。

「500数えて」

可南子の声に、リチャードよりも先に、周りの落ち葉が驚いたかのように、一斉に音立てて舞い上がった。リチャードは作品のタイトルを見つけたような気がして、可南子に近寄った。

〈了〉

オサムちゃんとトカトントン

1

ああ、その時です。背後の兵舎のほうから、誰やら金槌で釘を打つ音が、幽かに、トカトントンと聞こえました。

太宰治「トカトントン」

母のハンジ（判示）は、どうやらよく当たるようだ。

洋子が学校から帰ると、やはり昨日と同じように、たくさんの客が母を訪ねてやって来ていた。洋子は、神妙な顔をして座っている客たちの顔をちらちらと見ながら横手に回り、キッチンに通じる入口のドアを開けた。敷居をまたいで中へ入り、赤いラインの入った白いスニーカーを脱ぐ。キッチンを通り抜けて自分の部屋へ行き、鞄を机の上に置く。少しため息をついて、リボンを外して制服を脱いだ。

洋子の耳に、板壁越しに、母の元にやって来ている客の声が聞こえてくる。

「私は、なんともないんですがね。この子が、頭が痛いと言い出してから、いつまでも良くならないんですよ。それで、心配で、心配で……。病院にも行ったんですがね、お医者さんは、どこも悪くないって言うんです。どこも悪くないって言うのに、頭が痛いってあるかね、って思うんですよ。CTスキャンというのも、やったんですよ。でも、どこも異常はないって。それなのに、この子は頭が痛いって言い続けるんです。おかしいでしょう? この子は、来る四月から、ヤマトの大学へ行くんです。もう、心配で、心配で……。なんとか、行くまでには治しておきたいんです。この子のお父は、七年前に癌で亡くなっていましてですね。それから私は、どんなに苦労してきたことか……。上に娘が二人いるんですけれどね、二人とも、もう仕事に就いて一人前になっていますよ。この子が末っ子で、長男なわけですよ。頭が痛いのには、何かわけがあるのかなあと思ってね。何かハンジが出るのかねって思って、来たわけです、はい……。ウガン（礼拝）をしなければいけないところがあるのでしたら、ちゃんとやろうと思っていますよ。もちろん、ちゃんとやって来たつもりではありますよ……」

母は、ユタ（巫女）と呼ばれている。依頼者の悩みごとを聞き、その原因を判断することが仕事だ。それをハンジという。

ハンジは、当事者の生まれた干支《えと》や年齢、住居の向きや門構え、屋敷神の位置や先祖へのウガンの執り行い状況などから判断する。母は、多くは先祖に対するウガン不足を告げ、位牌へのウガンや、墓所へのウガンを丁重に行うことを勧めている。死者を忘れずにウガンをする。このことが、とても大切なことだと諭している。

洋子の部屋には、母の焚く香の匂いと一緒に、煙も板壁の隙間から染み込んでくる。母を訪ねて来る客は、多くが声高く勢いよく悩みごとを話す。そんな中でも、今日は、特別に元気のいいおばさんだ。自分の身の上話まで始めている。不幸な人々は、どうしてこんなにも饒舌なんだろう。洋子は、他人の不幸を壁越しに聞いて育ってきたようなものだ。

「アリアリ、ごめんなさいね。私の話ばかりし過ぎましたね。実はですね、この子が言うにはですね、ひと月ほど前に、遊び友達が、自動車事故で亡くなったそうなんですよ。可哀想にね……。でも、それから頭が痛くなったって言うんです。何か、このことと関係があるんですかね。この子も、父親を亡くしてから、そうとう遊び回っていたんですよ。そりゃ、もう心配で心配で、心の安まることはなかったですよ。だけど、やっと、この子もこのままではいけないと気づいて、気持ちを切り換えて勉強してくれましてね。塾も通って、やっと大学に合格してくれたというのに、頭が痛いというんだからね。なんでかね、なんで、頭なんか痛くなるのかね」

母が、ユタになってからもう十年近くなる。母は、霊界にすむマブイと交信する能力を有していることを知ってユタになった。人々は、自分の不幸を話して、母のハンジを待つ。そのハンジを聞きに来る。もっとも、母の言によれば、ハンジは、チヂブンの霊示を、ただたんに人々に伝えているにすぎないと言う。チヂブンとは母の守護霊である。母には、守護霊の声が聞こえるというのだ。

洋子には、チヂブンの声は聞こえないが、客の声はよく聞こえる。部屋まで聞こえてくる客の悩みごとから、その客の容姿や年齢を想像することを密かな楽しみにしている。声の大きさや相談事の内容から、客のイメージを作り上げる。時には作り上げたイメージを確かめたくて、母の部屋に畏《かしこ》まって座っている客の風貌を盗み見ることもある。多くは想像したとおりの風貌をしているが、想像と現実とのギャップがあまりにも大きくて驚くこともある。そんなときは、思い切り部屋の中で声を押し殺して、ひっくり返って笑い転げる。もちろん表座の客に悟られないように、寝転んで脚を空中にパタパタと泳がす。今日の客は、きっと、気性の激しい心配性の母さんタイプだ。歳のころは、四十五、六歳か……。

「死んだ私の夫はですね、長男だったんですけどね。いえ、先祖のトートーメー（位牌）は、私が、預かってはいませんよ。私の家にあるトートーメーは夫のものだけです。亡くなった舅や姑が持っていたトートーメーは、次男が継いでいます。そんな約束で、私は、嫁いだんですからね。次男が継いだのは、ウフガンスなんですよ。勝連の城主、阿摩和利の流れを汲んでいるようですがね。舅も、本家ではなくて、分家した次男の流れですよ。それでいいんでしょう？ ウフガンスは、次男から次男へと継いでいくんですよね。私は、やるべきことはちゃんとやって来たつもりですよ。親戚づきあいも十分やって来ました。そのことは自慢できますよ。それなのに、なんでこの子に、先祖は辛く当たるのかね。なんの知らせなのかね。私は再婚話だって、子どもたちのためだと思って、ずーっと断ってきたんですよ……」

来客の愚痴は、延々と続く。あるいは、このことでストレスが発散され、半分近くは目的が達成されているのかもしれない。

洋子は、傍らで畏まって座っている依頼客の息子の表情を想像した。息子は、きっと髪を茶色に染めた気の弱い若者なんだろう。これまで一言も発しないところを見ると、母親の傍らで、十数年間も甘えて生きてきたのかもしれない。

母親の風貌を、もう一度丁寧に想像してみる。夫を亡くしてから、気強く生きてきたと思われるその顔や年齢は、その語気の強さからも容易に想像できる。聞き耳を立てることをしないでも、はっきりと洋子の部屋まで聞こえてくる大きな声は、しっかりとしていて貫禄がある。客の中には、忍び泣くような声で、それこそ母にすがり付くように哀願する者もいる。

母は、自分が生まれ育った沖縄本島中部勝連半島T村の古い家をそのまま使ってハンジを行っている。赤瓦の屋根を有し、古い野面積みの石垣を巡らした一軒家である。正面入口には、魔よけのヒンプンがある。家の窓は、アルミサッシュのガラス戸に変えられているが、それ以外は板戸で、そのほとんどが、母が生まれた当時のままの造りである。

訪問してくる客は、玄関から入って正面に仏壇のある一番座の南側の三番座で、静代おばさんから湯茶などの接待を受けてハンジの順番を待つ。静代おばさんは、母の従妹《いとこ》で、数年前から母を手伝っている。母より三歳ほど年下だと聞いたことがあるから、たぶん、四十歳ぐらいだろう。静代おばさんは、湯茶などの接待だけでなく、電話での訪問者の受付や、時には会計までもやっている。

母は、一番座を中に挟んで床の間のある北側の二番座で客の悩みごとを聞く。その時は、仕切戸をピタリと閉めている。

　表座に対になるように裏にも三つの部屋がある。洋子の部屋は勉強室と寝室を兼ねていて、母の仕事場とちょうど反対側になる。真ん中が母の寝室で仏間と対をなし、待合室となっている三番座と対をなしているのがキッチンだ。

　洋子は、大声で話し続ける客の不幸に苦笑する。もちろん客の不幸を笑うのは、失礼なことだと思うが、洋子は他人の不幸に慣れ過ぎてしまっているのかもしれない。

　キッチンのある部屋に行って、テーブルの上に置かれたおやつを食べる。三番座にいる静代おばさんに目で合図をして、再び自分の部屋に戻る。着替えた普段着が狭くなったようで、ブラジャーを脱いだ乳首を刺激する。もう一度、大きめのTシャツと取り替える。ピンク色に染まった乳首をつまんで、指先で小さく弾いてみる。

　それから、腰掛けに座り、机の上に置いてあるコンピュータの電源を入れる。キューンという唸り声を上げてコンピュータが立ち上がり、やがて、馴染んだ画面が一気に現れる。洋子は、キーボードに指を当て、チャット友達のレイコの部屋へ入っていく……。

2

　洋子は学校が好きなわけではない。どちらかというと嫌いな方だ。だが、他に行くところがない。

行くところがあれば、あるいはすぐにそっちの方に行くかもしれない。

洋子は、中学三年生になった。高校への進学を漠然と考えているが、どの高校にするかはまだ決めていない。優柔不断な性格なのかな、とつくづく思う。

学校で煙たがられているスケバングループのカツエたちに呼び出された。サッカー部の男生徒に色目を使ったと、言いがかりを付けられたからだ。そんなことはないと、何度説明しても聞き入れてはくれない。学校からの帰りに、村外れにある平敷屋《へしきや》公園に連れていかれた。友達の若菜《わかな》も一緒だ。若菜は、ひどく怯えている。

カツエが煙草の煙を洋子の耳元に吹きかけながら、脅すような低い声で言う。

「あんたね、今度、色目を使ったら許さないからね。この煙草の火で、あんたの白い膚にヤキを入れてやるからね。少しばかり、可愛いからってノサバルなよ。いいかい、マーボーは、ウチのアキコがコクッたのよ。コクッた男に手を出すのはサイテーだよ。分かる？　泥棒猫だよ」

カツエは、グループを仕切っているボスだ。茶色に染めた長い髪が、風を受けて靡《なび》いている。まだらに残った地肌部の黒い髪が目に入る。思わず目を背けたいほど不潔な印象が脳裏をよぎる。

「あのさ。今、ここであんたにヤキを入れてもいいんだよ。それをしないのは、ウチの情けさ。ガイジンは、セイヨクが強いっていうから、あんたも男に我慢できないのかい？　ユタの子はユタの子らしく、家に籠もって、ウガンでもしておくんだよ。分かったか？」

洋子は、頭を下げたままでうなずく。

「テメーにも、言っているんだよ！」

カツエが、突然大きな声で若菜に怒鳴った。洋子の傍に立っている若菜の方を向いて右手で突き倒す。若菜が、後にのけぞって、両手を地面について倒れる。眼鏡が鼻からずり落ちそうだ。

「テメーな、何がおかしいんだよ。ふざけやがってよ。テメーがマーボーにコクったってことは、セカイジュウに知れ渡っているんだよ。マーボーはね、あんたには似合わないよ。ガリ勉は、ガリ勉らしく、勉強しておけばいいんだよ。このガリ猫め！」

若菜が、さらに髪を鷲掴みにされて、頭を揺すられた。カツエの話しを聞いて、少し笑みを漏らしたようだ。それが、カツエの癇《かん》に障ったのだろう。若菜が座り込んだまま涙を流し、小さな声で泣き出した。

カツエとアキコたち四人の仲間は、泣き出した若菜を見て、余計に興奮したようで、それぞれ数回ずつ若菜の尻や脇腹に足蹴りを入れた。それから、手に提げた鞄を、大げさにぶらぶらと振り回しながら歩き去った。

洋子は、倒れた若菜を抱き起こしながら、制服に付いた泥を払った。傍らに放り出された若菜の鞄を拾う。洋子は、当然カツエたちとは関わりたくないと思う。

マーボーとは、サッカー部のキャプテンをしている昌義《まさよし》のことだ。洋子は、一度ラブレターを貰ったことがあるが突っ返した。

「これは忠告だよ……」

カツエの言った最後の言葉に、これからも根も葉もない言いがかりを付けられるのではないかと思うと憂鬱になる。昌義に付きまとわれているのは洋子のほうだ。ラブレターを突っ返したとき、「オレが女の子に断られるはずがない」と思っているような素振りをした昌義の態度が甦る。

昌義は、意地になっている。意地になっている男は、なおさら嫌いだ。昌義は、洋子に相応《ふさわ》しいカレシは自分だと、勝手に思いこんでいる。

カツエたちに、ガリ猫と呼ばれた若菜は、部活の友達だ。背が高く痩せているのでガリという渾名がついている。長いお下げ髪を垂らし、眼鏡をかけていて、どことなく大人っぽい。勉強がよくできるので、張り出される席次は、いつもトップクラスだ。

若菜からは、マーボーのことが好きだという思いを、何度か聞かされたことがあった。それだけに、洋子は、マーボーからコクられたことは若菜にも黙っていた。

若菜の膝から、少し血がにじんでいる。ハンカチでぬぐうと、擦り傷が何本か付いている。

「若菜、痛む？」

「大丈夫、なんともないよ」

若菜は、少し暗い顔をしたが、既に今までの泣き顔をぬぐい去っていた。

「若菜……。あんたは、カツエたちが言うように、本当にマーボーにコクったの？」

「そうだよ、だって好きなんだから仕方ないじゃん……」

「そうだね……。で、返事はもらったの？」

「まだ、だよ」

若菜は、洋子にとって、数少ない友達の一人だ。若菜にとっても、洋子は、そうだと思う。少し独尊的で大人びた振る舞いをする若菜は、どちらかというと、みんなから嫌われている。それでも、若菜は、みんなの視線を一向に気にする様子もなく、自分のペースを頑なに守っている。

「洋子ちゃん……、あんたにも苦労をかけるね。私の友達というだけで、とんだ災難が降りかかっちゃったね。ごめんね」

「いや、私は大丈夫だよ。それより、膝の傷、手当しようか。私の家に寄って薬でも塗ろうよ」

「平気、平気、大丈夫だってば。ワカモノの恋には、障害は付き物さ。障害の多い恋ほど、燃え上がるんだよ」

若菜は、先ほどの怯えを、すっかり忘れてしまっている。どこかで聞いたような言葉を、すらすらと話す。先ほどの涙も泣き顔も、演技だったのだろうか。そんな若菜を見て、洋子は不思議な感じがした。

「あのさ、洋子ちゃん。今日のことは内緒にしようね。いい？」

「うん、いいよ」

「じゃ、あたし、帰るよ」

「気をつけてね……。バス停まで送ろうか？」

「いやいや、大丈夫だってば。じゃね」

若菜は、手を振って洋子の元を立ち去った。

洋子の家は、公園から歩いて行けるほどの距離にあるが、若菜の家は隣町にある。

若菜の姿が消えた後で、マーボーにコクられたことを、はっきりと話すべきではなかったかと思うと、少し憂鬱になった。カツエたちは、このことを知っていたようにも思う。それとも、若菜が言うように、洋子は若菜の友達だから、若菜がコクったために一緒に呼び出されただけなのだろうか。洋子にもよく分からなかった。

それにしても、当初は攻撃の対象が、若菜よりも自分に向かっていたように思う。やはり、これまでどおり、自分の存在が、カツエたちにとって気にくわないのだろうか……。

洋子は、少しため息をついて、海風が吹き上げてくる公園のベンチに腰を降ろした。海の色が、少し黒ずんで見える。波が白いしぶきを作って小さくうねっている。

洋子は、小学生のころから、随分と多くのいじめに遭ってきた。原因は二つある。でも、いずれも運命と呼ぶより仕方のないことで、洋子にはどうしようもないことだと観念している。

一つは、洋子がハーフということだ。洋子は、沖縄にやって来た米軍兵士と、沖縄娘との間に生まれた子である。母の喜代《きよ》は周囲の反対を押し切って洋子を生み、結婚して米本国へ渡った。しかし、洋子が三歳になったとき、周囲が懸念したとおり、離婚をして沖縄に戻ってきた。洋子は、父親の白い肌と青い目を受け継いでいる。体格も同年齢の女の子よりは一回りも大きい。

二つ目は、ユタの子であるということだ。母親の喜代は若いユタである。若いといっても四十歳は過ぎているが、ユタは、巫女《みこ》であり、霊界と関わることのできる特別な能力をもった女性である。しかし、その特別な能力は、人心を迷わすとして、多くの時代に差別の対象となってきた。それは、古く首里王府の時代だけでなく、今日までも営々と流れている。去る沖縄戦の直前にも、多くのユタが逮捕され投獄されたという。挙国一致して戦争に当たらねばならない時期に、人心を乱すハンジやウガンをしてはならないということであったようだ。ユタをかくまっただけでも罪に問われたという。

しかし、人々の不幸や心配事の相談に乗ってくれるユタは、その時々の権力からの弾圧にも途絶えることなく延々と生き延びてきた。ユタを信頼し、好意を寄せてくれる人々も多くいる。特殊な能力だからといって、当然、差別の対象にすべきではないはずだ。

だが、多くの大人たちの視線は、やはり異様なものを見るような冷ややかさに満ちている。今日でも、逮捕や迫害こそないが、非科学的とされるユタの言動は、偏見と差別的な視線に晒されることが多い。

ユタの子である洋子は、分別のない子どもたちから、なおさら悪意に満ちた視線に晒されてきた。もちろん、このことだって、洋子にはどうしようもないことだ。

洋子は、小学校の中学年のころから、ぐんぐんと身体が大きくなった。運動技能にも優れ、スポーツ競技などでは、なんでも一番になった。教師たちは、洋子の体力と技能を見込んで、多くの競技の中心選手として対外試合などにも選抜した。洋子はその期待に応えて活躍した。

しかし、同時に、そのころから洋子に対するいじめが、陰に陽に頻繁に行われるようになった。また、ひときわ目立つようになった洋子の胸の膨らみや、はち切れそうな肢体は、男の子たちの噂の対象になった。それがまた、同じ歳ごろの女の子たちからの嫉妬を買った。「ハーフ」「マンチャー」「ユタヌ子」「スケベー」などと、口汚く罵られた。

洋子は、いじめの原因の一つが、自分の境遇と優れた運動能力にあることに気づくと、教師たちのこれまでの評価を捨て去るために懸命になった。わざとボールを受け損ない、息絶え絶えに走って見せた。教師たちは洋子の変化に気づき、その原因を詮索して、厳しく周りの子どもたちを指導した。しかし、洋子の気持ちは、もう元に戻らなかった。幼い洋子が自ら考え出した処世の術だ。

中学生になっても、体育系の部活からの誘いをすべて断った。あるいは、わざと、その能力のなさを演じて見せて勧誘を諦めさせた。

学校では、小学生のころから興味をもっていたコンピュータクラブに入部した。ちょうど総合学習や情報教育という言葉が飛び交い、教室には多くのコンピュータが設置されていた。

洋子は、部室に設置されたコンピュータを立ち上げ、何時間も睨み合った。おかげで、その技能は部員の中でも、特段に優れたものになっていた。大げさに言えば、担当の教師やクラブの仲間たちと、コンピュータのことについて話し合っているときが、洋子には一番幸せな時間だった。そこで、若菜とも出会い、友達になった。

中学三年生になった洋子の担任は、美幸先生だ。美幸先生は大学を卒業したばかりであったが、洋子へのいじめのことを気遣い、あれこれと励ましの言葉をかけてくれた。

「お母ちゃんがユタでも、洋子さんがハーフでも、何も恥じることはないのよ。正々堂々と生きなさいよ。あなたのせいではないのだから」

洋子は、そう言ってくれる美幸先生に感謝をした。でも、励まされる度に、何か忘れていたものを思い出させられるようで、少し嫌な気持ちにもなった。洋子は、美幸先生の助言とは逆に、徐々に明るさを失っていった。友達を持つことも億劫になっていた。

若菜とは、一年生のときから部活が一緒だった。生意気な口を利き、ませた言動の多い若菜は、皆から煙たがられていた。そんな若菜にとって、洋子だけが友達と言えば友達だった。でも、二人は一度も同じクラスになったことはなかった。洋子は、必要以上に親しくなろうとは思わなかった。若菜もそのように思っているのかもしれない。それだから、微妙なバランスを取りながら、今まで続いてきたのだろう。

洋子は、中学二年生になった二学期の終わりごろ、国語の時間に学校の図書館で太宰治の『走れメロス』を読んでからは、太宰治が大好きになった。放課後になると、図書館の隅で隠れるようにして太宰の本を読み、あるいは借り受けて読み耽った。洋子は、太宰をオサムちゃんと呼んで、心の中に棲まわせた。

もちろん、洋子には、まだ人生の意味など分かっているはずもなかった。それでも、太宰には不思議な魅力があった。『人間失格』を読み、『斜陽』を読んで涙を流した。そんな話しができるのも、唯一若菜だけだった。でも、若菜は、太宰よりも池波正太郎が好きだと言った。

中学三年生になっても、オサムちゃんは、洋子の友だちで在り続けた。今では図書館に置いてあるオサムちゃんの本は、ほとんど読み尽くしてしまい、町の本屋で、一つ二つと文庫本を買い集めて、読み続けている。とくに「トカトントン」という作品が大好きだった。

洋子は、人は、どうして生き続けるんだろうと疑い始めていた。いじめられ、周りに気を遣い、心を閉ざして生きてきた数年間が、そのような疑問を培ったのかもしれない。心の中のオサムちゃんは、そんな洋子の格好の友達だった。オサムちゃんは、洋子に語りかけてくる。

「洋子ちゃん、トカトントンの音はね、どんな時にも聞こえてくるんだよ。新聞を読もうとしてもトカトントン。名案が浮かんでもトカトントン。ご飯を食べていてもトカトントン。泣いても笑ってもトカトントンさ」

平敷屋公園は、高台になっていて、遠くまで続く広い太平洋の海原が一望に見渡せた。海兵隊の父が勤めていたという米軍のホワイトビーチも眼下に広がっていた。マスコミを賑わせる原子力潜水艦が入港する桟橋が一直線に沖まで伸びている。その先に銀色に光る水平線があった。

洋子は、その海を眺めながら、地球は、決して美しくないと思った。人間も美しくないと思った。異国に住む父さんと母さんの恋愛だって、きっと美しくなかったに違いない……。

カツエたちのことを思い出しながら、少し流れてきた涙を手でぬぐった。それから、「トカトントン」と、大好きなオサムちゃんの言葉を舌先に転がした。本物のオサムちゃんは、その言葉が聞こえると立ち竦んだこともあったというが、洋子は、逆にその言葉で自分を励ました。

洋子は目の前にオサムちゃんを立たせて見つめ合った。そして言った。一度めは頭の中で、二度目は小さく、三度目は大きく声を出した。

「オサムちゃんとトカトントン」

「いじめられてもトカトントン」

オサムちゃんは洋子を見て、にっこりと微笑んだ。

3

「あの女はな、ウガンのことしか頭にないんだよ。俺は、あの女に騙されたんだ」

かつての父であった勝雄《かつお》は、分厚いステーキを頬張りながら母さんのことをあの女といい、洋子を見て、恨めしそうに言った。

「俺は、あの女に二度騙されたんだ。一度目は俺を裏切り、アメリカ兵と結婚してお前を生んで、米国へ渡ったこと。二度目は、沖縄に戻ってきたので、あの女と結婚したのに、ユタになってしまったこと。あの女は、この純情な男の心を、二度も弄んだのだよ」

勝雄は、笑いながらそう言った。しかし、洋子は、二つ目の恨みは当たっていないと思った。勝雄は、母がユタになることを承知で結婚したと聞いていた。それなのに、恨むのはおかしいと思った。

勝雄が母と結婚したのは、洋子が小学校の一年生に入学する年だった。二人の結婚生活は、六年間続いて、洋子が中学校に入学する年に別れた。

勝雄にまつわる洋子の記憶の一つに、母との性の営みを盗み見た記憶がある。薄暗い夜の寝床の中で、母の下腹部に顔を埋めた勝雄が、うめくような声を発して母の身体に覆い被さっていく姿を、夢の中の出来事のように覚えている。あるいは、本当に夢を見ていたのかもしれない。じーっと息を殺して二人の動きを眺めていた洋子は、いつの間にか、深い眠りに陥っていたのだから……。

「ほら、たくさん食べな、何をぼんやりしているんだ」

「ううん、なんでもないよ。有り難う」

洋子は、慌ててナイフとフォークを握り直した。心の中で考えていた記憶を見透かされたのではないかと思って、少し顔が火照った。

「あの女はな。先祖の霊の声が聞こえると言うんだよ。マブイの声がな。先祖は、ユタになれ、ユタになれ、って言っているというんだよ。迷っている人を救いなさい。悩んでいる人を救いなさいってな。本当に参ったよ。俺が、一番悩んでいるっていうのにな」

勝雄はステーキを食べながらも休むことなく話し続ける。

「第一、ハンジと言ったって、何を見通すことができるというんだよ。あの女だって、あんたの父親のジョージと別れることや、俺と別れることになるのなんか、見通すことができなかったんではないかな。あの女は、偽《にせ》ユタだよ」

洋子は、偽ユタという言葉に、思わずムッとした。洋子だって、母さんの仕事を快くは思っていないが、憎んではいない。ジョージという父の名前が出てきたことにも不愉快さを覚えた。

「母さんの専門は、男と女の仲をハンジすることではないよ。トートーメー（位牌）のことだって静代おばさんが言っていたよ」

「それだって怪しいもんだよ。位牌の継ぎ方なんか決まっているんだから、なにもあの女がハンジすることなんかないんだよ。どこそこの、だれだれをオガミなさいって、だれにでも言えることさ」

「そうかな……」

「そうさ。静代おばさんと一緒になって、何か口裏を合わせて金儲けを企んでいるんだよ。静代おばさんが手伝うようになってから、商売が繁盛したんだろう。俺と一緒に居るころは、さっぱりだったからな。静代おばさんだって、怪しいもんだよ」

「ユタは、商売じゃないよ」

「商売さ。金を取っているんだろう？」

「たとえ商売であっても、相談に来る人の心が安らげばいいじゃん？」

「嘘をつくことは、いいことではないさ」

「母さんは、嘘なんかついていないよ」

「分かった、分かった、もういいよ。やめよう。飯がまずくなる」

洋子は、勝雄の言葉に、ことごとく反発したくなっていた。

勝雄は、時々、洋子を食事に誘ってくれる。母さんには、誘われても、ついていっては駄目よと言われているけれど、内緒に食事を奢ってもらっている。もう母さんと別れてしまったから、あるいは母さんが言うように、会ってはいけないのかも知れない。勝雄は最近、特に強引に洋子を誘う。そして、時々小遣いもくれる。最初は断ったのだが、今では黙って貰っている。

静代おばさんにも恨みがあるのか、勝雄は度々悪口を言う。静代おばさんは、身体に障がいのある一人息子を施設に預けて遊び回っているとか、元教師は口先がうまいだとか、若い男を騙して結婚したとか、さんざんである。そんなときは、悲しくなる。

「お前、高校はどうするつもりだ。もう決めたのか？」

勝雄の問いかけに、洋子は黙って頭を横に振る。

「そうか……。ま、あと一年近くもあるんだから、ゆっくり考えるといいさ。お前なら、頑張れるさ。しかし、あっという間に大きくなったもんだなあ……」

勝雄は、パンチパーマをかけて口髭を生やしている。その口髭をもぐもぐ動かしながら、洋子を見つめる。視線が洋子の衣服を突き抜けて素肌にまといつくようで少し嫌な気分になる。

勝雄は、一緒に住んでいたころに勤めていた米軍の雇用員を辞め、今はタクシー会社の運転手をしている。実際には、軍雇用員はクビになったと言っていたが、詳しいことは分からない。勝連町の隣の沖縄市のアパートに一人で住んでいる。洋子は、いつでも遊びにおいで、と言われ、部屋の鍵まで渡されている。

「義父《とう》さん、学校の前で私を待つのは、やめて。これから、私が時々、義父さんのところへ遊びに行くから……」

「本当かい？　そうしてくれるなら、別に学校の前で待つこともないさ。俺のアパート分かるかい？」

「前に教えてもらったから、分かるよ」

「そうか、そうか……」

洋子は、もちろん、アパートを訪ねる気なんかちっともない。でも、学校の正門で待たれるのは本当に嫌だ。食事を奢られる時だけとはいえ、やめて欲しいと思う。勝雄が喜ぶのでこうして付き合っているが、時々、こんなふうに食事をするのも面倒臭くなることもある。こんなふうに会って食事をしたからって、どういうことになるのだろう。どういうことにも、なりはしないんだ。時には、勝雄の視線に好色そうな雰囲気を感じることもある。だからといって、勝雄が期待しているようなことが起こり得るはずはない。もう早く席を立ちたかった。

「ごちそうさま。美味しかったよ」

「そうか、それはよかった……。ほれ、小遣いだ」

勝雄は、財布から五千円札を抜き取って洋子の手に握らせた。洋子は礼を言って頭を下げ、それから、テーブルを離れて立ち上がった。

「お前、本当に大きくなったなあ……。いくつだ」

「十五歳」

「いや、歳でなく身長だ」

「一メートル六十五」

「一メートル六十五センチか。もうすぐ、俺と同じぐらいの背丈になるな。もう、立派な大人だな……。じゃ、いつでもいいから、アパートにおいで。待っているからな」

洋子は、家まで送るという勝雄の申し出を、いつものとおり断り、手を振ってレストランを出た。勝雄のタクシーで家まで送ってもらったことが分かれば、母さんは猛烈に怒るだろう。

洋子はバス停へ向かって歩きながら、ポケットの中の五千円札を握り締めた。しばらくは、やはり、会い続けた方が得策かもしれない。

「私は、悪い女?」

洋子は心の中で、大好きなオサムちゃんに聞いてみた。

「大人を騙すんじゃないよ。悪女め!」

オサムちゃんが、手を上げて洋子を叩く素振りを見せて小さく笑った。オサムちゃんは、こんなに暑いのに、なぜだか長いマフラーを首に巻きつけて腰掛けに座り、笑って洋子を見つめていた。

4

母さんのもとに、ハンジをしてもらいに来る人々は皆、様々な悩みを抱えている。母さんは、その一人一人の悩みに、香を焚き、チヂブンを呼び出して答える。勝雄が言うように、静代おばさんが手伝うようになってから、客が増えたのは本当だ。それまでは、午前に一人、午後に二、三人と、本当に数えるほどだった。

洋子は、ときどき静代おばさんを手伝って、客に湯茶や菓子を出す。ハーフの洋子を見て、客は一様に驚く。ユタの家にハーフの娘は、いかにも不釣り合いなんだろう。

「この子は、喜代さんの娘さんなんですよ」

静代おばさんは、隠すことなく洋子を客の皆に紹介する。客は、それぞれにうなずき合いながら、母の身の上に起こったであろう過去の出来事を詮索する。母の若いころの苦労に思いを馳せて、それぞれに傍らの客と囁き合う。

しかし、このことは、母の評判を落とすことにはならなかった。むしろ、母の評判にいい影響を与えているように思われた。苦労を重ねた母は、ユタになるべくしてなったに違いないと、それぞれが母の物語を作り上げて、母のハンジを頼りにしているようだった。

待合室の客たちは、母の不幸を想像しながら、自らの不幸を交換する。自分と他人の不幸を比べ合う。そして、密かに他人の不幸を軽蔑し、自分の不幸が真の不幸だと思っている。やがて、座り心地のよい不幸に、どっかりと座り続ける。

しかし、馴染んでしまうと、新たな不幸が欲しくなるのだろうか。時々は遠慮なしに他人の不幸を覗きにくる。洋子にだって容赦はしない。

「あんたは、いじめられてはいないかね？」

「あんたも、大変だろうが頑張るんだよ」

「いじめられたらね、私に言いなさいね。私が学校に掛け合ってあげるからね。ここの学校の校長先生はね、私の親戚だからね。すぐに言うんだよ。おばさんが、ただではおかないからね」

母の客は、皆、屈託なく洋子に話しかける。母と同じぐらいの四十代から、五十代の女性の客が多いように思う。そんな元気な客の口ぶりを聞くと、なぜ母のもとにハンジに来るのか、不思議に思う。皆それぞれに、充分に自分で解決する能力も体力もあるように思うのだ。

「おばさんは、どうして母さんのところに来たの？」

洋子は、時々客に話しかけることもある。

「おばさんはね、神経痛さ。腰が痛くて治らないのよ。病院をあちこち行ったんだけどね。駄目だったさ。あんたの母さんのハンジは、よく当たると評判だからね。神経痛がいつまでも治らないのは、何かわけがあるのだろうかと思ってね。そのわけを聞きに来たというわけさ」

「ふーん、そうなの……」

「おばさんはね、若いころ、無理をしたからね。十七、八歳のときに関西に出稼ぎに行ったんだよ。

製糸工場の女工さ。一日中、ずーっと立ちっぱなしで仕事をしたんだ。戦前の話しだけどね。そのときの苦労のツケが、この歳になって回ってきたんだね。四、五年も、働いたかねえ。それにね……。そのとき、おばさんはレンアイをしてね。子どもができたんだがね、いろいろと事情があって生むことができなかったんだよ。本当は、このことが気になって来たようなものさ」

客は、遠い過去を懐かしむように話しかける。長い歳月、隠し続けてきたであろう秘密を、思わず洋子に漏らすことも度々ある。

洋子は、客の内部に隠されているそれぞれの苦しみに触れることはよそうと思う。だが、客は、その秘密を母に打ち明ける瞬間を待ちきれないかのように洋子に打ち明ける。打ち明ける決意の強さゆえに、つい無防備になり、母の傍らに行く前に、ぽろりと秘密を話してしまうのではないだろうか。洋子はそう思っている。

しかし、そんな辛い秘密を語ることによって、客たちの心が軽くなるのならば、母の仕事は、あるいは報われているのかもしれない。人は、苦しみを抱えたままでは、なかなか生きてはいけないし、死ぬこともできないのかもしれない。吐き出して身軽にならなければ、幸せも訪れないのかもしれない。ユタにすがる大人たちは、未来に希望を持ちたいという思いと同時に、過去を清算しにやって来るのではないかと思うこともある。

中学生の洋子には、もちろん清算する過去などない。父の記憶もまるでない。アメリカで生活した幼いころの三年ほどの歳月も、全く思い出すことができない。父の匂いも分からないし、アメリカの匂いも分からない。父の名前は、ジョージという。知っていることは、これだけだ。もう、再婚しているだろうが、やりとりは全くない。

父を訪ねようとも思わないし、母に尋ねようと思ったこともない。母が忘れようとしているのだから、洋子も忘れた方がよいのだ。何もしないことが、母にしてあげられるたった一つの思いやりのような気もする。

洋子の記憶は、アメリカから帰ってきて、四、五歳になったころから始まる。よく母に手を引かれて、ホワイトビーチの見える平敷屋公園まで出掛けた。木陰にビニールシートを敷き、小さな弁当箱を広げて大好きな卵やエビフライを食べた。洋子はピクニック気分になれたから、公園に出掛けるのが楽しかったし待ち遠しかった。公園には、当時はブランコや滑り台もあったし、砂場もあった。小さな子どもたちがたくさん遊びに来ていて、すぐに友達になれた。退屈することは何もなかった。

だが、洋子が歓声をあげている間、母は何をしていたのか、その記憶はまるでない。母は、呆《ぼ》けたように何時間もビニールシートに座り続けていたのだろうか。あるいは、ホワイトビーチの彼方に、ちらちらと思いを投げかけていたのだろうか……。

洋子は、腰掛けに座り、コンピュータのスイッチを入れた。キューンという音と共にコンピュータが立ち上がる。今、洋子は自分のホームページを作ることに夢中になっている。もうすぐ完成するが、細部のデザインが、まだ決まらない。プロバイダーとの契約もまだだ。その画面を改修する前に、チャットで遊ぶ。

目当ては、数週間前から友達になったレイコだ。まずインターネットエクスプローラーを立ち上げる。登録したレイコのホームページのアドレスをクリックする。画面が変わって、一気に「レイコの部屋」に到着する。レイコはすぐに反応する。もちろん洋子は、「ようこ」というハンドルネームで交信する。あるいは、レイコも、本当の名前は、「レイコ」でないかもしれない。でも、そんなことなど、問題ではない。

チャットは、Eメールと違って、リアルタイムで交信できるから楽しい。また、電話だと見破られてしまう感情の起伏が、インターネットの文字だと見破られることがないから、かなり安心して交信できる。交信が嫌になったら、変な気を遣わずに、すぐに離れればいい。

レイコは相変わらず元気だ。

レイコ＞ハロー、ようこ。待ってたわよ。連絡が途絶えたんで、心配してたんだ。

ようこ＞ごめん、ごめん、少し忙しかったのよ。

レイコ＞いいよ、いいよ、ようこは、いい子だからね。それよか、ようこは、本当にハーフなの？

ようこ＞本当だよ。でも父さんのことはあまり知らないよ。

レイコ＞よか、よか。男なんて、いつでも身勝手なもんさ。

ようこ＞そうだよね。母さんがなんだか可哀想な気がするよ。

レイコ＞母さんのご職業は？

ようこ＞ユタ。

レイコ＞ユタ？

ようこ＞そう、ウガン不足を解消するユタ。

レイコ＞本当？　本当にユタのユタなの。

ようこ＞本当だよ。アメリカのユタ州ではないよ。巫女《みこ》のユタ。

レイコ＞びっくりしたなあもう。そんなの、初めて聞くよ。ようこちゃんはいつでも、レイコを
　驚かすんだから。

ようこ＞驚かすつもりなんかなかったよ。ごめん、ごめん。

レイコ＞いいよ、いいよ。ところで、ようこも、その血があるの？

ようこ＞全然、ない。

レイコ＞そう。ハーフのユタなんか、流行《はや》るかもよ。

ようこ＞そうかな、考えてみようかな。

レイコ＞ハーフはスタイルがいいっていうから、美人ユタがいるって、噂になったりしちゃって。

ようこ＞そんな、おだてなさんな。

レイコ＞ようこは、身長、体重はいくらだっけ。

ようこ＞一六五に、五五。

レイコ＞すごいじゃん。で、上からいくら？

ようこ＞八十二、五十五、八十。

レイコ＞ナイスバディ。美人の条件よ。うらやましいな。いつかようこちゃんのナイスバディを拝ませてもらいたいな。レイコも、早く胸膨らませたいよ。

ようこ＞ご謙遜をおっしゃって……。

レイコ＞ああ、悪魔のような受験の季節よ、早く去れ！　われらに明るい青春を！


洋子は、いくつかのハンドルネームを使って、いくつかのチャットのホームページに侵入している。男の人との交信ではエッチなことを言われたりすることもある。でも、今は、一番気の合っているのは、同じ中学三年生だというレイコだ。レイコと交信していると楽しくなる。チャットの世界は嘘がいっぱいだということは、洋子も知っている。でも、今日は、いつまでもレイコと遊んでいたい。

洋子は、レイコの部屋から、なかなか抜けることができなかった。静代おばさんに、夕食の準備ができたよと言われて、はじめて日が暮れていることに気がついた。部屋の中は、いつの間にか、蛍光灯のスイッチが入れられて明るくなっていた。

5

カツエのグループから、また恐喝された。下校途中にコンビニの前で待ち伏せされ、今度は現金をせびられた。若菜とは、帰りの方向が違うので、一緒ではなかった。

洋子は、金なんか持っていないと断ると、コンビニの裏に連れて行かれて、腕を後手にねじ上げられ、お腹に膝や手で数発も蹴りを入れられた。そのとき、鞄を奪われた。

「ほら、ちゃんと財布が入っているじゃんか。嘘つきめ！」

もう一度、お腹を足で蹴られて、今度は地面に尻餅をついた。

「わりとシケテるじゃん」

洋子の財布には千二百二十二円入っていた。それを全部奪われた。

「ほら、もっと持っているだろうが。出せよ、ほら！」

髪を掴まれて、引っ張られているところを、通行人のおばさんに見られた。カツエたち四人は、洋子を取り囲むようにしておばさんの視線から隠した。

「おい、お前、マーボーにコクられたんだってな。いいかい。だからって、のこのこ、ついていくんじゃねえよ。マーボー、今、サッカー一筋なんだからな。男道を歩かせてやんなよ」

カツエの言葉に、洋子はムカついたが、黙ってうなずいた。若菜と一緒に呼び出されたときは、やはりカツエたちはこのことを知らなかったんだと思った。

「あんたの友達の若菜には、マーボーのことを諦めるって、血判状を書いて貰ったからね。けしかけるんじゃねえよ。分かったな！　お利口にしているんだぞ！」

カツエたちは、もう一度、洋子を押し倒すようにして頭を押さえ、耳元に捨てぜりふを吐いて立ち去った。

洋子は、スカートに付いた埃を払い、鞄を拾った。

「大丈夫かい？　おばさん、警察に電話しようか」

通りがかりのおばさんは、洋子に手を差し伸べて声をかけたが、洋子は首を振った。

「お家《うち》はどこ？　怪我なんかしていない？」

「大丈夫です、有り難うございました」

洋子は笑って答えると、心配そうなおばさんの視線を振り切って足早に歩き出した。このまま立ち竦んで、べそなんかかいていると、それこそ人だかりができて、多くの人々の視線を浴びることになる。そう思うと、身体の痛みを気にするよりも、一刻も早くこの場を立ち去りたかった。

家に着いて、セーラー服をめくってみると、蹴られたお腹の部分が赤く腫《は》れ、血がにじんで肌着を汚していた。尻餅をつく際に慌てて身体を支えた右手首も痛み出して腫れていた。

「洋子ちゃん、どうしたの？」

静代おばさんに、腫れ上がった手首を見られて尋ねられた。

「ううん、なんでもないよ。塾へ行く途中で、転んじゃった」

「転んじゃったって……。洋子ちゃん、腫れがひどいじゃないの……」

静代おばさんは、母さんに事情を話すと、心配そうにしている母さんを残して、すぐに洋子を病院へ連れていった。

病院でレントゲンを撮った後、手首の関節が脱臼していることが分かり、添え木で固定されて包帯を巻かれた。お医者さんに、お腹の傷のことも気づかれ、消毒液を塗られた。おかげで、静代おばさんにも気づかれてしまった。

「洋子ちゃん、いったいどうしたっていうのよ……」

「心配ないよ。なんでもないよ」

「心配ないよって言われてもね。こうして怪我しているわけだし、心配だよ。喧嘩でもしたの？何か心配ごとがあったら、母さんか私に、遠慮なく話してちょうだいよ」

「うん、分かった。そのときは、よろしくお願いします」

洋子は、つとめて明るい笑顔を装い、静代おばさんの不安を打ち消した。カツエたちのことは、実際、話すほどのことでもないのだ。洋子は、母を訪ねてくる大人たちの不幸にも慣れていたが、自分の不幸にも慣れていた。どうってことはない。黙っておれば、いつかは、やり過ごせるのだ。

カツエたちには辟易していた。抵抗しようと思えば、抵抗できないことはないが、騒ぎが大きくなるだけだ。どちらかに勝ち負けの決着をつけねばならないのなら、洋子は自分が負けたほうがいいと思った。自分が勝つことは、当然カツエたちにとって好ましいことではない。いつかは忘れ去られていくことであれば、早めに忘れ去られた方がいい。男のことばかりしか頭にないカツエたちにとって、洋子がライバルでないことが分かれば、すぐに忘れ去られるはずだ。

捨てぜりふを吐かれて、さらにお金をせびられたが、勝雄から貰った小遣いを貯めていたから、母さんに気づかれずに渡すことはできる。渡すことはできるが、無視しようと思った。そのことで新たな関係が生まれると、何度も金をせびられかねない。

血判状を書かされたという若菜のことも気になった。学校では、特に変わった様子は見せなかったから、そんなことがあったとは思いもよらなかった。二、三日前、部室で会ったときにも、若菜は何も言わなかった。カツエたちにドヤされてから、少し性格が変わったかなと思った。

でも、どうして、マーボーは、私を好きになったんだろうと思う。サッカー部のエースでキャプテン。学校中の女の子からモテる男なんだ。そんなマーボーが私を好きになることは許せなかった。悪い気持ちはしないが複雑な思いだ。若菜が諦めたんだったら、いっそ、マーボーを好きになってやろうかと思った。今度カツエたちにいじめられたら、本気でこのことを考えてみようかと思った。

病院から帰ると、手首に白い包帯をぐるぐる巻きにした洋子を見て、母さんは心配そうに怪我の具合や、怪我をした理由を盛んに問いただした。洋子は、転んで怪我をしたと、何度も繰り返した同じ返事をした。

母さんは、客が帰り、静代おばさんが準備をしてくれた夕食を二人で食べるときも、思い出したようにその理由を尋ねた。洋子は、やはり転んで怪我をしたと言い続けた。母さんは、何度言っても信用しないようだったので、自分の嘘は、かなり下手なんだなと嫌になった。

「あんたが言うとおりだと、いいんだけどね……。いじめられたり、喧嘩をしたりしていないだろうねって、心配でね。あんたが、小学校の五年生のころだったかね、大喧嘩をして、泣いて帰ってきたことを思い出してね。母さん、あのとき、ちょっと辛かったから」

「母さん、大丈夫だよ。私の言うことを信じてちょうだい」

「うん、信じるよ。でも、あんたのことも、家のことも、静代おばさんに任せっきりにしてきたからね。少し反省しているんだ。母さんは、母親失格だね」

「そんなことないよ。母さん」

母さんは、とても老けたように見えた。実際、母さんが言うとおり、食事の世話や、炊事、洗濯まで、いつの間にか静代おばさんがやるようになっていた。母さんの仕事は、静代おばさんが言うように生半可にできるものではないと、洋子は思っている。母さんの言うチヂブンと交信した後は、母さんは、はっきりと疲労を感じているように見える。また、月に何度かは、朝早くから客の迎えの車で、遠くヤンバルまで出掛けて行き、一日中家を留守にしてウガンをして戻ってくることもある。

洋子は、久しぶりに母さんと一緒に食事をとるような気がした。面と向かい合っていると、静代おばさんよりも三歳だけ年上だと言うのに、一回りも二回りも歳を取っているように見える。額にも、手の甲にも皺が寄っている。面長の顔の輪郭は保っているけれども、瞼《まぶた》は垂れて、腫れているように見える。長い黒髪にも、いつの間にかごま塩のように白髪が交じっている。

「母さん、少し休みなよ……」

「そうだね……。私もね、なんで他人の悩みごとだけ聞いているんだろうねって思うことがあるよ。娘の悩みごと一つ、満足に聞いてあげられないというのにね」

「母さん、そうじゃないってば、大丈夫だよ」

「うん、うん、有り難うね。やっぱり、私ももう年なんだね、疲れが溜まるみたいだよ。先に休ませてもらうよ」

洋子は、急いで母さんの布団を敷いてやった。母さんが横になるのを確かめてから、皿や碗をキッチンの流し台まで持って行く。

自分の部屋に戻って、コンピュータを立ち上げた。右手は手首が固定されているので不自由だが、指先は動く。左手だけでもなんとかなる。今日は、たくさんのことがあり過ぎた。レイコに何から話していいのか分からないほどだ。

チャットのページを開いて、レイコのアドレスにアクセスする。目まぐるしく画面が変わって馴染みの画面が飛び込んでくる。顔の見えないレイコとのこれからの交信は、たんなるおしゃべりなのか、それとも自分の悩みごとの相談なんだろうかと、苦笑しながら、洋子はキーボードを叩いた。

レイコ＞それでさあ、そのマーボーって子、かっこいいの？

ようこ＞たぶんね。

レイコ＞そう。私なら、告白を受け入れちゃうけどな。

ようこ＞そうなの……。

レイコ＞付き合ってみなきゃ、良さも悪さも分かんないじゃん。

ようこ＞そりゃ、そうだけどさ。そんな付き合い方って、少し、無責任じゃない？

レイコ＞あんた、男の子と女の子の間に、責任も無責任もないじゃん。

ようこ＞そうかな……。

レイコ＞そうだよ。今、この時間に生きるんだ。燃焼しちゃうんだよ。

ようこ＞そうかなあ、それでいいのかなあ。

レイコ＞それでいいんだよ。それが青春さ。ようこちゃんも、今、青春しているんだよ。きっと。

ようこ＞うん、そうかもね。

レイコ＞それよかさ。カツエたちやっつけようよ。力を貸すよ。

ようこ＞喧嘩は、嫌だよ。

レイコ＞では、知恵を貸すよ。なんか、罠を仕掛けてハメちゃおうよ。

ようこ＞そうだね……。

レイコ＞俺に紹介しな。ヤキいれちゃうからさ。

ようこ＞俺？

レイコ＞ごめん、ごめん。つい興奮しちゃって男の子みたいな口、利いちゃった。ごめんね。でも、ほんとだよ。ようこちゃんのこと心配しているから。

ようこ＞有り難う。

レイコ＞あんたの母さんは、ちょっと疲れ過ぎかもね。

ようこ＞私もそう思う。

レイコ＞そっとしときな。母さん、立ち直るって。

ようこ＞そうだよね。

レイコ＞それよか、そろそろ、一度会いたいな。カツエたち懲らしめる知恵を出し合おうよ。

ようこ＞そうだね。右手が治ったらね。

レイコ＞早く治してよ。

ようこ＞はいはい、分かりました。

レイコ＞ワタシ、ようこちゃんのこと信じているからね。

ようこ＞はいはい、お疲れさま。アリガトさんでした。

6

洋子には、なんだか憂鬱な日々が続いていた。受験勉強のし過ぎというわけでもないのに、スランプだった。マーボーのことを考え過ぎるのかなとも思った。マーボーのことを考えたからって、生き続ける理由が見えるわけでもないし、未来に希望が持てるわけでもない。でも、レイコに「私なら受け入れちゃうけどな」と言われてから、どうもマーボーのことを考えることが多くなった。学校でもマーボーを見る度に、心がときめいた。なんだが、マーボーに悪いことをしたのかなと、気分が滅入ってくるようだった。

若菜に、思い切ってマーボーにコクられたことを打ち明けた。若菜は、意外と笑って聞いてくれた。マーボーだって、もうコクったことを忘れているかもしれないよと、二人で大笑いした。血判状のことは、尋ねることができなかった。

「早く、大人の恋がしたいね」

若菜が、部室のコンピュータの画面から目を離さずに、ぽつりと言った。

「そうだね」

洋子も、笑って答えたが、本当に疲れることが多かった。大人の恋は、もっと疲れることが多いような気がする。若菜のように大人の恋がしたいとは思わなかったが、早く大人にはなりたかった。大人になれば母さんを心配させることもないし、一人でなんとか生きていけるような気もしていた。

憂鬱な気分は、たぶんマーボーのことだけが原因ではなかった。こんな気分は幼いころから引きずっていた。自分がハーフであると自覚させられ、そしてユタの子であると自覚させられたときから、不幸はいつも隣にあった。あるいは、人間はだれでもが生まれたときから、与えられた分だけの不幸を背負って生き続けているのかもしれない。

静代おばさんは、洋子の特異な境遇をプラスに考えればいいと、いつも励まし勇気づけてくれる。でも、そんなに簡単に長く染みついたマイナス思考は転化できない。手首の包帯は取れても、なかなか憂鬱な気分は取れなかった。洋子は、オサムちゃんの『斜陽』を読み直して、もう一度少し泣いた。

病院で包帯を外して貰った日、洋子は静代おばさんと二人でケーキを買って帰り、家で食べた。母さんは、一日中、客と一緒に外回りだった。

「怪我が大事に至らなくて良かったね。お母さんは、洋子ちゃんのことを、とても心配していたよ」

静代おばさんがケーキを食べ、熱い紅茶を飲みながら、洋子へ話し出した。あるいは、そんな話をするために、ケーキを買おうと言い出したのかなとも思ったが、洋子は黙っていた。

「洋子ちゃんは、母さんがなんでユタになったか知ってる?」

洋子は顔を上げ、首を横に振った。静代おばさんの顔が正面にあった。母さんと従姉妹《いとこ》というだけあって、やはり額の広さや目元の角度、鼻の大きさや顎の形、面長な顔の輪郭が似ていると思った。

「何を見ているの?　洋子ちゃんは……」

「静代おばさんの顔、やっぱり母さんと似ているなと思って」

「当たり前でしょう、従姉妹なんだから。変な洋子ちゃんね」

「私の顔も、母さんに似ている？」

「そりゃ似ているさ。目元の辺りはそっくりだよ。それに額の広さもね。おばあちゃんにも、よく似ているよ」

「おばあちゃん？」

「そう、亡くなったおばあちゃん」

「そうなの……。でも、きっと、父さんに似ているところもあるんだよね」

「そりゃ、そういうところも、あるだろうさ」

「静代おばさんは、父さんに会ったことあるの？」

「そうね……」

なんで、こんなことを尋ねたんだろうと、洋子は思った。思ってもみなかったことが、一瞬言葉になって口をついて出る。いったい、自分の心の中には、どんな思いが渦巻いているのだろうか、不思議だった。言葉だって勝手に口を出ていくんだから、行動だって、自分には解せない行動をとるかもしれない。そう思うと、少し不安になった。

母さんが父さんのことを諦めた以上、洋子も父さんのことを諦めなければならないと思い続けてきた。このことを守ってきた自負があった。それなのに、ポロリと、いとも簡単に未練がましい言葉が口に出た。

洋子は、謝ろうと思って顔を上げた。洋子の言葉より早く、静代おばさんが口を開いた。

「あんたのお父さんには、一度だけ会ったことがあるよ。それこそ、カッコイイ、イイ男だったわ……」

静代おばさんは、思いつめたような表情で、ゆっくりと話し出した。

「人間の運命って不思議だよね。もしかしたら、私がユタになることだって、あったかもしれないものね……。あんたの母さんはね、いろいろあったんだよ。喜代ねえさんはね、大恋愛でアメリカへ渡ったんだ。私も二十歳を過ぎていたからね。喜代ねえさんの強さが羨ましかった。男の人を愛するというのは、そういうことなんだなって思って、泣いたわ」

洋子は、紅茶へレモンを垂らし、砂糖を一粒入れて掻き混ぜた。喜代という母の名前が新鮮に聞こえた。

「喜代ねえさんは、いつでも強かった。今でもね、自分の信じる道をまっしぐらに進むって感じかな。私なんかには、とても真似ができないわ。喜代ねえさんはね、ホワイトビーチ前のクラブで働いているときに、あんたのお父さんと出会ったのよ。母一人、子一人であったにも関わらず、結婚を決意して、アメリカへ渡ったのよ。その後、残された母さん、あんたのおばあちゃんさ、そのおばあちゃんが不幸に見舞われてね。新聞にも載ったんだけど……。洋子ちゃん、あんたもういくつになった？」

「なんで？　どうして、急にそんなこと聞くの？」

洋子は、そう言いながら、大人の人は、きっと考えてから、言葉を選んで発しているに違いないと思った。少し、羨ましくなった。

洋子は、静代おばさんの前で両手を広げて見せた後、一方の手で拳を作り、片方だけを広げて見せ、それから両手をテーブルの上に置いた。

「十五歳か……。大丈夫だよね。こんな話、聞いても……」

「どんな話？」

「うん、あのね……、あんたのお母さんも、こんな話はまだしていないと思うんだけど、思い切って話してしまうね。あんたのおばあちゃんはね、アメリカ兵に強姦されてしまったのよ」

「え、どうして？」

「……」

「言ってよ、大丈夫だから」

「うん。大丈夫だよね。あんたのおばあちゃんはね、私の母さんの姉さんだよね。おばあちゃんといっても当時は若かった。今の私よりも二つか三つ上だね。そのおばあちゃんは、喜代ねえさんをアメリカへやってからというもの、一人ぼっちになって、本当に寂しそうだった。それに、追い打ちをかけるように不幸が襲ったんだよ。喜代ねえさんがアメリカへ渡ってから半年ほど経っていたかね。ホワイトビーチに勤める三人の米兵に襲われてね、それも、砂糖黍畑で働いている真昼間にだよ」

静代おばさんは、言葉を噛み潰すようにして、一語一語、丁寧に言い続けた。

「あんたのおじいちゃんも戦争で死んでいたし、息子も戦争で死んでいたからね、おばあちゃんは、とても戦争を憎んでいた。アメリカ兵も憎んでいたと思うよ。そのアメリカ兵と娘は結婚してアメリカへ渡ってしまう。挙げ句の果ては、自分は強姦されてしまう。畑の中で気を失っているおばあちゃんを、通りがかりの人が発見してね、警察に届けたんだよ。それで新聞にも載ったわけさ。おばあちゃんは苦しかったはずよ。悲しかったはずよね。畑の中で死んだと思ったのに、なんで死なかったのかね、なんで、生き恥をさらさねばならないのかねって言い続けていたわ。他人の目にも耐えられなかったんでしょうね。それから寝込むようになってね。見舞いの人が訪ねてきても、シイ（精）が抜けたようになってね。私も、母さんと、何度か訪ねたけどね、見ていられなかったよ。それから、おばあちゃんは、ずーっと寝込んだままでね。しばらくして、死んでしまった」

静代おばさんは、少し涙ぐんでいた。洋子は、自分の心の動揺を見透かされないように、音立てて紅茶を飲んだ。

「アメリカにいる喜代ねえさんには、私から、おばあちゃんの死を知らせたんだけどね、それでも、喜代ねえさんは帰ってこなかった。帰ってきたのは、それから約三年後、三歳になったあんたを抱いて帰ってきたのよ。アメリカで神ダーリ（神懸かり）をするようになってね。沖縄の先祖の声が、何度も何度も聞こえたというのよ。おじいちゃんや、おばあちゃんの霊の供養をしなさいという声がね、何度も聞こえたんだって。何か月かは、あっちの病院で入院もしたらしいけどね。それでも、声は消えずに、聞こえ続けたんだって。それで、喜代ねえさんは、もういたたまれなくなって、やむにやまれず、アメリカを逃げ出すようにして帰ってきたというわけさ。ジョージは必死になってとめたようだけど、それを振り切って帰ってきたというわけさ。

ジョージは、あんたのお父さんの名前だよね。ジョージには、あっちの声が聞こえる世界が理解できなかったんだね。それで別れることになったんだ。帰ってきた喜代ねえさんは、しばらくは、堪能な英語をいかして旅行会社で働いていたんだけどね。だんだん神ダーリが激しくなって体調を崩してしまい、ユタの世界へ入ったというわけさ。喜代ねえさんが帰ってきた時は、飛行場まで迎えに行ったけれど、とても痩せていてね。人違いかと思ったよ……」

洋子にも、既に小さな歴史があるように、母には大きな歴史があるのだと思った。きっと静代おばさんにもあるのだろう。それぞれにかけがえのない尊い歴史なんだと思った。

しかし、このことが、自分にとってどのような意味を持つのか。あるいは、母にとってどんな意味があるのか。そんな歴史が生き続けさせる理由になるのか。洋子には、まだよく分からなかった。

「あんたの母さんはね、それ以来、ユタを天から授けられた仕事だと考えているみたいだよ。この仕事をしてから、徐々に健康も回復してね。今では、太って、ほれ」

「豚みたい」

「失礼な。私の憧れの人になんてことを言うの。豚ってことはないわよ。他人より、少し太っているだけよ」

静代おばさんも、目元に皺を寄せて愉快そうに笑った。洋子も声を出して笑った。

「喜代ねえさんは、位牌のことが専門だからね。それぞれユタにも専門、専門があるみたいだよ。喜代ねえさんは、戦争でまだ成仏していない霊のこととか、位牌をだれが相続すればよいかなどということの相談を主に受けているというわけさ。そのことからくる不幸を取り除いてあげようとしているわけさ」

「なんだか難しそう」

「そうさ、だれにでもできることではないさ」

「高校受験より、難しいのかな」

「当たり前さ、高校受験より、ずーっと難しいさ」

洋子と静代おばさんは、また大きな声で笑った。

「洋子ちゃんに、こんな話をするのは早いかなって思ったんだけど。でもね、喜代ねえさんのこと、分かってもらいたくて……。洋子ちゃん、大丈夫よね？」

「うん、大丈夫だよ」

「ああ、よかった。ほっとしたら、もう一つケーキが食べたくなった」

静代おばさんは、本当にほっとした表情を見せて、洋子を見て笑った。

洋子は、何が大丈夫なのかと問われ、何を大丈夫と答えたのか、よくは分からなかったが、そんな話をしてくれた静代おばさんに感謝した。

静代おばさんも、母さんのように、少し太っている。

「私だって、人のことは言えないけどね」

静代おばさんが洋子の視線に気づいて、洋子より先に言い、少しおどけたしぐさをしてお腹をさすった。洋子は静代おばさんと顔を見合わせて、また一緒に声をあげて笑った。

7

平敷屋公園に植えられた梯梧《でいご》の樹が、吹き上げる浜風をいっぱいに受けて、丸い大きな葉を千切れそうに揺らしている。カツエたちと一緒に来たときには、鮮やかな深紅の花を付けて咲き誇っていたのに、今では、すっかり散ってしまっている。大きな丸い葉だけが、強い浜風に打たれ、ぱたぱたと音立てて必死に枝先にしがみついている。花を付けていた枝先は、心なしか茶色っぽくむくんでいて、枯れているようにも見える。

洋子は、白いブラウスの襟を風にめくられながらも心地よさを感じていた。強い浜風は、汗ばんだ身体には、むしろ気持ち良かった。前方には、煉瓦を積み上げた煙突の残骸が見える。そこは、戦前には砂糖黍工場があった所だと、学校で社会科の先生に教えてもらった。戦争のときに艦砲射撃を受けて上方が崩れ落ちた。その名残を思わせる煉瓦の煙突が残っている。その左手にホワイトビーチがある。桟橋には、灰色の軍艦が二隻、両サイドに横付けされている。

平敷屋公園は、首里王府のころの政治家であり和文学者でもあった平敷屋朝敏《へしきやちょうびん》という人物が、この地に役人として赴任してきたとき、干害を防ぐために溜池を掘った土をここに盛土にした跡地だという。これも、郷土の歴史の時間に教わった。平敷屋朝敏は、後年、首里に戻り、首里王府に謀反を企てたということで処刑になったという。一七三四年のことだ。その平敷屋朝敏が、この地で詠んだ歌が、石碑になって公園に建てられている。

洋子は、この海を、この空を、平敷屋朝敏も見ていたのだろうかと思うと、不思議な感じがした。和文学者というのだから、この海の彼方にあるヤマトの国に憧れたのだろうかと思った。

この海は、さらに父の住むアメリカ国にもつながっている。そして、わずか十数年前には、父も眼下に横たわるホワイトビーチで働いていたのだ。

母は、このホワイトビーチがあるゆえに父と出会い、洋子を生んだ。だが、おばあちゃんは、このホワイトビーチがあるゆえに、死んでしまった。やっぱり、洋子には、いろいろな疑問を見つけても、まだ自分で答えを見つけることは難しかった。毎日を、ただ生き続けるしかないのだろうか。

「私ね、マーボーのこと諦めるよ。マーボーのこと、好きだと思っていた自分が、なんだかアホらしくて、馬鹿みたい」

校門を出ていく洋子に、背後から駆け寄ってきた若菜がかけた言葉だ。少し唇に紅を塗っている。香水の匂いも漂っていた。なんだか若菜がどんどん変わっていくようだ。でも、洋子には関係のないことだ。ふと甦ってきた若菜の姿を、慌てて追い払う。

眼下に見えるホワイトビーチのフェンス内のアスファルトの路上では、兵士たちが動き回っている。その姿が、豆粒のように小さく見える。

突然、ヘリコプターが爆音を立てて飛んできた。ビーチの上空を旋回した後、白いペイントで丸く印の付けられたヘリポートに着陸する。数人の兵士が、ヘリコプターから降りて、迎えに来たジープに乗り移り、建物の中に消えていった。

それを合図に、洋子も基地に背中を向けると、強い風に後押しされるようにバス停に向かって歩き出した。沖縄市に住む勝雄のアパートを訪ねてみようと思い、家を出てきたのだ。しかし、なんとなく決心が付かずに、この公園にやって来て、時間を過ごしていたのだった。

訪ねなければならない特別な理由はなかった。ただ、数か月前、学校の正門で待ち伏せをしないで欲しい。その代わり、自分が訪ねるからと言った手前、一度ぐらいは、そうしなければいけないのかなとも思ったからだ。

勝雄の所へ行けば、きっと小遣いが貰えるし、貰えたらカツエたちにせびられている金額だって、いざとなれば渡してもいいと思った。もちろん、今のところカツエたちから新たな催促はない。

勝雄の住む沖縄市嘉間原《かまはら》のバス停で降りて、アパートに向かって歩き始めると、すぐに雨が降り出した。慌てて店舗の軒下や街路樹の下で雨宿りをしながら、時には走り、時には立ち止まった。

シャッターの閉めきった店舗の前で、雨足が急に激しくなった。しばらく、過ぎ去るのを待っていると、洋子の目前を、見慣れた白いコルサが通った。美幸先生だ。一瞬、手を上げ、声を出して車を停《と》めそうになったが、上がりかけた手はすぐに止まった。

美幸先生は一人ではなかった。隣に男の人が乗っていた。白いコルサは、洋子の前を通り過ぎて、しばらく走った後、左折ランプを短く点滅させて消えた。そこがラブホテル街へ続く道だということを洋子は知っていた。隣の男は、先生の特別なお友達なんだと思った。

「洋子、よく来たな」

勝雄は、相好を崩して洋子を迎え入れた。奇数日の日曜日が休みだということは、何度も聞かされていた。今日がその奇数日の日曜日だ。初めて足を踏み入れる勝雄の部屋は割ときれいに片づいていた。

「急に雨が降り出して、濡れちゃった」

洋子の言葉に、勝雄は、慌ててバスタオルを探し出して洋子へ渡した。肌にぴたりと貼り付いた白いブラウスは、中学生とは思えないほど豊満な洋子の肉体を隠すことはできなかった。洋子は、一瞬勝雄の視線が胸元に釘付けになっていることを知った。来るんではなかったと後悔したが、もう遅かった。

「濡れちゃったよ、義父《とう》さん……」

洋子は、その視線を遮るように頭を下げ、バスタオルで髪をぱんぱんと叩きながら、できるだけ大きな声で言った。

「うん……、このままだと風邪を引くな。ボイラーを付けるから、風呂に入って身体を暖めな。俺のでよければ、着替えもあるよ。濡れた服は、洗濯機で回して、後でアイロンで乾かせばいいさ」

「そうするよ、義父さん」

洋子は、少しためらった後、思い切って素直な返事をした。なんだかんだと言ったって、六年間、父娘として一つ屋根の下で一緒に暮らした仲なのだ。洋子は、急に、いつもとは違って勝雄に甘えたい気持ちにもなった。

勝雄は、慌てて風呂場を片づけ、ボイラーを付け、タオルを出した。それから箪笥を開け、色柄のワイシャツと緑色のトレパンを着替えにと用意してくれた。今日の勝雄は、なんだかいつもより優しいような気がする。洋子は礼を言ってそれを受け取り、急いで風呂場へ駆け込んだ。

シャワーの蛇口をひねると、まもなく湯気と一緒にお湯が出た。やはり冷えた身体には心地よかった。壁に取り付けられた四角い鏡に、自分の裸体が映っている。家の風呂場で見る時とは違って、不思議に大人びて見える。ナイスバディだとレイコが褒めてくれたけど、まんざらでもないと思った。ふと、美幸先生も今ごろシャワーを浴びているのかなと思った。

洋子は、美幸先生のことを考えると、身体の内側が火照ってくるのを感じた。美幸先生の特別なお友達は、どんなふうに美幸先生を愛するのだろう。唇に触れ、肩に触れ、乳房に触れ、そして下腹部にも触れるのだろうか……。

そのとき、ふと、だれかに見られていると思った。やはりそうだった。ドアの隙間から、勝雄がじーっと覗き見ていた。しまった、と思った。が、今さらドアを閉めるわけにもいかなかった。慌てて風呂場に入ったために、濡れた靴下がドアに挟まっていたのだ。そのために少し隙間ができていたが、洋子は気づかなかった。

洋子は観念して、黙って身体を洗い続けた。そして、もう一度タオルに石鹸をつけ、丹念に身体を洗い始めた。胸に手をやり、脚を開いて、さらに大胆なポーズを取った。なぜそうしたのか、洋子にも分からなかった。勝雄が襲ってきたら、あるいは襲われてもいいと思い始めていたかもしれない。解せない心、解せない行動、大人になれるだろうか……。

しかし、勝雄は風呂場へ入ってこなかった。いつの間にか姿も消えていた。

8

静代おばさんから、マサル君の運動会に来ないかと誘われた。マサル君は、静代おばさんの一人息子で、生後四か月で髄膜炎を患い、四肢麻痺という重い障がいを背負っていた。歩くことも話すこともできず、生活のすべてにおいて介助が必要だった。

マサル君は、幼いころから静代おばさんが、ずーっと自宅で世話をみてきたのだが、数年前から、病院と隣接した特別支援学校に通っていた。洋子は、少し気持ちが重かったが、マサル君の通う特別支援学校の運動会に興味もあって行くことに決めた。

マサル君たちの学校の運動会は、小さな箱庭のような広場で行われた。洋子が着いたころには、間もなく入場行進が行われるということで、会場全体が、ざわめいていた。マサル君は、車椅子に首を傾げて座っていた。久しぶりに会うマサル君の姿だったが、静代おばさんが笑顔で手を振って合図をしてくれた。マサル君は、十歳の誕生日を迎えたばかりだという。

静代おばさんのご主人にも久しぶりに会った。

「マサル、今日はね、洋子姉ちゃんが応援に来てくれたのよ。よかったね。頑張ろうね」

マサル君は、口が利けなかった。少し身体を揺すっただけだった。

「洋子です。おはよう、よろしくね」

洋子が笑って手を差し出すと、マサル君は、細い目を開け、小さな手を伸ばし、少し首を伸ばすようなしぐさをして頭を振った。手は小さく縮んでいた。

「頭を振るのは、マサルが喜んでいるときのしぐさなのよ。洋子ちゃん、今日は、ゆっくりしていってね。マサルと一緒に、お弁当も食べてから帰るんだよ。二人とも久しぶりに会ったんだからね」

「うん……」

なんだか、洋子は急にお姉ちゃんになったような気分だった。

入場行進の合図があって音楽が鳴り始めると、マサル君の周りの集団が動き出した。手を引かれ、抱えられ、背負われ、そして車椅子に乗っていたのは、みんな、この学校の生徒たちだったのだ。

それぞれが、先生や家族に付き添われたまま、小さな箱庭のような運動場を一周し始めた。

それから始まったマサル君たちの運動会は、洋子にはとても想像できないことばかりだった。ビニールシートを敷き、畳を敷いた上で、寝転がったり、歩いたりする動作が行われるだけだが、見守っている観客からは、時間をかけて行われるその動作が終了する度に、どっと大きな拍手と歓声が沸き起こった。洋子たちにとっては、なんでもないボール運び、なんでもない玉入れ、なんでもない歩行が、マサル君たちにとっては至難の業なのだ。

マサル君の出番の一つは、大きなボールを車椅子に乗りながら運ぶことだった。静代おばさんが車椅子を押して、ゆっくりとボールを廻しながら、十メートルほど先のゴールに向かって進んで行く。

マサル君は、車椅子の脇のボールに、車椅子から身体を傾けた姿勢で小さな手を伸ばして転がし、数分後にゴールした。その場で、静代おばさんに抱きかかえられ、場内アナウンスで、みんなに紹介された。洋子は思わずマサル君のお父さんと一緒に、力一杯拍手をした。

マサル君のお父さんは、県立の普通高校で国語の教師をしていたが、今は特別支援学校の教諭免許を取って、マサル君の学校とは別の特別支援学校に勤めているという。静代おばさんは、マサル君が生まれたその年に、普通高校の国語の先生を辞めていた。

「マサル、よくできたな」

洋子たちのところに戻ってきたマサル君を、お父さんは車椅子ごと抱きかかえるようにして褒めていた。

洋子もマサル君に手を差し伸べて、もう一度握手した。握り締めた小さな手が汗ばんでいる。それでも洋子の掌にぬくもりを伝えてきた。マサル君は、少し照れたように頭を大きく揺すり、白い歯を見せて笑った。

中庭の隅に建てられたテントの一つには、酸素ボンベが四つほど用意されていた。その中に看護師や医師が、静かに運動会を見つめながら待機していた。七十名ほどの特別支援学校の生徒たちは、小学生から、中学生までの年齢のように思われた。

洋子は、自分が経験したすべての運動会を思い浮かべた。より早く走ること、きちんと隊列を整えて踊ること、両手と両足を高く挙げて元気よく歩くこと……。あれは、なんだったのだろうか。

カツエたちのグループの顔が浮かんできた。この学校の生徒たちと同じ歳ごろの少女たちなのだ。男の子を追いかけ、髪を茶色に染め、好きだ、嫌いだと、日々を消費していく少女たち……。

「洋子ちゃん、次は、マサルと一緒に出てみない？　車椅子を押して、整列するだけでいいのよ」

ぼーっとしていた洋子に、静代おばさんが、突然話しかける。

「うん、いいよ」

洋子は、思わず返事をしていた。

「マサル、よかったね。次は、洋子姉ちゃんと一緒だよ。頑張るんだよ」

マサル君は、頭を振り、うなずきながら身体を揺すっている。

洋子は、マサル君の車椅子をそっと押して出発点に並んだ。マサル君の二つ目の出番だ。これが最後の出番にもなる。マサル君と一緒に用意された畳の前まで行く。そこで車椅子からマサル君を降ろす。マサル君は、畳の端から端までを自力で進み、願い事を書いてある短冊を挟んだ風船の元まで進む。そこで結わえた紐を外して大空に飛ばすのだ。

「用意、ドン！」という出発の合図で、マサル君は、畳の上で腹這いになり、少しずつ少しずつ前へ進む。洋子は、先生に言われたとおり、反対側の畳の端で、風船を掴みマサル君の到着を待つ。両手両足の自由が利かないマサル君が、転がったり腹ばいになったりしながら懸命に全身の力を使って進んで来る。マサル君の荒い息遣いが聞こえてくる。洋子は、もう観客がいることも忘れていた。頑張れ、頑張れ、マサル君、頑張れ、頑張れ、マサル君。洋子は小さな声を何度もあげた。

やっと、マサル君が頭を揺すりながら、洋子の足元までやって来た。洋子は、嬉しくて、マサル君と一緒に飛び跳ねたい気分だった。マサル君も嬉しそうに大きく頭を揺すっている。マサルくんが選んだ三つの風船を、洋子はマサル君と一緒に、一つ、二つ、三つと、数えながら、青空へ解き放った。

なんだか、嬉しくてしょうがない。洋子がこれまでに味わったことのない気分だ。大きな拍手の中で、マサル君を抱きかかえて車椅子に乗せて退場する。静代おばさんが、走ってきた。洋子は静代おばさんに抱きついた。

白いアゲハチョウが二匹、洋子たちが立ち去った中庭に飛んで来て楽しそうに踊った。洋子は、アゲハチョウの行方を目で追い、飛び去った高い青空を見上げて、眩しそうに目を細めた。

洋子は、大好きなオサムちゃんに聞いてみる。

私は幸せなんだね、幸せなんだよね、って。

「オサムちゃんとトカトントン」

洋子の言葉に、オサムちゃんは、首を竦めて手を広げ、目を閉じておどけてみせた。

9

秋の終わりごろ、洋子の学校では、三者面談が始まった。母が、久しぶりに学校に来てくれた。いつもは、静代おばさんが参加するのだが、三者面談の行われる進路相談には、母が自ら行くと言い出していた。母は、美幸先生の話を、神妙な顔つきで見つめながら耳をそばだてて聞いている。

「洋子さんは、よく頑張っていますよ。たぶん、高校も大丈夫だと思うんですけれど……。でも、どこの高校に行くか、まだ決まらないんです。行きたい高校がないみたいで……」

「そうですか。どうしたらいいんでしょうね、先生……」

「どうしたらって、早めに決めていただかないことには……」

「そうですよね、すみませんね」

母が、謝っている。母が、謝ることではないのにと思う。

母は、少し白粉を塗ったようだ。甘い匂いが立ちこめ、洋子の鼻腔をくすぐる。こんな匂いを持った母の思い出は、ほとんどない。ハンジをするときも、母は全く化粧をすることがない。もう少し、化粧をしてもいいのにと思う。髪はパーマをかけている。今日は、その髪からもほんのりと甘い匂いがする。傍らに腰掛けている母を見る。母の目元は自分とそっくりだなと思う。

「洋子、どうなんだ?」

母が、洋子に尋ねる。洋子は、少し首を傾げて、考えるしぐさをする。

「困ったねえ、どうしようかねえ……」

「洋子さんは、とてもいい子なんですけどね。きちんと当番活動や清掃などもやってくれるし。でも、何か、もう一つ元気がないんです。夢を持って、なんか、こう頑張ってもらいたいなあと思うんですが、覇気がないっていうか……。体育系の部活動なんかで、頑張ってくれると嬉しいんですけどね。洋子さんは将来、何になりたいの?」

美幸先生が洋子を向いて尋ねる。

「別に……」

「洋子、ちゃんと答えてよ」

「別に、今のところは何もないです」

「そうなのよね。将来の夢とかがあると、進学する高校も、すぐに決まると思うんですけどね。夢を持つことは大切なことだと、先生思うんだけどな……」

美幸先生が、微笑みながら洋子を見る。洋子は目を逸らす。そんなことは分かっている。分かっているのだが、その先が分からないのだ。夢が、持てないのだ。

洋子は、美幸先生の夢はなんだろうかと思った。美幸先生は、将来の夢を持って特別なお友達に愛されているのだろうか。目標を定めて生きているのだろうか……。

洋子には、目標を定めて生きることは困難なことだ。人は、どのように生きても必ず死んでしまうし、不幸が付きまとうのだ。他人を傷つけずに、生きることなんかできやしない。他人を傷つけるぐらいなら、いっそ自らを傷つけるほうが、ずーっと気楽でましだ。目標を定めるから、人は他人と自分をも不幸にしてしまうのだ。

洋子は、そんな答えを頭の中で反芻していた。そんなふうに考えてしまうようになったのは、いつごろからだろう。

「あまり時間はないんですけれど、お母さん、是非、洋子さんと相談をなさって志望校をお決めください。結論がでなければ、とりあえず、近くの普通高校へ入学しておくという方法もありますす。どうぞ、いつでもお電話ください。ご相談に乗りますので……。それでは、そろそろ時間ですが、何かご質問などございますか」

「いえ、特には……」

「そうですか。それでは、今日はこのぐらいにしましょう。本日は、どうも有り難うございました」

「いえ、こちらこそ有り難うございました。どうかよろしくお願い致します」

母は、執拗なほど、丁寧に何度も深く頭を下げて席を立った。

母が教室を出た後、洋子は美幸先生に呼び止められた。美幸先生は洋子を手招いて、小さな声で耳元に囁いた。

「お母さん、案外、普通と変わらないじゃない」

洋子は、初めて顔を上げて美幸先生を見た。美幸先生は、白い歯を見せて明るく笑っている。洋子は怒りがこみ上げてきた。なんだか悲しくて涙がこぼれそうだった。

美幸先生は、洋子の心に渦巻いた小さな変化に気づくことなく、廊下まで出て、母に会釈をして教室へ戻っていった。

母は、校庭へ出ると、歩きながら何度もため息をつき、また、何度も笑顔で洋子を励ました。しかし、洋子は、母の笑顔が少し辛かった。母にこのまま塾へ行くと告げて校門で別れた。実際には、憂鬱な気分を手なづけることができずに、名指すことのできない複雑な感情が行く先もなく膨れ上がって、破裂しそうだった。母の視線を早く遮りたかった。

母はいつもと違って、なんだか美幸先生にへつらっているようだった。いつものように堂々としていてもらいたかった。怒りの矛先が母に向かいそうだった。

バスに乗ると、塾には行かずに、まっすぐに沖縄市のデパートへ行った。デパートにある本屋の参考書コーナーで、受験参考書を立ち読みした後、デパートの中を当てもなくブラブラと歩いた。

気に入った小物や服などがあると、手で触っては、また次のコーナーへと移った。

一時間ほど、目的のない散策をデパートの中で繰り返していただろうか。衣料品コーナーに立ち寄って、ピンクのトレーナーを手に取っている時だった。

「お嬢さん、これ欲しいの？」

突然、背後で声がした。洋子が驚いて振り返ると、中年の男が一人、満面に笑みを浮かべて立っていた。知らない顔だ。

洋子は、必死にその男の顔を思い出そうとして、少し首を傾げて、微笑んだ。

「もしよかったら買ってあげようか……」

男は、脇下に小さなバッグを挟んだままでネクタイを結び直し、もう一度、微笑みかけた。


レイコ>それで、ようこちゃんは、その男に服を買ってもらったわけ？

ようこ>そうだよ。

レイコ>やった、すごいじゃん。

ようこ>すごかないよ、しつこいから買ってもらっただけだよ。

レイコ>でも、どこのだれだか分かんないおっさんに貢がせるなんて、凄いじゃん。素人はだしじゃん。

ようこ>それを言うなら、玄人はだし。

レイコ＞あれ、ようこちゃん、学、あるんだね。でも、高かったんでしょう、その服？

ようこ＞高いかなあ、高いかもね、正札には三千五百円て付いていたよ……。

レイコ＞そう……。でも、ようこちゃんは、たぶんいいことをしたんだよ。ようこちゃんと同じぐらいの年齢の子どもがいたって、その男の人は言ってたんでしょう？

ようこ＞そうなのよ。亡くした娘が生きていれば、あんたぐらいの歳ごろになるって言っていた。それで、つい声をかけたんだって。

レイコ＞ようこちゃんは、人助けをしたんだよ。きっと。

ようこ＞そうね、そう思うことにしているんだけど、なんだか落ち着かなくてね。やっぱり、その服、おうちまで持って帰れなかった。ゴミ箱へ、ポイ。

レイコ＞どうして？　どうしてもったいないことするの？

ようこ＞だって、もう一度会いたいって言うんだもん。

レイコ＞会えばいいじゃん。会って何度もパクッてやりなよ。

ようこ＞そんなことできないよ。

レイコ＞ようこは、ウブなんだね。今ドキの女の子は、みんな大人の男を利用しているよ。

ようこ＞そうかな……。

レイコ＞そうだよ、私なんかチャットで出会ったおじさんと付きあっているよ。

ようこ＞えっ？　マジ？

レイコ＞マジだよ。

ようこ＞嘘っつ。

レイコ＞嘘なんかじゃないよ。楽しいよ。

ようこ＞私は、逃げ出してきたんだよ。

レイコ＞だから、逃げ出すことなんか、ないって。大人は、みんな狼なわけはないよ。

ようこ＞そうかな……。

レイコ＞そうだって。大人だって、みんな悩み抱えているんだ。ちょっとだけ親切にしてあげるだけで、みんなが幸せになれるんだ。チャット気分で付き合いなよ。

ようこ＞そうかな、そんなんでいいのかな……。

レイコ＞そんなんでいいんだよ。人生は、愛と冒険とチョコレート。これだけあれば、結構、タノシイじゃん。

ようこ＞チョコレート？　チョコレートも、必要なの？

レイコ＞たとえばの話よ。だれにも渡せない宝物ってとこかな。私、チョコレートが大好きなんだ。

ようこ＞そうか、チョコレートか……。

レイコ＞何、感心してんだよ、ようこちゃんは……。そうだ、ようこちゃんの大切なものは、何なの？

ようこ＞そうだね……。母さんかな。

レイコ＞ダサイね。それだから、ようこちゃんは、いつまで経っても大人になれないんだよ。早く乳離れしなくちゃ。

ようこ＞そうだよね、だれでも大人になるんだよね……。

レイコ＞悩みなさんなって。愛と冒険の旅へ出発すること。ボーイフレンドを作ること。それで、すべて解決。大人の階段登ることができるよ、って感じかな。ルン、ルン。

ようこ＞そうかな……。

レイコ＞なんだか、今日の、ようこちゃん、元気ないよ。そうかな、ばっかりだよ。

ようこ＞そうかな。

レイコ＞ほら、また出た。

ようこ＞そうだね……。

レイコ＞ワタシの言葉を、信じなさいって。ほら、元気を出して。ファイト一発！　女の子！

ようこ＞うん、うん。有り難う……。

レイコ＞なんだか、ようこちゃん、アブナイなあ。心配だなあ。ミニモニ気分で、レッツ、ゴーだよ。

ようこ＞うん、うん。大丈夫だよ……。

洋子は、レイコの部屋を離れた後、しばらく憂鬱な気分に捕らわれ続けた。どうして、自分はチャットで遊んだりするのだろう。レイコとのやりとりで、自分は癒されているのだろうか。インターネットの向こう側にいるレイコは、自分のチヂブンなのだろうか……。

洋子は、奇妙な錯覚に捕らわれたが、やはり、違うような気がした。レイコの言っていることは、なんだか間違っているような気がする。しかし、そのことがうまく説明できないままに、長く頭にこびり付いて離れなかった。

10

師走になると、商店街や街路樹だけでなく、住宅の門前やコンクリート壁にもクリスマスや新年を迎える華やかなイルミネーションが飾られる。

洋子も、クラスメートたちとクリスマスや新年の話題を囁き合っていた。しかし、そんな気分を制するように、受験生にはクリスマスや正月はないぞと、塾の教師に脅されていた。また、担任の美幸先生からも、年が明けると願書の出願がすぐに始まりますよ、と言われていた。

カツエたちのグループは、相変わらず派手な服装や目立つ行動をして校内を歩き回っていた。だが、洋子への恐喝のことは、まるで忘れたかのように、無関心になっていた。傍らを通り過ぎる洋子へ声をかけることもなかった。もちろん、洋子は、それをいい傾向だと思った。わざわざ自分から、以前に脅迫された金銭を持って行くような馬鹿なことをすることもなかった。

洋子が、勝雄のアパートを訪ねてみようと思ったのは、年末の慌ただしさの中だった。進路のことで、勝雄の意見をも聞きたいと思ったのだ。もう受験まで三か月ほどしかなかった。

勝雄の住むアパートに着いて部屋をノックすると、中から返事はなかった。あるいは留守にしているのかなと思いながら、渡されていた鍵でドアを開けて中に入った。入った瞬間、しまったと思った。ベッドの上には、裸の勝雄と女の人がいたのである。

洋子はすぐに、背中を向けて入り口へ駆け戻った。呼び止める勝雄の言葉にも答えなかった。鍵を入り口の靴箱の上に置くと、慌てて玄関を飛び出した。

しばらく、動悸は収まらなかった。アパートの階段を駆け下りながらも、一瞬、垣間見た光景を強く振り払い、沸き起こってくる妄想を、必死で打ち消した。

人違いだ。そんなことはない。ちらっと見ただけだし、似ている女の子は、どこにだっているはずだ。それに眼鏡を掛けていなかった。気が動転して見間違えたのだ。きっとそうなんだ。

洋子は、必死に自分に言い聞かせた。そして、あふれそうになる涙を堪えながら、バス停に向かって足早に歩き続けた。

勝雄と一緒にベッドにいた女の子は、若菜だったのだ。そう思ったのである。若菜は、勝雄を知っている。二、三度、一緒にタクシーに乗ったこともある。若菜は一人で乗ったことがあったかもしれない。

「マーボーを追いかけていた私が、馬鹿みたい。大人の恋に目覚めたんだよ」

若菜はそんなことを言っていた。でも人違いかもしれない。ベッドの上の二人の姿が浮かんでくる。若菜の言葉が甦ってくる。洋子は、その姿を、その言葉を、何度も何度も振り払って駆けだした。

チャットで知り合ったレイコから、強引に会う約束をさせられた。美浜セブンプレッソで一緒に映画を観ようというのだ。洋子は、約束をした後、レイコが男だったらどうしようという不安が頭をもたげてきた。ありえないことではない。執拗に、相手の身長や胸のサイズを尋ねてくる場合は、危険信号だとチャットの案内書に書いてあった。

冷静に考えてみると、レイコは、まさにそのような危険信号を、いくつも発していた。若菜に相談してみようかと思ったが、それができるはずもなかった。なんだか、どうにでもなれという投げやりな気分も、頭をもたげてきた。

そのことがあって後にも、若菜は学校で顔を合わせても、いつもと変わらなかった。少しばかり香水の匂いが強くなり、少しばかり大人っぽい物言いが多くなったような気がするが、何事もなかったかのように振る舞っている。

やはり、人違いだったんだと、洋子は胸を撫で下ろした。疑った自分が恥ずかしかった。もちろん、不安がすべて払拭できたわけではない。でも、「義父《とう》さんと、寝たの？」とは、どうしても訊けなかった。訊くと、返事はどうであれ、なんだか自分も一線を跳び越えて、向こう側に行ってしまいそうだった。

レイコと約束をしたその日になって、突然マサル君に会いたくなった。マサル君を訪ねた後で、レイコと会うことにした。午後からの待ち合わせの時間には、充分間に合うはずだ。

マサル君が預けられている施設の病院の受付で、マサル君への面会を告げると、受付の若い事務員さんは喜んで案内してくれた。静代おばさんは、ちょうど洋子の家へ出掛けたばかりのようで、すれ違いになった。

マサル君は、洋子のことを覚えてくれていた。病院の若い看護師さんも、洋子が運動会に来てくれていたことを覚えていた。みんなが洋子が来るのを、待っていたような気がした。

マサル君は終始笑顔を見せて、ベッドに横になりながら、さかんに身体を小刻みに揺すっていた。

一緒に食べたお弁当や運動会の話をした後で、洋子は思いきって看護師さんに尋ねた。

「マサル君を、車椅子に乗せて散歩に連れ出したいんですが、かまいませんか」

「ええ、いいですよ。大歓迎だわ。マサル君もきっと喜ぶわよ。そうだよね、マサル君?」

マサル君は、目を大きく見開いて頭を揺すった。

看護師さんに手伝ってもらって、マサル君を車椅子に乗せた。洋子は礼を言って、外に出た。マサル君は嬉しそうな笑みを浮かべ、洋子を見上げて、今度はもっと大きく頭を揺すり身体を揺すった。

「マサル君は、運動会のときに、ここで頑張ったんだよね」

ほんの数か月前であったのに、美しく咲き誇っていた花壇の花は散り始め、今度は新しい花が芽生えて、咲いている。

「マサル君、寒くない？」

洋子は、腰を落としてマサル君の顔を覗くようにして話しかける。

マサル君は、目を大きく開いて笑っている。前と同じように手を握ってみる。柔らかく小さな手だ。マサル君が、口を開いて白い歯を見せ、嬉しそうにもう一度笑った。

洋子は、歌壇の花を指さしながらマサル君に見せてあげた。

「これはケイトウ、これはツワブキ」

「これはコスモス、これはキク」

「これはベゴニア……」

花壇沿いに車椅子を押しながら、洋子は知っている限りの花の名前をみんな並べた。マサル君は、頭を精一杯振りながら、花壇の草花を指さすしぐさを見せた。マサル君の喜ぶ姿を見ていると、洋子はなんだか、幸せな気分になった。

「マサル君、えーっとね、お姉ちゃんね、もうすぐ高校受験なんだけどね。高校を卒業したら、将来、特別支援学校の先生になりたいなあって思っているんだけど、マサル君どう思う？」

洋子は、車椅子の背後からマサル君に尋ねてみた。思いがけない自分の言葉が、また、口をついて出てしまった。マサル君が大きく頭を揺する。マサル君の表情は読みとれない。でも、洋子はそう言った後で、本当にそうしようかと思い始めていた。

マサル君の人生に比べたら、洋子の人生なんか大き過ぎるほどの可能性が広がっているのだ。このことは確かなことなんだ。得体のしれない憂鬱と戦うのは、あまりにも傲慢《ごうまん》すぎるのだ。洋子は、そんな気がし始めていた。

突然、ハンジをする母さんの姿が浮かんできた。母さんは、いつも何を祈っているのだろう。母さんの夢は何だろう……。

洋子の脳裏に、自分のことを心配する母さんの顔が、いくつも浮かんできた。

「マサル君、夏になったらね。お姉ちゃんと一緒に海に行こうか。海はきれいだよ。お魚もいっぱいいるよ。マサル君、きっと泳げるようになるよ」

洋子は、運動会の日、風船に結んだマサル君の願い事を思い出した。

「お魚になりたい」

それがマサル君の夢だった。

レイコと会う約束の時間が近づいていた。しかし、洋子は、もう気にならなかった。

「トカトントン、トカトントン、オサムちゃんとトカトントン」

「トカトントン、トカトントン、マサル君とトカトントン」

オサムちゃんが笑っている。

「おい、それ、俺の言葉ではないか」と笑っている。

洋子は、マサル君の背後で、大好きなオサムちゃんの言葉を何度も何度も口ずさみながら、腕に力を込めて車椅子を押し続けた。

〈了〉

ラブレター

世界一長いベンチ

延子へ。

ぼくは今日、お前と二人で訪ねた世界一長いベンチの傍らに立つことができたよ。石川県の増穂浦海岸だ。あの懐かしい日本海を見渡す砂浜が、今日も目の前に広がっていた。あの日と同じように海は青く輝いていた。どす黒く荒々しい日本海を想像していたのに、予想と全く違っていたことに二人一緒に驚いたよね。今日もやはり、あの日と同じように青く美しい日本海だった。

金沢を出発して能登里山街道に入り、西山インターチェンジを出て増穂浦海岸を目指した。三十分ほどで到着した「道の駅」にレンタカーを止めて、小さな階段を上ると目前に日本海が広がった。ぼくは涙をこぼしそうになった。覚えているかい。あの日と何もかも同じだったんだ。ただ一つ違うのは、お前はもうぼくの傍らにはいなかったことだ。

能登海岸をレンタカーで旅してみたいと望んだのはお前のアイディアだった。ぼくもお前も、その旅の目玉の一つになる世界一長いベンチに憧れたんだよね。あるいはその言葉の響きに憧れたかもしれない。なんだかその言葉は、舌の先で甘い青春を転がすようで心地よかった。ネットで偶然に見つけたそのベンチに、ぼくも興奮した。

それは、全長四六〇メートル余に及ぶとてもとても長いベンチで、「日本海に沈む夕日を見て欲しい」という地元住民の思いを受けて、一九八七（昭和六十二）年に延べ八三〇人のボランティアの手で組み当てられたと紹介されていた。一九八九（平成元）年には世界一長いベンチとしてギネスブックにも掲載されたということだった。そのベンチに座ることに心を躍らせたんだよね。たわいもない小さな夢だったが、いつしか二人の大きな夢に成長していったんだ。

世界一長いベンチは、渚から二十数メートルほど離れた場所に置かれていた。渚に平行に造られた木のベンチだったが、宣伝文句のとおり、とてつもなく長いベンチで、その端は見えなかった。それほどに長いベンチだったんだ。ベンチの足下は小さな盛り土になっており、名も知らぬ丈の短い草が枯れたような色を有して潮風に吹かれていた。

今回もお前と一緒に訪ねた同じ季節の夏を選んだのだが、足下の草は同じ色を帯びて海風にそよいでいた。ベンチは相変わらず木のベンチで（それは当然なのだが）、長い時間の風雨に晒されて少し朽ちているようにも見えた。このことも、お前と一緒に見た同じ風景だ。しかし、今は感想を言い合えるお前がいない。ぼく一人だけで眺める日本海の風景だ。

お前とこの場所に立ったのは、もう十年余も前のことになる。あの日と同じ夏の季節なのに、日本海から吹き渡ってくる風は、冷気をはらんでいてぼくの身体を弄ぶ。ぼくは、あの日と違い、もう老いてしまった。風に足下をすくわれるようで情けないよ。

　ぼくは、お前と一緒に座った場所を探して一人で腰掛けた。木のベンチからはお前の温もりが伝わってくるようだった。確かにぼくたちはこの場所に座ったのだ。そして日本海を前にして、道の駅で買ったソフトクリームを食べながら、老いを迎える日々を無言で見つめあったのだ。

　延子よ……。今日、ぼくは独りぼっちだ。あの日、打ち寄せてくる波は美しかった。二人で靴を脱いで渚に立ったんだよね。お前が言い出したんだよ。日本海に立つ！　てね。お前のはしゃぐ笑顔を見て、お前を愛してきて良かったと思ったよ。ぼくは幸せだった。

　今日の波もあの日と同じ波に違いない。でも、今日は靴を脱ぐ気にはならないよ。強い寂しさや悲しみがあふれてくるばかりだ。お前との懐かしい思い出があふれてくるばかりだよ。

　お前と出会ったのは、大学を出て教職に就いた最初の赴任地だった。沖縄本島最北端の地にあるH高校で、同じ年に赴任したんだよね。お前は理科（生物）の教師で、ぼくは国語の教師だ。同じ地元の大学なのに、不思議なことに大学での出会いはなかった。その不思議さを話し合う度に、親密さが増していったんだ。

　ぼくたちは全共闘世代だった。大学の四年間は政治の季節のただ中で、ぼくは自らの人生さえ見失いそうだった。虚無感と青春の痛みをまだ引きずったままで就職していた。少なくともぼくは、自らの生きがいと他者との距離を掴むことができずに、その方法を懸命になって探していた。

　時代に絶望し、社会を嫌悪し、他者との関わりの少なかった大学での四年間の空白を埋めるように、ぼくはお前に夢中になった。どうしたんだろうか。人間が嫌いだったぼくは、人間が好きになっていたんだ。謙虚で慎ましいお前の言動にぼくは魅了された。大学では出会わなかった人間だ。

お前は、人間以上に周りの植物や小さな昆虫に関心を寄せているようにも思われた。そんなお前の虫たちを前にした大胆な振る舞いに、ぼくは驚いた。ぼくと違う他者を発見したんだ。ぼくのほうが、きっとお前にホレたんだよね。「そうだよ」とうなずく、お前の笑顔が目に浮かぶよ(笑い)。

恋人宣言をしてからは、お前と一緒に本島北部の小さな村の海辺や川辺、そして小さな山に登るのが楽しかった。お前が作ってくれたおにぎりを食べながら、海を眺め、川の流れに足を濡らし、山の木漏れ日を身体中に浴びた。お前が教えてくれる花の名前や昆虫の名前が珍しく、ぼくも理科教師になったような気分だった。とりわけ川沿いを歩くのは楽しかった。比地川や辺野喜川、安波川や奥川には何度も出かけたよね。伊江川の下流の浜辺ではテントを張り、二人で火を焚いて一夜を過ごしたこともあったよね。

結婚して、子どもができてからも、ぼくたちは子どもを引き連れて旅をした。県内では西表、与那国島、伊平屋島など離島巡りが定番だった。県外では、東京だけでなく、四国を巡り、北海道や大阪も訪れた。中国やヨーロッパにも、子どもたちと一緒に出かけたよね。

子どもたちが成長してからも、機会を見つけては二人だけで旅をした。子どもたちには、お父ちゃんとお母ちゃんは、いつもラブラブだねって、冷やかされたけれどね。でも、成長した子どもたちには子どもたちの世界があったからね。いつまでも子離れできないぼくを諭したのもお前だった。

金沢の街を訪ねるのはぼくの夢だった。ぼくは金沢大学医学部に憧れていたからね。金沢大学に入学するのがぼくの夢だった。しかし、貧しいぼくの頭脳と、家族の経済事情を鑑みて県外の大学への進学はあきらめたのだ。

世界一長いベンチに行く日には、金沢に宿を取った。ぼくの夢が叶ったようで嬉しかった。犀川、兼六園、金沢城、ひがし茶屋街、近代文学館、そして、日本国内で唯一、波打ち際をドライブできる千里浜なぎさドライブウエイなどなど、どれもこれも楽しかった。

お前は元気だった。ぼくと同じように、はしゃいでくれた。お前のいつもの優しさだ。ぼくは何度もお前の優しさを抱き締めた。幸せだった。本当に幸せだった。お前に病が巣くっているなど考えてもみなかった。

お前に悪性の癌細胞が巣くっているのが発見されたのは、世界一長いベンチを訪ねた旅行から帰ってきて間もなくのことだった。膵臓癌だった。

お前を逝かせまいとして、病室で子どもたちと一緒にお前を看取った緊張した日々が甦る。医者の指示でベッドに上がり、病に冒されて痩せてしまったお前の胸をパンパンと叩いた日々が甦る。涙を堪えながら、ぼくのほうが先に逝けばよかった、先に逝けばよかったと涙をこぼした。何度そう思ったか分からないよ。

延子……。三人の娘は三人とも美しく成長したよ。三人とも素晴らしい男性と巡り会い、嫁ぎ、家を出て新しい家庭を作っている。心配することはないよ。みんないい娘に育っている。お前のおかげだよ。いや、母さんみたいになるんだよと激励したぼくのおかげかな（笑い）。

娘たちのおかげで、ぼくは今、こんなふうに一人で旅を続けることができる。お前と訪ねた旅の跡地を巡って、永遠に発送することのないラブレターを書き続けている。このことが密かな楽しみになっている。この一通も、これから何度も書くであろうお前へのラブレターだ。生前には一度も書いたことが、なかったのにね。

延子よ……。今年の末には、三人目の孫のじいじになるんだよ。おまえと一緒に、じいじ、ばあばって呼ばれたかったなあ。あの日の世界一長いベンチで夢見たようにだ……。

延子よ、日本海はやはり、きれいだよ。自然は美しい。人間の命も美しい。それを教えてくれたのはお前だ。でも、教えてもらえなかったことが一つある。お前のいない日々を過ごす知恵だ。お前のいない日々は、世界一長い休暇のようだよ……。

延子よ……。また書くね。書く度に、ぼくの手紙を覗き込むお前がやって来ることが嬉しいんだよ。息遣いさえ聞こえるんだ。その日までの、短い間のさようならだ。お前のクッツキ虫だった不甲斐ない夫から、また会う日までのラブレターだよ。

お前のいない長い一日に耐えるために……。

宝塚

俊之さん。

私は今、宝塚へ来ています。あなたが「双眼鏡」を貸してくれと言って、私の持っている「オペラグラス」を借りたあの会場です。私はおかしくて笑いを堪えていましたが、あなたが先に笑ったので私も笑いました。そんな他愛のない思い出が甦ってきます。

あの日、私たちは雪組の公演を見たのでしたよね。あなたは私が何度説明しても、女優さんの名前を覚えることができませんでした。今度は私が先に笑いました。私は、手に入れた女優さんのプロマイドを指で示しながら、彩風紗綾、朝霧志寿代、榛名はな、水見真衣斗……、等々、華やかな名前を口ずさみました。でもあなたは名前だけでなく、あでやかに装い化粧をした女優さんたちの顔の区別さえつかないようでした。だれもが同じ顔に見える、違う人物とは思われないよ、とため息をこぼしたあなたの言葉に、私はおかしくて、また笑ってしまったのです。

私の顔は分かりますかって、言ったら、あなたは私に顔を近づけて、にっと笑ったのです。そのときの、あなたの少年のような笑顔が忘れられません。あなたといると、いつも楽しかった。いつも幸せでした。

私は、私たちの社会にはおとぎの国のような世界があるのだ。この世界をあなたに見てもらおうと懸命でした。現実にも夢がありドラマがあるのです。あなたのいる現実の世界が、私には少し不安に思うこともあったからです。

私の悪い予感は当たってしまいました。それだけに、深い悲しみと同時に悔しさが押し寄せてきます。

私たちの宝塚への旅は密かな旅でした。二人だけの秘められた旅だったのです。私は大阪で生まれたので、神戸にある宝塚は幼少のころから何度も行ったことのある場所でした。亡き母が宝塚の大ファンでした。母は若くして父と離婚をしていましたが、一人娘の私を連れて宝塚の舞台を見るのが母の何よりの楽しみであり唯一の贅沢でした。母は贔屓の女優さんさえいたのです。

一年に二、三度、母は私を連れて宝塚に行きました。母は何かから逃れようとしていたようにも思えます。また何かを求めようとしていたようにも思えました。

逃れようとしていたのは寂しさからかもしれません。求めようとしていたのは希望かもしれません。そんな母の姿を、あなたにも重ねたのです。あなたは母と同じような「翳《かげ》り」がありました。母と長いこと生活した私の臭覚です。それだけに、宝塚が、母と同じような場所になればいいなと思ったのです。

あなたが、私を腕枕にして学生のころ書いたという自裁の詩を読んでくれたことを忘れません。あなたは私の一回りも年上でしたが、あなたはいまだ青春を生きていました。いえ、青春を引きずっていました。死ぬチャンスを逸した、今は余生だ、ここがぼくの最後の流刑地だ、そんなふうに私の胸を指さして、冗談ぽく言うのがあなたの口癖でした。

それなのに、なぜ私は、あなたの深い絶望に気付かなかったのでしょう。冗談ぽく言う言葉は冗談ではなかったのです。私は、あなたが見せるあなたの明るさに惑わされてしまったのです。あなたの笑顔に真実を見失ったのです。悔しくてたまりません。

私たちは出会ってから五年ほどが経っていました。あなたは、私の勤めるG市立図書館の職場に遅れてやって来たのでした。G市の総務課長の職からの図書館長への配置換えでしたから、私たちは驚き、噂をし合ったものです。なにか不祥事を起こしたのか。市長が代わった年でしたから、政権闘争に敗れたのか、それとも家庭の事情か……などなどと。

私は職場では、あなたの先輩でしたから、何かと面倒を見る羽目になってしまいました。予算の折衝から図書の購入、図書館の管理や備品の購入、賃貸業務の課題や改善策などについてです。いつの間にかあなたは私を頼りにし、私はあなたとの一緒の仕事を楽しみにするようになりました。

そしてどちらからともなく食事に誘い合い、プロ野球のジャイアンツやアイススケートの羽生結弦くん、そして文学や映画などの話題で盛り上がりました。四十歳を二つ過ぎた私でしたが、男友達のいない私には初めて訪れる濃密な時間でした。酔ったあなたが、雨傘を差してアパート近くの路上でキスしたときは、さすがに驚きましたが、幸せでした。私は、あっという間に恋に落ちたのです。

あなたは、五十代、妻子がいることも知っていました。それでも回り出した歯車は、容易に止めることができませんでした。あなたの思いをもっと深く理解しておけば良かったと思いますが、私は私の思いに夢中になったのです。

同じ地元の大学の同じ文学部の卒業というのも、随分と二人を親密にさせる要素になったように思います。私は大阪で育ちましたが母の故郷、沖縄県のR大学を進学先に選んだのです。卒業後も私は大阪へは戻らず、沖縄で就職したのです。母もこのことを喜び、大阪を引き揚げて沖縄で一緒に暮らすようになったのです。しかし、母は病に斃れ、数年後に亡くなりました。母の法事や数年間の闘病生活を見守る生活に、私も少し疲れていました。いつの間にか青春期を終えていたのです。

そんな私に、あなたは青春を与えてくれました。寝床で二人してふざけて俳句を作ったり、短歌を作ったりしました。少しエロっぽい俳句や短歌も作って笑い合いました。

そんな中でも、好きな作家や作品について語るあなたの目は輝いていました。あなたの世界に私は魅了されました。私たちは同じ学部の先輩と後輩でしたが、私は古典文学を専攻し「蜻蛉日記」を卒論に選びました。あなたは現代文学の作家で「山川方夫」を卒論の対象にしたということでした。共通の恩師も健在でしたので、二人して思い出話しを語り合いました。

芥川賞の受賞作品やノーベル文学賞の受賞作品について語るあなたの口調は弾んでいました。私は現代文学については知識が乏しいのに、あなたはやっと語る相手を見つけたというような笑みさえ浮かべていました。あなたは左遷などではなく、図書館への勤務を希望してやって来たのではないか。そう考え始めたのが私の油断でした。

神戸への旅で忘れられない思い出がもう一つあります。宝塚の公演を見る前に宝塚市立手塚治虫記念館を訪れたことです。あなたの、はしゃぎぶりは尋常でないほどでした。鉄腕アトム、ジャングル大帝、ブラックジャック、火の鳥、リボンの騎士など、手塚治虫の漫画を再現した館内で、あなたはまるで子どものようでした。鉄腕アトムの前で歌を歌い、メルモちゃんの前では、一緒に歌うことを催促され、私は思わず辺りを見回したほどでした。

そうでした。もう一つの思い出もあります。帰りの関西空港に併設されたホテルのお土産品店内でのことでした。私はあなたに手招きされました。不思議に思いながらあなたの元へ近づくと大きな笑みを浮かべて声をあげずに笑っていました。あなたは「腰振りわんこ」を指さして私に示しました。スイッチをいれるといつまでも交尾の姿勢で腰を振るのです。私は平気を装いましたが赤面していました。その玩具をあなたは買ったのです。ホテルの部屋では何度もスイッチを入れて声をあげて笑っていました。あの陽気さと無邪気さが忘れられません。あの陽気さと無邪気さにも、私は油断があったのです。あなたの自死の意志を見抜くことができなかったのですから。あなたの自死を止めることができなかったのですから。

俊之さん……、帰ってきて欲しい。もう一度、もう一度、あなたに会いたい……。

俊之さん、あなたのことを思い出すと、たくさんの楽しい思い出が次々と甦ってきます。二人して、観光ホテルのリゾートビーチで横になり、若い夫婦の喧嘩をじっと見ていたことがありましたね。また石川市の自然公園ビオスの丘では、土器を釣り上げるゲームに夢中になったこと、そして突然現れたマングースーを追いかけたこと、あなたはいつも笑顔で私の前にいたのです。

それなのに、あなたはどうして、死んでしまったのでしょう。私にはその理由がいまだに分かりません。自裁の詩を朗読してくれたこと、余生や流刑地だとつぶやいていたことなどが思い浮かびますが、どれも決定的な理由にはなりません。私を納得させてくれるものは何もないのです。

それでも、あなたの死は、絶望からではなく、希望を手に入れるための死だったのだと、あなたに代わってあなたの論理を振りかざして、私は涙を堪えて私自身を慰めているのです。

もちろん、あなたの死は、私が原因ではないかと考えることもあります。私は妻子あるあなたとのもう一つの家庭を作ることを夢みたのですから。私の罪は免れないと思います。私は自分を責めています。何度も何度も責めています。

でも、私は生きていきます。それもあなたの笑顔が教えてくれたような気がします。

今の私には、私の死がどのように私に訪れるかは予測できません。あなたと同じように死の誘惑に駆られることがあるかもしれません。私に死が訪れるとき、私ははじめてあなたに近づくことができるのかもしれません。あなたとの楽しい思い出を一つ一つ数えながら、私は生きていきます。

今では宝塚は、私にこそ必要な場所になりました。週末には神戸に飛びます。オペラグラスをバックに入れて、私の愛したあなたを胸の内に住まわせながら……。そして、メルモちゃんの歌を口ずさみながら……。雪組の公演に、拍手を送りながら……。

TOKYO

愛する女房殿。

お前と出会ったのは、たぶん運命なんだ。お前との結婚もまた運命の糸に導かれたものだろう。お前とのことになると、ぼくは極端な運命論者になってしまう。

ぼくたちは、同じ土地で生まれ同じ土地で育った幼馴染みだった。金武《きん》湾に面する海岸沿いにある小さなK町だ。小中高校と一緒の学年で、小学校の六年間は同じクラスだった。

家が隣同士だったから、それこそ出会いも結婚も運命だと思った。神に感謝したよ。ぼくは、お前と共に育ち、お前と共に大人になったんだ。何もかもが楽しく愉快だった。

小学生のころ、一緒に川遊びに夢中になって蟹に指を噛まれたお前が泣いたので、ぼくは慌てて血のにじんだお前の指先を口に含んだこと。裏山へ山桃を採り行って、お前がムカデに足指を噛まれたこと、レイシの実を採るためにぼくの登った枝が折れて、ぼくが地面に落ちてしたたかに尻を打ったこと、雷雨の中を海に泳ぎに行ってお前の母さんに二人して不動の姿勢で立たされて怒られたこと、思い出は次々と沸いてくる。

二人だけでなく、周りには大勢の仲間たちもいたように思うけれど、なぜかその姿は消えている。

女の子であったお前が、どうして男の子であるぼくたちの仲間とよく遊んだのか、このことも不思議な気がする。一緒に遊んだ女の子はお前だけではなかったはずだが、ぼくにはお前の記憶しかない。男の子、女の子の違いを発見したのも、お前との秘密の遊びの最中だった。

高校生になったお前は、ぼくとは違い、いつも輝いていた。全校生徒の憧れの的だった。お前はスポーツが万能で、バレーボール部のキャプテンだった。校内の新入生歓迎球技大会や校内陸上などでも大活躍だ。ぼくはその度に、ぼくの近くからお前が遠くへ行ってしまいそうで嫉妬や不安も覚えた。初めての感情だった。きっと初恋というものだろう。最も近しいお前に恋をしたのだ。

デートができたときは有頂天になった。高校三年生の夏だったが、二人で映画を見たんだ。石川市にある映画館だった。今でも覚えている。映画のタイトルは「サウンド・オブ・ミュージック」。大人になることが待ち遠しかった。

二度目のデートは秋の浜辺だ。バスに揺られて遠出をした。旧久志村の兼下の浜辺に行った。友達から聞いたデートスポットだ。無人の浜辺で、早鐘を打つ心臓の鼓動を抑えながら、ぼくはお前の額にキスをした。海辺の香り以上に、お前の髪の香りと身体の匂いにまとわれて、ぼくは失神しそうだった。

三度目のデートは、お前が作ったおにぎりを持って、バスに揺られ遠い今帰仁《なきじん》城へ出かけた。卒業を間近に控えていた。お前は東京の短大への入学が決まっていた。ぼくは県外の国立大学の医学部を受験したが不合格になった。ぼくには、卒業後の浪人生活が待っていたが、お前は再会を約束してくれた。

お前は約束どおり、帰省の度にぼくに知らせてくれてデートを楽しんだ。ぼくたちは、もう秘密の遊びをすることはなかったが、暗い青春と浪人生活を送っていたぼくには、お前とのデートは束の間の清涼剤だった。

やがてぼくは、地元のR大学の文学部に進路を変更して入学した。すぐに学内に吹き荒れていた政治の季節に巻き込まれた。ぼくは生きるために必死になった。自分を見失いそうになった。実際、見失っていたかもしれない。ぼくは、ぼく自身にしか関心が持てなくなっていたのだ。ぼくの世界は極端に広くなり、同時に極端に狭くなった。ぼくはどちらの側にいるのかさえ分からなくなった。

ぼくは家を出て、間借り生活をしていたのだが、いつしかお前を忘却の彼方に追いやっていた。意識的にそうしたのではないが、ぼくは目前に出現した新しい世界に戸惑い、幻惑されていたのだ。多くは政治や人間への憎しみを増幅させていたが、最も憎んだのは自分自身だ。社会に与《くみ》する自分の存在に嫌悪感を覚えていた。それは同時に人間への憎悪につながった。

お前が大学を卒業して、東京近郊の小学校で教職に就いているという噂を耳にしたが上の空だった。ぼくは、お前を失念していた。ぼく自身であること、ぼく自身を失わずに生き続けることに必死になっていた。何もかもが憎かった。人間も社会も、恋愛も唾棄すべきものだった。

ぼくは卒業後も、定職には就かなかった。家にも戻らなかった。むしろ啖呵を切って一人の生活を続けたのだ。働くことは体制に与《くみ》することになるとして、自らが作り上げた狭隘な思想に寄りかかっていたのだ。

日雇い労務として一年ほど働いた。道路に下水道の穴を掘り、港湾で荷物の上げ下ろしの仕事をした。それがドロップアウトした仲間たちや自死した仲間たちへの、ぼくなりの償い方だった。自分が生きるために免罪符として手に入れた日々だった。

そんな中で、お前が東京で結婚したという噂がぼくの耳に届いた。ぼくの心に、お前が再び甦った。しかし、もう何もかもが遅かった。お前はもう人妻だった。お前の匂いがぼくの記憶に甦ったが、寂しく切なかった。ぼくは祝意を述べるために久しぶりに我が家に戻り、お前の家を訪ねた。

すると、お前の母さんは笑顔を浮かべて、お前の結婚を否定した。単なる噂に過ぎないと。ぼくは、直立不動の姿勢でお前の連絡場所を聞いて、真偽を確かめるために東京へ飛び立つことにした。少年のころ、ぼくを叱ったお前の母さんは、冗談半分にぼくの尻を叩いたのだ。

羽田空港まで迎えに来たお前を見たとき、ぼくはうろたえたが、真実嬉しかった。初恋の人の美しく成長した姿だ。お前がまぶしかった。お前のアパートに招待されたとき、ぼくは不覚にも涙をこぼした。そしてお前の結婚が噂に過ぎないことを、はっきりと知ったのだ。

その日は、たくさんのことを話した。ぼくは、ぼくの心からお前が居なくなった六年間の空白を埋めるかのように饒舌になった。お前は笑顔を浮かべてぼくの前に座っていた。お前は、ぼくとは違い、ずーっと、心の中にぼくを住まわせ続けていたのだ。この日が来るのを信じていたのだと……。夢のような再会だったが、夢ではなかった。二人の思いが六年前に戻るのに多くの時間は必要なかった。

ぼくは一週間ほど、お前のアパートに居候した。お前は小学校の先生をしていたが、休日には東京を案内してくれた。銀座、後楽園、東京タワー、渋谷……。一緒に食べた有楽町でのソフトクリーム、老舗のあんぱん。新宿で見たフラメンコ、上野で見た寄席、美術館。ぼくは人間が好きになった。だれもが幸せになれるのだ。自分の心に他者を住まわせることによって、自分を愛することができることを発見した。お前が一層好きになったんだ。二度目の初恋だ。それも同じ相手だ。ぼくは、ぼくの傲慢な青春と訣別することを誓ったんだ。

お前との結婚を決めた後は、何もかもがスムーズに進んだ。お前の母さんは、ぼくとの結婚を喜んでくれたし、ぼくの両親ももちろん大賛成だった。不肖な息子が家庭を持つことを選んだのだから……。

お前は沖縄の地に戻って教員を続けることを選び、ぼくは定職に就かずに放浪することをやめた。地元の町役場の採用試験を受けて合格した。

これがぼくの峠へ行き着くまでの人生だ。ぼくの語ることのできるぼくの人生だ。

お前と結婚した後は、峠を下るなだらかな人生だった。周りの景色も輝いていた。三人の子宝にも恵まれた。スポーツ万能なお前の資質が子どもたちにも受け継がれていた。みんな明るくスポーツ大好きな子に育った。長女も次女も、お前と同じくバレーボール部のキャプテンとして県内の大会で活躍した。お前も父母会でのリーダーになり、ぼくもお前と一緒に娘たち二人の大会の追いかけをした。息子は野球に打ち込んだ。甲子園の夢は叶わなかったが、お前と同じく立派な教師になった。夢を諦めずに教え子たちに託している。

ぼくはお前と過ごした人生を誇りに思っている。お前と作った普通の家族を誇りに思っている。本当に幸せな家族を作れたと自負している。

子どもたちは三人とも独立したが、いつも冷やかされた。お父ちゃんと、お母ちゃんはいつも幸せだねって。そんなとき、お前はいつもこう言った。

「お父ちゃんが、東京まで私を追いかけてきたんだよ」って。

そしてぼくはこう言った。

「東京へ来たお父ちゃんを、帰さなかったんだよ」って。

東京で再会したあの一週間に起こった様々な出来事が、ぼくたち二人を運命の糸で結び付けたのは確かだった。ぼくは上野動物園のパンダを見て笑えるようになっていた。そして一緒に生きることを決意したのだ。

そんなあなたが病に斃れた。医者からは一年以内の死を宣告される悪性の癌だった。五十歳を過ぎたばかりだった。神様は、ぼくたち二人に嫉妬したんだと思った。ぼくは幸せすぎたんだ。あの青春の門を潜ってTOKYOで涙を流した日以来、ぼくは幸せ過ぎたんだ……。

ぼくは、三人の子どもたちを説得し、医者を説得し、病気のあなたを連れて東京を旅することを思い立った。無謀なことかとも思ったが、お前も喜んで賛成してくれた。懐かしい東京を、病のままのお前の手を引いて、二人っきりで歩いたんだ。銀座で、新宿で、ぼくは得意になって歩いたんだ。みんな見てくれ、ぼくの愛する女房だぞ、ぼくの選んだ女房殿だぞって。何度も何度も心の中で叫びながらね。いや、実際叫んだぼくをお前は腰を伸ばし、手を伸ばして抱き締めてくれたんだ。ぼくもお前を抱き締めた。枯れ葉のように軽くなった身体だった。ぼくはこぼれてくる涙を何度もぬぐった。東京に来ると泣き虫になるのね、ってぼくを冷やかしたお前の笑顔が浮かんでくる。お前は、二度と健康な身体を取り戻せなかった。ぼくも、三人の子どもも、また三人の孫たちも、お前を逝かせまいとして必死に闘ったが、お前に巣くった病には勝てなかった。

ぼくの愛した女房殿……。

今、ぼくは思い出の地、東京へ三度目の旅でやって来たよ。今回は一人旅だが、ぼくは不幸ではない。独りぼっちではない。いつもお前と一緒だ。一緒に歩いた銀座、渋谷を、今度も一緒に歩いている。一緒に食べたソフトクリーム、一緒に食べたあんぱんを今度も一緒に食べている。一緒に笑った上野の寄席で、今度も一緒に幕の内弁当を食べている。恋女房殿との一緒の旅を追体験しているぼくは、これほど幸せなことはないよ。

懐かしいＴＯＫＹＯ……。あの日々を、お前も最後の旅と分かっていた。迎えねばならない死を覚悟していた。覚悟がなかったのはぼくだ。死を宣告されたお前とホテルから眺める夜景。ぼくは痩身のお前を涙を堪えて抱いた。両手で何度も何度も頬を撫で、肩を撫で、身体を撫でたんだ。幼馴染みでぼくと共に生きてくれた人。幼いころ、蟹に咬まれた指を噛んだように、ぼくはお前の指を噛み続けたんだ。

愛する女房殿……。

あなたはもう遠くへ逝ってしまったが、あなたへの手紙を、今、二人で宿泊した品川プリンスホテルで書いている。書くことであなたに会える。書くことであなたの記憶が次々と甦ってくる。あなたへのラブレターを書くのは楽しい。同時に寂しさも募ってくる。それでも何度でも書きたい。あなたに会えるからだ。

ぼくの楽しさも寂しさも、すべてあなたと共にある。あなたの人生はぼくの人生だ。これからのぼくの人生も、あなたとの人生だ。

あの世にも、ＴＯＫＹＯはあるのだろうか。ＴＯＫＹＯではやっぱり泣き虫になってしまうのだろうか。

わが最愛の女房殿へ。ＴＯＫＹＯから愛を込めて。

金閣寺

凛として生きる。それが私の生き方です。

母がつけてくれた凛子という名前が、私は大好きです。あなたは気付いていたかしら。きっと今でも気付いていないでしょうね。あなたは、自分自身のことにしか関心がないのですから……。

私はそんなあなたに愛想が尽きて別れるための決意をしようと計画したのが今回の京都の旅なのです。特別な旅なのです。私が出張だと嘘をついても、私に関心のないあなたは、何の疑いもせずに送り出してくれました。

京都は、かつてあなたと旅した懐かしい場所です。今回は、その京都を、あなたの知らない男と旅することを決意したのです。それが分かっていても、あなたは許してくれたでしょうか。

もちろん、男のことは秘密にしました。知らないままに、あなたは私を送り出してくれました。その冷ややかとも思われるあなたの私への無関心な態度に、私はやはり寂しさを禁じ得ませんでした。悔しくもありました。

私は、あなたとの結婚後は、私自身の内部を空洞にして生きてきたような気がします。あなたを住まわせるためです。しかし、もう限界なのです。空洞を見極めたいと思いました。そして、あなたを追いやって、空洞を埋めたいとも思いました。私は、私の人生を私として生きたかったのです。

もちろん、あなたは私の心の変化には気付きませんでした。

あなたの知らない男は、私と同じ職場の隣の席で働く私よりも年若い男です。私から誘ったのです。男は喜んでついてきてくれました。

京都への旅の計画は私が立てました。竜安寺石庭をはじめ、三十三間堂、伏見稲荷大社、祇園、そして金閣寺、などを見学する旅です。あなたとの新婚旅行で巡った観光名所です。

あなたと私は、地元の大学で出会いました。私があなたの魅力に取り付かれて結婚したと言ってもいいと思います。初めての出会いは大学二年生の春。生協で隣に座り、カレーライスを一緒に食べたのがきっかけでした。一緒に食べたと言っても、偶然に隣り合わせた席でした。その日は混んでいて、見知らぬあなたが、私の傍らに座りました。食事の途中で、あなたは突然立ち上がり、自分のと一緒に、コップの水を私の分まで持ってきてくれたのでした。

私は社会学科でしたが、あなたは美術科でした。絵を描くことや陶芸に興味があると、私の質問に答えてくれました。それだから美術科に進んだのだろうと、すぐに気づきましたが、あなたは笑顔でうなずきました。私は、なんて間抜けな質問をしたのだろうと、自分の質問に苦笑がこぼれました。あなたは笑顔を浮かべた後、私をフォローするように言葉を言い継いでくれました。絵か、陶芸か、どの道に進むかは迷っている、それを見極めるためにも美術科に入学したんだよ、って答えてくれました。

私は、なんて心優しい人だろうと思いました。絵も陶芸も、私には知らない世界でした。もう少しあなたのことを知りたいと思い、その日に陶芸室に行きました。そしてろくろを回すあなたの姿に見入ったのです。間抜けな質問が、私とあなたを結びつけたのです。

大学を卒業して二年後に結婚しました。結婚してもう六年になります。私たちにはまだ子どもがいません。三年目に原因は私にではなく、あなたにあることが分かりました。医者は様々な方法で子を授かることができると進言して相談にも乗ってくれました。しかし、あなたは、すぐに私へ離婚をしたいと告げました。私に新しい家庭を作れ、やり直せ、と勧めたのです。

私は悩んだ末に、あなたの希望を退け、医者の進言をも断りました。子を授からなくてもあなたとの生活を続けることを決意したのです。私はこの決意を誇りに思っています。今でも正しい決意だったと信じています。

しかし、あなたは私の決意に不満を漏らしました。不満を漏らしながらも、やがて私の意向を認めてくれました。認めてくれたと言うよりも、この話題を避けるようになりました。私の人生だけでなく、二人の人生をさえ避け、私に無関心になったのです。このことが、どれほど寂しいことか、あなたには分かりますか？　それから、さらに三年ほどが過ぎたのです。

母は、私のことを心配してくれました。私に子ができないのを心配したのではなく、子がなくても私があなたと一緒にやっていけるのだろうかと心配したのです。母は看護師ですから、子ができない原因は分かっていたのだろうと思います。しかし、私は理由を母には告げませんでした。

私と母は、最初から二人だけの家族でした。母一人、子一人の家族です。つまり、母は未婚のまま私を生んだのです。私は、父を知りません。母も教えてはくれません。なんだか意地になって、私は子のできない理由を、母には告げなかったような気がします。母も意地になって私のことを心配しているように思いました。

母は、私のことを気遣いながら、結局はあなたと同じように私に無関心を装うようになっていきました。装うようになったのか、無関心になったのか。実際のところはどちらかは分かりません。あなたのこともそうです。私はあなたと母を、二人同時に失ったのです。それだから、京都へ来たのです。

　小中学生のころは、父がいないことで随分と肩身の狭い思いをしました。泣いて母にすがったこともあります。父の不在を思い知らされた父親参観日、父の似顔絵の宿題、学校周辺の草刈り、登校指導、保護者会……、数え上げたらきりがありません。今考えると、父のいない子には随分と残酷な学校行事がたくさんありました。母が看護師で忙しかっただけに、私は多くは独りぼっちでした。母は、今も一人でアパート暮らしを続けています。

　母は、私の結婚をとても心配していました。それというのも、私の夫となるあなたが定職を持たずにいることが、その理由の一つでした。子どもができないことが分かってからは心配する理由が二つになりました。そして三つ目の不安も芽生えていたようです。私たちが離婚するのではないかという不安です。

　母の不安は的中しました。母の予想したとおりになったのです。私は、あなたと別れたいと思いました。三十歳を過ぎたばかりの私はまだ若い。やり直せる。あなたが離婚をしたいと希望した思いに答えるのだ。随分と遅くなったが、まだ有効な回答だろう。そう思いました。

　言葉を代えて、もっと真実に近い言い方をすれば、甲斐性のないあなたと別れたいのです。あんなにも輝いて見えたあなたの世界が、今は色褪せて見えるのです。あなたは、いまだ絵の世界か、陶器の世界か、働きもせずに迷い続けているのですから。

　でも、不安もあるのです。教員免許を持っているあなたが、仕事に就かないのは、一種の策略ではないか。私と別れるための謀略ではないかと思うこともあるのです。描いた絵や、造った陶器を売ろうともせず、個展も開かず、時々、破り捨てたり、叩き割ったりしているのは、意図的に、私に愛想を尽かせるための策略のような気もするのです。出会ったころの優しいあなたの、優しい策略です。そう思ったがゆえに、別れることができなかったのです。

でも、発想を代えることにしました。そうであればこそ別れるのだと。私があなたの前から立ち去ることによって、あなたの才能は開花するのではないか。充分にその時を待つ準備は、既にできているのだと。そう思うことにしたのです。それだからこそ別れるのです。それだからこそ、あなたの知らない男と京都の旅を決意したのです。それを別れる理由にする。私の決意を前進させる罪作りにするのです。それは、私自身の寂しさを見極める旅でもあります。同時に私の弱さを補填する旅でもあったのです。家に帰ったら、私は男との旅をあなたに告白することにしていたのです。

私はあなたを見失ってしまいました。あなたが分からなくなったのです。このことも真実です。私はあなたと別れる決意をするために京都に来ました。このことも真実です。

でも、京都にやって来るとたくさんの真実が立ち上がってきました。あなたの優しさも、あなたの策略も。私の愚かさも、私の策略も。母の希望も、母の断念も。そして私の過去も私の未来も。みんな真実で、同時にみんな嘘のようにも思われるのです。自分自身の正義をまとった瞬間の感情ではないか。愛情とは遠いところにある理屈です。永遠の感情ではありません。

京都を新婚旅行の旅先に選んだのは、あなたの希望でしたよね。金閣寺の前で感動で震えていたあなたに、私はさらに恋をしたのでした。

告白します。今回、私は金閣寺の前で怯えてしまいました。いえ、勇気と希望が芽生えてきたのです。あなたの知らない男に手を握られながら、私はあの日のあなたのことを思い出したのです。

あの日のあなたは、私の手を握りながら、じっと金閣寺を見つめていました。二十分も三十分も同じ姿勢で見つめていました。それからあなたは、金閣寺のまぶしさを拒絶するように私の手を放し視線を落としました。そして池の鯉を見つけて私に指で示し、鯉と戯れたのです。そして屋台で串団子を食べたいと私を誘い、笑顔を作って食べたのです。あのときの、あなたの泣き出しそうな笑顔が浮かんできます。あの時、あなたに何かが訪れたのでした。とてつもなく大きな何かです。私は、その何かが分からなかったのです。

私も前回のあなたを真似て、あなたの見知らぬ男に手を握られながら池の鯉を見ました。じっと鯉を見ている私の手を、男は汗ばんだ手で強く握り返しました。男は鯉を見ませんでした。その時、私はあなたと別れられないことが分かったのです。あなたが見つけた何かが見えたような気がしたのです。これまでに見えなかった大きな何かです。男は串団子を食べようとも言いませんでした。

あなた……、ごめんなさい。私はあなたのことを、たぶん何も知らないのです。私は一生かけてあなたのことを知りたいと思います。あなたは生きている。私も生きている。私の空洞をもう一度、あなたへの思いで埋めたいと思います。今度は力まずに、二人の間に横たわっている空気のようなものを大切にしたいと思います。分かりたいと思う気持ちを持ち続けることこそが、大切なような気がします。母が、ぽつんとつぶやいていたような気がします。分かりあえないからこそ、二人で生きていくんだよと。

あなたへ別れの手紙を書くつもりでしたが、ラブレターを書くことになってしまいました。あなたに届けることのないラブレターです。書き終わったら、粉々にちぎってホテルの部屋のちり箱に捨てます。隣の男は、私に愛想を尽かせて寝入っています。

考えてみると、カレーライスと鯉と串団子に翻弄された私の人生でした。いや、カレーライスと鯉と串団子に導かれた私の人生でした。おかしなものですね。でも、おかしな人生を愛する心を持てるような気がします。

あなた、すべて順調です。すぐに帰ります。明日には、電話をしますね。

愛しいあなたへ、愛を込めて。凛子から。

伊江島

良之《よしゆき》さん、あなたが戦死した島、伊江島へ来ましたよ。

娘の亜希子へ連れてきてもらいました。娘も、もう還暦を越えました。私はもうすぐ米寿を迎えます。月日が過ぎるのは早いですね。もう戦後七十年余ですよ。

亜希子はあなたと私の間に生まれた、たった一人の子どもです。名付け親はあなたです。アジア（亜細亜）の亜と希望の希で亜希子。あなたは、アジアに希望を灯す子に育って欲しいとして、まだ見ぬわが子の名前を託して出征したのですよね。男の子なら亜希雄にしろって。今、考えると、なんだかおかしいですね。

亜希子はもうおばあちゃんになったんですよ。あなたと私には孫だけでなく、ひ孫もできたんですよ。可愛いひ孫です。この子らの手を引いて、あなたが亡くなった伊江島を見せてあげたいですね。でも北海道から伊江島は、年老いた私にはあまりにも遠すぎます。私が亜希子に手を引かれているのですからね。私も、もう次の訪問は無理かもしれません。

伊江島は、沖縄本島北部、本部《もとぶ》半島沖にある島で、周囲約二十二キロ、現在の人口は約五千人ほどです。半島の本部港からフェリーで約三十分です。私は何度も来ていますから、伊江島のことは割と詳しいんですよ。

伊江島は、近くの古宇利島や瀬底島という橋でつながっている離島と比べると、フェリーに乗り換えるので足を伸ばすのを少しためらう観光客もいるようです。通常は一日四便のフェリーが就航していますが、季節により変動があります。夏休みには五便に増え、旧盆や正月にも本数が増えることがあります。本部半島からは、伊江島タッチューと呼ばれる小さな山がしっかりと見えます。四月から五月にかけては「ゆり祭り」が行われて大変賑やかになります。

私は、亜希子と一緒に、このゆり祭りにも何度か来たことがあるのですよ。島の北海岸にあるリリーフィールド公園で開催される日本一早いゆり祭りです。広大な敷地に広がる真っ白なテッポウユリや世界中から集められた一〇〇品種のカラフルなゆりも楽しめます。

祭りの期間中は屋台が並び、子どもたちの遊具も置かれ、乗馬体験などもできます。またステージも作られ、伝統芸能が紹介され、地元で人気のある芸能人や歌手の皆さんのライブやショーなどを楽しむこともできます。

でも、何と言っても、島の空と海の青さを背景に一〇〇万本余の純白のテッポウユリが白い絨毯を敷いたよう咲き誇っている姿は、目を見張るほどの美しい景観を作ります。島中がゆりの甘い匂いに包まれます。

この期間は、フェリーは増便されますが、多くの観光客で本部港のフェリー乗り場は朝から長い列ができます。私と亜希子もこの列に並んだことがあります。今回は、混雑を避けるため、ゆり祭りが終わった初夏にやって来たのです。

良之さん、私は幸せですよ。亜希子はアジアへ羽ばたくことはなかったですが、いつも私のそばにいてくれました。釧路の小学校の先生として定年を迎え、今回の私と一緒の旅になったのです。私も伊江島だけでなく、沖縄をよく見ておきたいと思ったのです。たぶん、これが最後の沖縄旅行、伊江島行きになると思います。

良之さん。私はあなたと一緒に年を重ねてきたんですよ。私が三十代になったら、あなたも三十代、四十代になったらあなたも四十代。あなたの姿を想像することは楽しかったです。五十代のあなたが初孫の良裕《よしひろ》と遊ぶ姿を見た日には、私は興奮して眠れないほどでした。

あなたは良裕の腕を蚊に噛ませてしまい、娘の亜希子に怒られていましたね。七十代のあなたの白髪は素敵でしたよ。私の肩も揉んでくれました。あなたは亡くなってからも、いつも私と一緒でした。

あなたは、いつも優しかった。あなたと結婚して本当に良かった。あなたは戦争前の慌ただしい結婚でしたから、少しためらっていましたが、私が押しかけたようなものでしたね。私はあなたの子どもを授かり、何度も何度も、あなたに感謝しました。あなたは気付いていたかしら。あなたの不安は、私には幸せになったのです。

私はあなたを亡くした後、亜希子が教師になったころからですが、俳句の教室へ通ったのです。亜希子の勧めですが寂しさを慰めるための時間になりました。

次の三句は、今回、島に渡るカーフェリーの上で私が作った俳句です。披露しますが……、あなた、笑わないでね。俳句は添削が醍醐味だとも言われていますので、あなたに添削してもらうと嬉しいです。勇気を出して披露します。

風渡る南の海の鎮魂の青
幾年月亡夫と共に過ごす夏
頑として時代に抗うグスク岳

伊江島は美しい島ですが、同時に玉砕の島でもあります。村人の多くが集団自決（強制集団死）を強いられた島でもあります。あなたを含め大勢の兵士たちが犠牲になった島でもあります。伊江島の戦闘による日本側の死者は、軍人約二〇〇〇人、村民約一五〇〇人に達します。一家全滅家族が九十戸という惨状でした。

戦前の伊江島の人口は、約七〇〇〇人ほどであったと言われています。米軍が沖縄本島に上陸した一九四五（昭和二〇）年三月末時点の人口です。このうち約三〇〇〇人は本部半島などへ疎開、残る約四〇〇〇人のうち、青年男子約一〇〇〇人が現地召集や防衛召集で、駐留する軍隊に編入されます。そのほかにも伊江島防衛隊、青年義勇隊、救護班、婦人協力隊など、正規兵以外の戦闘協力集団も編成され軍隊の指揮下に置かれます。

伊江島に米軍が上陸したのは、一九四五（昭和二〇）年四月十六日午前八時、米軍の上陸部隊第七七歩兵師団が上陸用舟艇、水陸両用戦車を用いて伊江島の西崎海岸から上陸し、その後南海岸中央部から続々と米軍部隊が上陸します。その日のうちにグスク岳（城山《グスクヤマ》・伊江島タッチュー）海抜172メートルの麓まで進撃し、翌十七日からは日本軍との壮絶な攻防戦が行われます。

日本軍は伊江島全域で約一週間に及ぶ白兵戦・肉弾戦を行います。夜闇に乗じ箱型爆雷を背負い敵陣地へ侵入し、爆雷もろとも体当たりする特攻が繰り返されます。特にグスク岳の南方付近は米軍に「血塗られた丘」と名付けられるほどの激戦が繰り返されました。日本軍と米軍の一進一退の攻防戦は四月十七日から三日間に及び、四月二十日には米軍に占領されたとされています。

四月二十一日未明に最後の総攻撃が行われ守備隊は玉砕します。あなたの死に場所は分からずじまいですが、残存する兵力は将校約一〇名、兵約一五〇名にすぎなかったのです。最後の総攻撃では、救護班、婦人協力隊、さらに避難中の住民をも駆り出して戦闘班を編成、急造爆雷や手榴弾、あるいは小銃や竹槍を装備し、日本兵と共に斬り込みを行ったと言われています。そのほとんどが戦死するのです。

伊江島の人々は、壕や洞穴等に避難していましたが、戦時中日本軍の将兵には「戦陣訓」の「生きて虜囚《りょしゅう》の辱めを受けず」という方針が徹底され、捕虜になる前に自決することが規範とされていました。軍民一体化した沖縄の戦場では、一般住民までもが、この戦陣訓を強要されていたのです。敵の捕虜になればスパイとみなして処刑する、という軍の方針は一般住民をも呪縛したのです。そのためスパイ容疑の濡れ衣を恐れるあまり、戦闘終結後も長く洞穴に立てこもって投降を拒否しつづける住民も少なくなく、自然壕で集団自決する人々も多かったのです。

また戦後も、伊江島は強制的な土地の収奪に抵抗し、米軍基地建設に反対して住民が結束して闘った抗《あらが》いの島でもありました。村民の様々な思いが渦巻き、怒りや悲しみがグスク岳から立ち上っているようにも思われます。

そうそう、フェリーでは嬉しいこともあったのですよ。沖縄県内の大学に勤める中年のご夫婦と親しく言葉を交わすことができたのです。北海道から娘と二人で夫の霊を慰めに来ましたと自己紹介すると、とても感動した様子で、伊江島での沖縄戦のことを教えてくれました。夫の方が地元の大学に勤めていると言うことでしたが、穏やかな笑みを浮かべながら、次のようなことも話してくれたんです。

「伊江島が戦火に巻き込まれる発端となったのは、東洋一と言われる旧日本陸軍の飛行場があったからです。アメリカ軍は、日本本土への出撃拠点としてこの飛行場に目をつけました。一九四五年四月、激しい空爆と艦砲射撃を繰り返した後、十六日午前八時、伊江島に上陸したのです。地上戦は日本の守備隊が玉砕するまで続き、伊江島では激しい空爆と地上戦が展開されたため犠牲者を出さなかった家は一つもないと言われるほどの激戦が展開されました。沖縄戦の縮図とも言われています。伊江島の住民は、戦争の悲惨さを知っていたがゆえに、戦後、米軍基地が伊江島に造られることに猛反対したんです。それでも米軍は、土地を勝手に取り上げて軍事基地にしたんです。反対する住民の家屋や土地は、銃剣とブルドーザーで押し潰していったと言われています。土地を取り上げられたら、農民は生活できませんからね」

私も亜希子も、何度もうなずきました。

宿泊のホテルが一緒のことが分かると、それでは、夕食は一緒ですね、と奥様が笑顔を浮かべて嬉しそうに私たちを見つめていました。

私と亜希子は、迎えに来たホテルのワゴン車でホテルへ向かいましたが、二人は予約していたレンタカーで、明日の朝は早いので今日中に島内の観光スポットをぐるっと一周してからホテルへチェックインするとおっしゃいました。

約束どおり、夕食はホテルで一緒のテーブルにつきました。カーフェリーでほとんど話すことのなかった奥さんが、明るい笑顔を浮かべて、亜希子に釧路での生活のことなどを尋ねたことにはやや驚きました。

良之さん、二人はあなたを祀ってある「芳魂之塔《ほうこん》」へも立ち寄り、手を合わせて焼香したということでしたよ。私は感謝の言葉を述べ、私たちは明日ゆっくりと手を合わせてから、午後のフェリーに乗って帰る予定だと伝えました。

ところが、翌朝、朝食のためにレストランへ降りると、大変な事件が起こっていました。レストランの出入り口を慌ただしく人々が行き来しています。警察の人も出入りしており、パトカーも玄関に止まっています。何事が起こったのかと、そーっとフロントに行き、ホテルの方《かた》へ聞いてみました。さらに驚きました。あの夫婦が観光スポットの一つ、「ワジー」と呼ばれる場所で遺体で発見されたというのです。さらにさらに驚いたことには、二人は夫婦ではなかった、心中をしたというのです。驚きがいくつも重なり、私も亜希子も呆然としてしまいました。

夕食の一緒の席で「妻です」と、女の方は笑顔でおっしゃっていました。その時が最高に幸せな一瞬であったのでしょうか。それとも最も不幸な時間だったのでしょうか。二人には、どんな死ぬ理由があったのでしょうか。

良之さん、私には人の世はまだまだ分からないことだらけです。亜希子も大きなショックを受けているようですが、私たちは、予定どおりに、午後には島を離れます。計画で一つだけ変わったことと言えば、あなたの祀られている芳魂之塔を訪ねる前に、二人が亡くなったワジーを訪ねることにしました。なんだかそこで手を合わせて、二人の冥福を祈ろうと思ったのです。亜希子も賛成してくれました。

ワジーは現地の言葉で水が湧き出ることから「湧出《ワジー》」と言われているようです。六十メートルほどの高さの断崖絶壁の海岸線を降りていくとワジーがあるのです。そこから湧く水は古くから生活用水として使用され、枯渇することなく島人の暮らしを支えてきたようです。しかし、同時にそこまでの登り降りは大変な重労働であったとも言われているのです。

もちろん、私も亜希子も、この光景に足が竦み、下まで降りていくことはできませんでした。断崖を見下ろす展望台から合掌し、ご冥福をお祈りしたのでした。

快晴でした。海が青く、空が青く、私たちの住む地球は目を射るほどにまぶしい青と周辺の草木が反射する緑の色とで創られているんだ。そんな思いに囚われるほどでした。不遜なことですが、お二人は、そんな青と緑に誘惑されたのかなとも思いました。

展望台からは、海岸線の独特な地形に、波が打ちつける様子や、美しい珊瑚礁を見下ろすことができました。眼下のワジーの周辺では、珊瑚礁に囲まれ波は動かず、海面は鏡の面のような静けさです。海を見ても、空を見ても吸い込まれるような青さでした。思わず足を踏ん張ったほどです。

運転をしてくれたホテルの従業員は、これほどに鮮やかな青を有して凪いだ海は見たことがないとも言いました。遠くには伊平屋島や伊是名島が見えました。二人の遺体は、そんな青を寝床にして眼下のワジー近くで発見されたのです。

良之さん、あなたもこの海を見たのでしょうか。戦乱の中で迫ってくる死をどのように決意して待ち、耐えたのでしょうか。

「芳魂之塔」は一九五一（昭和二十六）年四月二十日に建立されました。伊江島の戦闘で尊い命を失った約三、五〇〇名の犠牲者が合祀されています。伊江島での組織的戦闘が終わった四月二十一日に合わせて平和祈願祭が毎年取り行われています。私も亜希子も何度か来島し、祈願祭に参加したことがあります。

しかし、もう二度と訪れることはないでしょう。私は年老いた。あなたも私と同じように年老いたでしょう？　あなたが、小さな笑顔を浮かべて座っているのが見えます。

ワジーの二人は、祈りの島で死んだのです。抗いの島で二人だけの理由で死んだのです。

良之さん、あなたはどうでしたか？　あなただけの理由で死を迎えましたか。それとも国家の理由で死を迎えたのですか。私や、まだ生まれていない亜希子は、あなたの生きる理由にはならなかったのですか？

どうやら私は、少し嫉妬深くなっているようです。生きる理由を見つけても、それが許されることのない時代だったのにね。

良之さん、私は幸せですよ。あなたへのラブレターを、何度も何度も書くことができるのですからね……。

抗いの島、祈りの島で、私は空を見上げる。海も見える。思わず浮かんだ俳句を書き留めます。

炎天や海の青さを持ち上げる
風の声土地の記憶にざわめいて
ラブレター祈りの島の夏の声

竜飛岬

俊樹さん、あなたは太宰治が大好きでしたね。

太宰を追ったあの夏の日の二人旅を思い出します。私たちは二人とも全共闘世代でした。一九四九年、団塊の世代として同じ年に生を受けました。狭き門の大学へ入学したものの、大学は政治の季節のただ中でした。それこそデモ隊の隊列のスクラムの中で腕を組んだ隣の学生があなただったのです。

私たちの入学した大学も全国の大学と同じように授業どころではない状況でした。全国に波及していた学生運動は、沖縄の地でも例外ではなかったのです。当初は大学の自治や運営への不満を契機とした東京の一大学で起こった学生運動でしたが、やがて全国に広がっていきました。それも大学の自治だけではなく、社会のシステムや政治のあり方まで問いただしていきました。人間としての生き方や夢までが問われたのです。特に沖縄では、亡国の民としての二十有余年に渡る米国統治のただ中であったがゆえに、国家のありかたが問われ、反安保闘争、反基地闘争、さらに復帰反復帰闘争などとも重なって激しさを増していきました。課題は山積していたのです。

人間は、だれもが矛盾する内部を有して苦悩し、引き裂かれる自己を有しています。同じように、私たち若い学生の抵抗や運動にも、告発の方法や内部世界には相違があったのです。集団同士で激論を交わし対立し合い、内ゲバと称される殴り合いや殺し合いの闘争にまで発展していきました。権力に向かう抵抗が、いつしか仲間内に向かう闘いへと変質してしまったのです。

学内では「総括」と称されて大学教授が研究室から引きずり出されて、政治的な状況への強制的な発言や参加を迫られていました。また学内での集団同士の権力争いで一人の学生が死にました。大学は封鎖され、土木ビルを占拠した学生と、排除しようとする機動隊との間で、火炎瓶の飛び交う激しい応酬がありました。さらに学内では学生同士が角材を持って殴り合う暴力が横行していたのです。

あなたと私は同じセクト（集団）に所属していました。過激な行動に疑義をもつセクトです。

しかし、俊樹さん、あなたはセクトの中でも、常に孤立していました。運動の方法やリーダーの意見に不満を漏らすことも多々あったのです。私は、いつの間にかその聞き役へ回っていたのです。

そんな中で、あなたは数人の仲間たちと一緒に「読書会」を立ち上げました。もっと深く社会と人間のあり方を研究する、人間の生き方を学ぶことを目的としたものでした。私も賛同し、メンバーに加えてもらいました。

ところが、数か月後に、かつてのリーダーから私たちの読書会へ選挙応援への要請がなされました。あなたが懸念していたとおり、私たちの属していた集団は、国の政党と大きくつながっていることが明らかになったのです。あなたは、このことへ嫌悪感を剥《む》き出しにしました。あなたが標榜するのは、だれからも強いられることのない精神の自由と自立でした。このことに私も少しばかりは理解できるようになっていました。

しかし、読書会のメンバーからは要請に応えるべきだと意見を述べる者も出てきました。あなたは強く反対しました。自己の内面の自由が奪われる組織に拘束される運動に、明確に拒否する姿勢を示したのです。あなたは自分で立ち上げた読書会への不満を漏らし、即刻、退出したのでした。

その日を境にあなたの日々は荒《すさ》んでいきました。まるで太宰のように、生きることの不安や滅びへの憧れを口走るようになったのです。

ある日、顔面血だらけにして酔ったあなたが私の部屋に飛び込んできました。私はあなたを介抱しながら悲しくなりました。そして生きることに必死になっているあなたを見て、なんだか切なくなって涙をこぼしたのです。あなたが教えてくれたポール・ニザンの『アデン・アラビア』の一節が浮かんできました。

「ぼくは二十歳だった。それが人の一生で一番美しい年齢だなどとはだれにも言わせまい。一歩足を踏み外せば、いっさいが若者を駄目にしてしまうのだ。恋愛も思想も家族を失うことも、大人たちの仲間に入ることも……。世の中で己がどんな役割を果たしているのかを知ることは辛いことだ」

それから時々、あなたは私の部屋へやって来ました。あなたは大学のある那覇市の出身でしたが、私は先島と呼ばれる小さなK島の出身でした。私は寮生活は苦手でアパート暮らしをしていたのです。私は、いつしか、あなたがやって来るのを待つようになっていました。

あなたは、いつも苦しんでいるようでした。すべてに怒り、すべてを悲しんでいるようでした。あなたは笑うことがありませんでした。私はあなたのような人に、これまで出会ったことがありませんでした。あなたと向き合っていると私までが息苦しくなったのです。あなたが、いつ、あちら側へ逝ってしまうかと不安になり、悲しくてたまりませんでした。あなたの前でいつも涙を堪えました。そして、私はとても動揺しました。あなたを待つ心と同時に、あなたを遠ざけねば、私もあなたの世界へ取り込まれてしまう。そんな不安も芽生え始めていたのです。あなたは私の不安に気づいているようでした。たぶん、それだからか、あなたが私の前へ現れることが、徐々に少なくなっていったのです。

そんな中で、私の不安は的中しました。あなたはスナックの女性と心中事件を起こしたのです。女性だけが死んで、あなたは生き残ったのです。私はさらに動揺しました。あなたに求められれば私もまた死んでいたかもしれません。私は病院へ見舞いに行くことはできませんでした。あなたの前に立つことが怖かったのです。

あなたは再び私のところへは戻ってきませんでした。数週間後に、あなたは大学を去って東京へ行っ

た と聞きました。あなたは、両親や家族を捨て、淡い恋心を持った私をもきっぱりと捨てたのです。

あなたは東京で日雇い労務をしながら、多くの労働者と起居を共にして生き継いでいると風の噂に聞きました。一緒にレコードで聴いた岡林信康の「山谷ブルース」や「チューリップのアップリケ」の世界が思い浮かびました。私はまたもや悲しさが込み上げてきて、涙を堪えるのに必死でした。私が一緒に死んでやればよかったのかとさえ思ったのです。あなたの悲しみに、私は冷淡すぎた自分を反省し悔やみました。

一年後、あなたは沖縄へ戻ってきたことを知りました。あなたと同じ学科の学生からの情報です。彼女もまた、かつての読書会のメンバーでした。私は聞き出したあなたの間借り先へ押しかけました。もちろん、もう躊躇しませんでした。あなたは私の初恋の人でした。

しかし、あなたは私に無愛想でした。迷惑そうにしていました。それでも私は、何度も押しかけました。もう後悔はしたくなかったのです。

あなたは、やはり衰弱しているように思われました。心も肉体もです。労務生活で健康な心身を取り戻そうと意図した東京行きなら、それは見事に失敗していたように思います。あなたは一年前のあなたと何も変わっていないように思いました。しかし、私は大きく変わりました。あなたの不安や悲しみを見つめ、私の不安や悲しみとすることに大きな決意をしていたのです。

あなたの部屋に行って、時々、食事を作りました。壁に掛けられたカレンダーの丸印を見て、私はその日が死の決行日に違いないと思い、ひそかにあなたを注視していたのです。カウントダウンをする数字さえ書き込まれていました。

私は、その日が近づくと胸が潰れそうになり、思わずあなたにすがりつきました。

「生きて！　お願い、生きて！」

私は、この言葉だけを繰り返しながら、あなたの胸に飛び込んだのです。戸惑っていたあなたは、やっと私の存在に気づいてくれました。やっと私の願いを聞き入れてくれました。あなたもまた、声を殺して涙を流し、私の髪を撫でてくれたのです。

卒業後、私は島に帰らず、大学の事務員へ採用されました。在学中からアルバイトをしていた経験も考慮されたものと思われます。あなたは遅れて数年後に卒業しました。地元の小さな出版社へ就職し、編集人としての仕事を始めたのです。

私の近しい友人が、結婚式会場を探してきてくれました。小さな式を教会であげることにしたのです。仏滅の日でした。あなたは小さな笑みを浮かべてうなずいてくれました。その日に、離島からやって来た私の家族とあなたの家族で夕食会をしました。伯父伯母を加えて総勢二十名ほの小さい宴席でしたが、これが私たちの出発のお披露目になったのです。私はそれで満足でした。

ところが、私たちの結婚生活は順調だったわけではありません。私は不安や怯《おび》えを完全には払拭できませんでした。あなたは、時々、生きることの無意味さや、馬鹿さ加減を思い出したようにつぶやいたからです。それだけではありません。時々、あなたは無言で家を出ていきました。一人で山へ籠もり、一人で海へ出かけました。一度は自宅で自殺を図ったのです。救急車を呼んだ私は、泣き出していました。

「死ねば死にきり」「余生を生きる」「最後の流刑地」「足跡を消す」……、あなたはなぜそんな言葉をつぶやいたのかは分かりません。あなたは学生のころに、死なせてしまったスナックの女性のことがいつも気になっているようにも思われました。あなたの行動は「ぼくは生きてはいけない」と、言い続けているようにも思えました。

やがて、二人に二人の娘が授かりました。私は子育てに奮闘しました。あなたの抱える闇は、私には母親になっても充分には理解できませんでした。またあなたは父親になっても、語ってくれることはありませんでした。私は、やがて子どもたちの成長に私の喜怒哀楽を重ねるようになりました。あなたもまた、娘たちの成長を見守り、手伝ってくれました。あなたが哺乳瓶を持って、小さな娘たちへミルクを与えている姿に、私は隠れて涙を流しました。小さな幸せが私たちの生活の中で少しずつ、少しずつ積み重なっていったのです。

私は、そんな中でも、あなたの姿に、時折暗い影を見つけては怯えていました。私は、あなたに内緒で、密かに病院を訪ね、鬱病と診断されたこともあります。あなたを、逝かせてはならないと、必死に私のできることを考えました。考えると、あなたをこの世につなぎとめている理由は三つあるように思いました。一つは私と娘たちです。二つ目は独立して小さな出版社を持つ夢です。そして三つ目は太宰の生まれた津軽を訪ねることでした。でも、私は、あなたの夢が叶うのが不安でした。夢が叶えば、あなたは遠くへ逝ってしまうのではないかと思ったのです。私は、二人の娘を抱え必死に生き続けました。

そんな中でも、歳月は容赦なく過ぎていきます。結婚して二十五年余も経つと、私の考えも変わりました。あなたの夢を実現させることこそがあなたを生き続けさせることになるのではないかと思い始めたのです。

私はあなたと二人で津軽を訪ねる旅を計画しました。青森県弘前市から出発して太宰治記念館を訪ね、津軽富士を眺めながら竜飛岬まで行く。そして太宰が竜飛岬近くに投宿して作品を書いたという「奥谷旅館」までを訪ねる旅でした。

太宰治は、一九四八（昭和二十三）年、「人間失格」や「グッド・バイ」などを執筆し、同年六月に山崎富栄と玉川上水で入水自殺をします。享年三十八歳でした。私たち二人は太宰が死んだ翌年の一九四九（昭和二十四）年に生まれました。太宰の死のバトンが、あなたに引き継がれているようにも思いました。太宰と闘うのです。あなたを死なせてはならないと思いました。

太宰の作品には、深刻なものから軽妙でユーモラスなものまで幅広くあります。太宰の何にあなたが惹かれるのか。私は分かったようで分かっていませんでした。少し荒っぽい方法だとは思いましたが、太宰が見たものを、私もあなたと一緒に見てみたかったのです。いえ、あなたが見ているものを、私も見てみたかったのです。一週間の旅でした。

太宰治記念館は「斜陽館」とも名付けられていました。太宰が生まれる二年前の一九〇七（明治四十）年、父津島源右衛門によって建てられた豪邸です。和洋折衷、入母屋造りの建物は、米蔵にいたるまで青森ひばが使用され、どっしりした重厚感が特徴となっています。国の重要文化財建造物にも指定され、明治期の木造建築物としても貴重な建物とのことでした。

太宰はここで、幼い心のままで家業の商売や自らの立場を感じ、兄弟の間にも存在する身分の差を実感します。親代わりの叔母きゑ、子守のタケとの出逢いと別れを経験し成長していきます。

蔵を利用した資料展示室には、太宰が生前着用していたマントや執筆用具、直筆原稿、書簡などのほか、初版本や外国語の翻訳本も展示されていました。これらを食い入るように見ていたあなたは、少し笑みを浮かべたようでした。

竜飛岬近くにある「旧奥谷旅館」には「龍飛岬観光案内所」の看板が掲げられていました。入室して太宰が宿泊した部屋を見ることもできました。太宰が「津軽」執筆の折、親友の中村貞次郎と投宿した宿ということでした。太宰をはじめ、その後にやって来た数多くの作家や画家の筆跡が残る宿帳や、当時の龍飛の地にまつわる記録資料、著名人がしたためた色紙や作品など、貴重な文化遺産も展示されていました。

あなた、覚えていますか。あなたは私の不安をよそに、何度も何度も子どものような笑顔を見せてくれたのです。気がつくと、あなたは太宰についての知識を、少年のように私に広げて語ってくれていたのです。私は幸せでした。泣きたいぐらいに幸せだったのです。考えてみると、他人や社会を憎み続けてきたあなたが、私を愛してくれたのですから奇跡です。それも二十五年余も続いた奇跡です。

太宰の旅から帰ってきて間もなく、思いもかけないことが起こりました。あなたが悪性の腫瘍に冒されていることが分かったのです。体調を崩して入院したあなたが、精密検査を受けた結果、両肺に悪性の腫瘍が巣くっているのが発見されたのです。やっとあなたと一緒に笑うことができたのにと思うと、私は運命を呪いました。医者の告知に逆らって奇跡が起こるのを信じました。しかし、それは叶いませんでした。

俊樹さん、あなたは忍び寄る死の足音を知っていたのでしょうか。今ではそんなことまで考えてしまいます。しかし、不遜な言い方ですが、病に斃れたあなたを看病する時間を持てて、私は本当に幸せでした。あなたを看取ることができたのですから。あなたは、私に感謝の言葉さえかけてくれたのですから。「有り難う……」って。

あなたのもう一つの夢、小さな出版社を立ち上げる計画はお手伝いできませんでしたが、でも、津軽富士を見ながらあなたと一緒に過ごした竜飛岬への旅は、思い出す度に私を幸せにしてくれます。寂しさを喜びに変える玉手箱のような旅でした。

俊樹さん。歳月は人を老いさせます。私も還暦を越えました。職場も定年退職しました。でもまだ一人でレンタカーを運転できます。今、あなたと訪れた竜飛岬に来ています。あなたと訪れた津軽の旅を再び体験したいと思ったのです。あなたは、私に笑顔を見せて言いました。

「ぼくは怖れていたのかもしれない。それが何だったか、この旅で分かったような気がする。太宰は一人ではなかったのだ……」って。

私は竜飛岬で見せたあなたの笑顔が恋しくなったのです。

昨晩は、あなたへのラブレターを書きました。あなた宛のラブレーターは五枚。私は今日、五枚のラブレターを紙飛行機にして竜飛岬から飛ばすのです。あの日、竜飛岬に立って、一緒に紙飛行機を飛ばしたいね、と言ったあなたの笑顔が浮かんできます。その夢を実行するのです。

俊樹さん、あなたは、今、どこにいるのですか。あの空の果てにいるのでしょうか。それとも水平線の彼方でしょうか。

「お前のそばだよ、瑶子、生きることを怖れてはいけないよ」

太宰の言い方を真似てつぶやいてみました。あなたが笑って私の傍にいるような気がします。もちろん、私はあなたの傍にいます。いつまでも、あなたから離れることができません。何度も、何度も書きたいあなたへのラブレターです。老いた私の新たな初恋です。だって、私たちの間には、初恋がなかったような気がするのですから。過酷な歳月だけが重ねられていったのですから……。

竜飛岬の風は、あの日と同じように今日も強く吹いています。

俊樹さん、あなたとの日々は、この風のように怒濤のような日々でした。でも、私には最もよく生きた日々でもあったような気がします。そんな日々を持てたことを感謝しています。

手を合わせて祈ります。紙飛行機よ、上手に飛んでよ。あの人の元に届いてよ……、と。

あなた、神風を吹かせてね、紙飛行機に書いたこのラブレターを、あの世で創立したあなたの出版社の第一号にしてね。私も手伝いに行きますからね、待っていてくださいね……。

あなた……。愛することの幸せと不幸をたくさん教えてくれたあなた。あの世でもあなたを愛します。紙飛行機よ、飛べ！　高く飛べ！

高田俊樹さんへ。あなたを愛した瑶子から。

ボスポラス海峡

ぼくには夢がある。いくつもの夢だ。

しかし、あなたはぼくの夢に自分の夢を重ねることはなかった。唯一重ねたのが一緒にイスタンブールへ行き、ボスポラス海峡を見ることだった。

だからといって、イスタンブール行きはすんなり決まったわけではなかった。それどころか、行く前にぼくとあなたは離婚したのだ。一度目は、ツアーに申し込んだ後、テロが危ないと言われて、ツアーが取り消しになった。二度目は、ツアーを待っている間にツーリストからの連絡よりも先に、旅先のあなたから手紙が届いた。離婚したいとの手紙だった……。

ぼくのボスポラス海峡への憧れは、学生時代からのものだった。レンブラントが描いた若き日のアレクサンドロスの肖像画を見て強い衝撃を受けた。マケドニアの王アレクサンドロスは征服者ではなく、未知への憧れを有してボスポラス海峡を渡り、東へ東へと軍を進めた夢見る王ではなかったのか。もちろん、ぼくが勝手に作りあげたイメージだ。

ボスポラス海峡は、地中海につながるエーゲ海と、黒海につながるマルマラ海を結ぶ狭隘な海峡である。ここを渡ればヨーロッパから大きく迂回することなくアジアへ渡ることができるのだ。逆もまた同じである。幸いにも海峡の幅は一、二キロメートルから六キロメートル。延長は約六十キロに及ぶが、水深は最大一〇三メートル、平均五十五メートルだという。表層水はマルマラ海からエーゲ海に流れ、底層水は逆方向に流れているという。このボスポラス海峡が、歴史上大きな要衝の地としての役割を果たすのである。

現在は最も狭い所にトルコ最大の吊り橋チャナッカレ橋が架かっている。全長約三、七キロメートルである。さらには、日本企業などが加わって海底に地下トンネルを掘り、アジア側とヨーロッパ側を結ぶ工事が始まっているという。ちなみに、イスタンプールはボスポラス海峡の西側、ヨーロッパの側に位置する。

レンブラントの描いた若きアレクサンドロスの瞳は、希望と愁いに満ちている。未知なるものへの探究心が、明日の日々を生きさせる力になったのではないか。未来への牽引力とも呼ぶべき輝きが瞳の奥に宿っているのだ。この情熱がボスポラス海峡を渡りアジアを見たいという征服欲と重なったように思ったのだ。

ぼくの青春時代は、たぶんだれもがそうであったと思うが、明日をどのように生きるか。ややもすると戸惑いと絶望感に苛まれていた。一歩踏み外せば絶望の淵を歩くことになるが、ボスポラス海峡はそんなぼくにとって、愁いを払拭し希望を宿すロマンの地になったのだ。

ぼくとあなたとの最初の出会いもボスポラス海峡が縁だった。大学図書館で、同時にレンブラントの画集に手を伸ばしたのだ。

あなたとの離婚は、結婚して十年目が過ぎた年だった。ぼくとあなたとの間に横たわる溝を、あなたはボスポラス海峡を流れる表層水と低層水に喩えた。また、身にまとった些細な雰囲気のようなものをボスポラス海峡を吹き渡る風に喩えた。同じ風なのに、アジアとヨーロッパの風には微妙な違いがあるのだと。

ぼくは抗弁しなかった。あるいはぼくにも、そのように感じられる日々があったような気がしたからだ。太宰治ではないが、下駄の鼻緒が切れただけで死のうと考える人もいるし、木の葉が転がっただけでも笑う人がいるのだ。生き続けることに決定的な理由はないように思われた。離婚するにも結婚するにも、曖昧な理由で充分だと思った。

ぼくもあなたも三十代の半ばで、やり直すことのできる年齢だった。二人とも若かった。ぼくたちには子どもがいなかった。このことも、ためらいを振り払う理由になった。たぶんあなたもそうであったはずだ。

大学卒業後、ぼくは地元の新聞社に就職し、あなたは小学校の教師になった。仲間からは似合いのカップルだと祝福され、ぼくらもまたそう思った。しかし、海流の底の流れは見えないのだ。

離婚したとはいえ、ぼくはあなたとの十年間の暮らしを消し去ることはできなかった。取るに足りない日々とはいえ、どれもこれもが懐かしい思い出として甦った。そして懐かしい思い出は、みんな優しかった。ボスポラス海峡を渡る海流は流れ続け、風は吹き続けたのだ。

あなたからの別れの手紙は長崎の五島から届いた。あなたは江戸期に弾圧された隠れキリシタンの土地を一人で訪ねたのだ。

あなたは旅が大好きだった。旅好きなあなたとの一緒の旅はいくつもある。北海道、中尊寺金色堂、白川郷、津和野、そして中国、ドイツ、韓国、アイルランドなど、思い出は尽きることがない。いずれも未知の国や未知の土地が誘う優しい風だ。私には見知らぬ土地への旅は、明日を生きる牽引力につながった。

あなたとの優しい思い出の数々は、未知の土地にまつわることだけではない。日々の暮らしの中にも数多くあった。あなたは料理が得意だった。そのおかげで、ぼくの食べ物に関する好き嫌いは随分と解消された。卵も食べることができるようになった。手製のパンも美味しかった。グラタンやソーメン汁も絶品だった。あなたはきれい好きで、掃除も毎日欠かさなかった。洗濯物も臭うことはなかった。すべてに完璧だった。しかし、ぼくは部屋の汚れや身の回りのことに無頓着だった。

離婚をして、ぼくが思い出を懐かしんでいる二年間に、あなたは新しい人生を始めていた。五島の小学校へ転勤したのだ。あるいは五島への一人旅は、あらかじめ、このことを想定していたものだったのか、それとも旅の後に考えついたものなのか。どちらなのかは分からない。あなたの潔さに、いつも感服させられる。

ぼくも長く勤めた新聞社を辞めた。ぼくにも新しい生活を始める決意が必要だった。それがトルコ、イスタンブールへの旅だった。あなたの英断に触発されたのかもしれない。ぼくにも思い出だけでなく、未来を見つめるアレクサンドロスの瞳が必要だったのだ。

それゆえに、ぼくの旅は失意の旅ではない。希望の旅だ。今、ぼくの目の前には憧れ続けたボスポラス海峡がある。カモメが目の前を飛んでいる。手の平に乗せたポップコーンを、怖れることなく食べに来る。目の前で羽ばたく羽音も、くぐもった鳴き声も聞こえる。

イスタンブールの街は、期待を裏切らない。東西の文化が融合した街は魅力的だ。イスラムとキリスト教の影響を受けた建築物や人々の暮らし。美しいタイルや織物、道端で涼しげにヤムチャを飲む人々、ブルーモスクの豪快な美しさ、そしてバザールの活気。さらに、ボスポラス海峡沿いに店舗を並べた多くの国々の人々の交錯する陽気な声。アガサクリスティの描いた「オリエント急行列車」出発の街だ。イスタンブールはいくつもの顔を有して賑わっている。

ぼくは今、ボスポラス海峡を眺めることのできるイスタンプールのホテルで手紙を書いている。ぼくはこの地へ留まるつもりだ。永久にだ。ボスポラス海峡へトンネルを掘る日本企業の募集サイトへ申し込むと、採用の通知が届いた。たぶん、広報関係の仕事になるだろう。ぼくの新聞社でのキャリアが幸いしたのだ。

ぼくの最終的な希望は、現地の日本人観光客相手のツーリストに就職することだ、しかし、それほどこだわりはない。居心地が良ければ、転職することもない。ぼくは、ぼくの心で吹き続ける風の声に素直に生きたい。あるいは、このことをあなたから学んだようにも思う。あなたからの最大のプレゼントだ。感謝している。

ぼくはこの手紙を、明日、五島のあなたへ投函する。ボスポラス海峡の海へ流すことを辞めた。この地で生きることを、あなたに伝えたい。新しい海の新しい風だ。ぼくの心を最も多く占めているのは、今なお、あなたへの愛と懐かしい記憶だからだ。

ぼくは、旅好きのあなたが、ひょっこりとイスタンブールまでやって来るのを望んでいるのだろうか。それを期待しているのだろうか。それとも、いつまでも来ないあなたを永遠に待ち続けるのだろうか。未練がないと言えば嘘になる。あなたと共に語り合ったボスポラス海峡を目前にした街、イスタンブールの風は時として寂しく吹き渡る。

ぼくは、まだ夢を見ることができる。夢は希望につながる。夢見ている間は、ぼくは現在を生きることができる。同時に未来を生きている。

愛するあなたへ。ぼくは、未知の土地で、新しい暮らしを始めるよ。ひょっとして、美しい出会いがあるかもしれない。古い文化と新しい人間を発見するトキメキのままに身をゆだねて生きるのだ。ぼくはこの土地でアレクサンドロスになる。風は東からも西からも吹いてくる。

愛するあなたへ、さよならは言わないよ。東西の風は古い人も、新しい人も運んで来るのだから。人生は、やはり、だれにとっても波瀾万丈なのだから……。


〈了〉

樹の声

1　梯梧《でいご》

少年のころ、ぼくにとって赤い色は絶望的な色だった。どうしてもカンナを庭に植えることはできなかった。カンナの赤だけではない。仏桑華《ぶっそうげ》の赤、サルビアの赤、ツツジの赤、ハナキリンの赤、ショウジョウボクの赤……。赤い色を有する草花は、みんないけなかった。

しかし、それがなぜいけなかったのか。その理由を詳細に思い出すことはできない。たぶん、赤い色が目眩むほどの華やかさを有していることと関係していたはずだ。たとえば、華やかさは退廃さや妖艶さと表裏一体のもの。そんな気がしていたのではなかろうか。あるいは目映いものには悪意が潜んでいる。赤い色は滅びの色、血の色とでも思っていたのではなかろうか。いずれにしろ、赤い色に情熱を感ずるような年齢からは、いまだ遥かに遠かった。

少年期に感じていたこのような感覚のトラウマだろうか。今でも、赤い色には立ち竦んでしまう。「毒々しい」というイメージがまといついて離れない。悪魔のような赤、怯えを誘う赤、幻惑に陥らせる赤、それでいて踏み込んで身を委ねてみたくなるような妖艶な赤……。これらのイメージが、蝶のように脳裏で銀粉を散らすのだ……。

梯梧《でいご》の赤を見たときの衝撃も大きかった。グロテスクな赤だと思った。醜い幹から鮮やかすぎる赤い花を咲かせるのは、いかにもアンバランスだった。

梯梧の樹は、公園や学校、街路樹などにもよく植えられていた。琉球王府のころの首里では、どの家にも梯梧の樹が植えられており、漆器や祭器、あるいは玩具や面、獅子頭などの彫刻の材料になったという。しかし、ぼくが生まれ育ったヤンバルの村には、梯梧の樹は少なかった。

「源じいの家の梯梧を見に行くか？」

小学校三年生のころ、ぼくは転校先のS村で新しくできた友達の清君《きよし》に誘われた。

「源じい？」

「ほら、村外れに住んでいるフラーおじいのことさあ」

「フラー？」

「気が変になっているおじいのことさ。あれ、知らないのか？」

「知っているよ。おばあと二人だけで住んでいる怖いおじいのことだろう。でも、フラーじゃないよ」

「フラーだよ。鎌《かま》を持って、俺たちを追い回すんだからな。気違いおじいさ。源じいを怒らせたら大変だよ。本当に切りつけるんだからな」

そんなはずはないと思った。そんなはずはないと思ったが、ぼくは別のことを尋ねていた。

「源じいの家には、梯梧の樹があるの？」

「あるんだよ。村一番の立派な梯梧の樹がさ。お母がそれを拝んでこいと言うんだよ」

「えっ？　拝むの？　何で拝むの？」

「馬鹿だなあ、お前は……、本当に何も知らないんだなあ。でも、教えてやらないよ」

「教えてよ、お願い……」

清君は、S村でのぼくの教師だった。ぼくの同級生で、村の習慣やきまりを、何でも知っている。

そして、なんでもぼくに教えてくれる。しかし、清君はそっぽを向いている。

「教えて、お願い、清サマ……」

ぼくは手を合わせて清君に向かってお辞儀をした。

「それでは、お前も一緒に行くか？」

「うん、行く、行くよ」

「分かった……、仕方がない、教えてやるか」

清君は、もったいぶった素振りを見せながらぼくに向き直った。

清君は、ぼくに村の習慣や言い伝えを教えるときには、いつも、もったいぶった素振りをする。

その後で、得意満面な笑みを浮かべ、身振り手振りを交えて、大げさに教えてくれるのだ。

「あのな、源じいの子どもはな、ユーディキヤー（優秀）だったが戦争で死んだわけよ。知っているか？」

ぼくはうなずいた。戦争で二人のユーディキヤーな子どもを同時に失ったと、父から聞いたことがある。

「俺のお母が言うにはな、源じいの庭の梯梧の樹を拝めば、源じいの子どものユーディキヤーが移るというわけさ。俺はディキランヌーだからな（頭が悪いからな）」

源じいの家の梯梧の樹に、そんな効用があるとは知らなかった。

「でも、俺一人で行くのは怖いからよ、お前を誘っているわけさ」

「ユーディキヤーが、移るなんてことがあるのかな」

「知るか、そんなこと。俺だってよく知らないんだけど、願い事が叶うことは、本当だってさ」

それが、源じいの家の梯梧を見るきっかけだった。

清君の話では、梯梧は源じいの家の裏庭に聳えており、いつのころからか、だれかが香炉を置いて、その大木を拝み始めているというのだ。

しかし、そこに行くには源じいの家の屋敷内を通らなければならない。いつも悪さばかりしている清君は、さすがに気後れがしたのだろう。見つかったら、ひどい目に遭うかもしれないというので、ぼくを誘ったのだ。

もちろん、ぼくは用心棒ではなく見張り役だ。ぼくだって源じいと目を合わすことは怖《こわ》かった。

源じいの二人の息子が、先の沖縄戦で戦死したということは父から聞いていた。一つ違いの兄弟で、那覇市の首里にある沖縄県立師範学校で学んでいたところを、学徒兵として召兵されたという。

今は、摩文仁《まぶに》にある「健児之塔」に祀られているそうだ。

源じいは、当然二人の息子の成長を楽しみにしていたはずだ。清君のお母さんや、ぼくの父が、ぼくたちの成長を楽しみにしているように……。でも、源じいにはそれが叶わなかった。

清君の話では、梯梧の樹は源じいが植えたもので、二人の息子が次々に生まれたとき、その記念に植えたものだという。

清君と二人で、家の中の様子を、鶏のように首を伸ばして覗いてみた。幸い人の気配はない。ぼくと清君は足音を忍ばせて、源じいの家の門前を横切り裏庭に廻った。ぼくだって、祈るだけでユーディキヤーが移るのならば、見張り役だけで終わりたくなかった。清君と一緒に祈りたかった。

梯梧の樹は、見事なまでに鮮やかな赤い花を付けていた。一瞬、見とれてしまい、何をしに来たのかを忘れるほどだった。樹の周りにも赤い花びらが落ち、絨毯のように敷き詰められている。村には梯梧の樹は、ほとんどなかったから、ぼくと清君は長いこと茫然として梯梧の樹を眺めていた。

梯梧の樹は二本あった。二本の大木が、肩を組むように聳え、赤い花の穂先を円錐状に束ね、枝先に向かって順次に傘を開くように咲き誇っていた。葉は皆落ちており、灰色の樹肌が露わになっていたが、それが返って鮮やかな赤を浮かび上がらせていた。

清君は、梯梧の樹の下で、二人の息子は村一番のユーディキヤーだったと何度かつぶやいた。

「村ではさ、ウカミワラビ（神童）、と二人を呼んでいたらしいよ」

「ウカミワラビ？」

「そう……。なんか、こう、神様が授けてくれた子ども、っていうのかなあ」

「そう、そうなの」

「だから、お母は、俺にあやかれというわけさ」

「清君も神様が授けた子どもになりたいの？」

「馬鹿かお前は……。俺がなれるわけがないだろうが」

清君は照れた笑いを浮かべて、梯梧の大木を見上げた。

源じいは首里士族の末裔であることをも、父は語ってくれた。明治の時代になり、廃藩置県になって、源じいの祖先は首里王府での職を失い、この村に流れ着いてきたのだと。その思いもあって、息子たちを遠い首里の地まで、学問で身を立てさせるために送り出したのだろうと……。

父はそんなふうに語っていたが、それは正しい推測のような気がした。さらに、そんな思いもあってこそ、首里の地とゆかりのある梯梧の樹を庭に植えたのかもしれない。ぼくはそんなふうに、父の推測をさらに飛躍させた。

「お母が言うにはな、花が咲いているときに拝んだら、一番効き目があるというんだよ」

清君はそう言いながらも、拝むことを始めようとはしない。拝むことを忘れている。清君もぼくも、梯梧の樹の大きさと、花々の美しさに圧倒されて、ぼーっとしていた。

やがて、清君が慌ててポケットから線香を取り出し、マッチを擦って火を点けた。ぼくも清君の傍らにしゃがみ、清君のしぐさを真似て手を合わせた。

ぼくは、気分が落ち着いてくると、梯梧の花の赤い色に対する嫌悪感が徐々に膨らみ始めてきた。赤い色は青い空を遮っていた。足元に落ちた花びらは、萎びて、どす黒く変色し始めていた。腐臭を放ち、蝿や小さな虫たちが、最後の一滴の蜜を求めて群がっている。思わず顔をしかめた。足裏で、ぐにゃりと潰れる花びらの感触は、気味が悪かった。

ぼくは、清君の傍らにしゃがんだままで、徐々に不快感を募らせた。地に落ちた花びらからも、梢の花びらからも、ぼくは目を逸らして正面を見据えた。正面には大きな幹がぼくの視界を遮った。梯梧の幹は、鮮やかな赤い花に比べると、いかにも醜《みにく》かった。窮屈そうに身体をねじり、吹き出物を身体中から噴出させ、瘡蓋《かさぶた》をいっぱい付けているような格好をしていた。涙の痕跡のような醜い凹凸の筋も刻んでいる。なんだか樹が苦しみに悶え、耐えられないとでも言いたげな様子だ。

じーっと目を凝らすと、木肌にいくつもの人間の表情が浮かび上がってきた。多くは顔を歪めた苦悶の表情だ。ぼくは樹の幹からも目を逸らした。そして突然、この樹には、死んだ源じいの息子たちの魂が閉じ込められていると思った。樹の中でもがいている。外へ出たくてたまらないのに、出ることができない。その苦しみが木肌にたくさんの瘡蓋になり瘤《こぶ》になって現れている。樹の声が封じ込められている。そんなふうに思ったのだ。

ぼくは何だか見るのが辛かった。あるいは、ぼくたちが生きているこの世界を、二人の息子は呪っているのかもしれない。あるいは、息子を失った源じいの苦しみが、この樹の肌を作ったに違いない。

ぼくは、もうユーディキヤーなんかにならなくていいから早くこの場を去りたかった。ぼくの頭の中で作られた恐怖と悲鳴が身体中を駆け巡り、喉の弁を壊して飛び出しそうだった。ぼくの悲鳴よりも先に、閉じ込められた二人の息子の魂が、正面の幹から飛び出してくるかもしれない。ぼくは恐怖に足を竦ませながら身構えた。

清君を見た。清君も、なぜか顔が青ざめている。急に口を閉ざしてしまっている。

ぼくと清君は、たぶん同じ恐怖に怯えたのだ。裏の木戸が開く音がした。あるいは風の音だったかもしれない。

「逃げろ！」

同じ言葉を、ほとんど同時に発して駆け出した。

樹が、人間の命を吸って生い茂り、花を咲かせるのだという想念が、ぼくらを捕らえていたのだ。源じいの無念さを吸い、子どもたちの命を吸って梯梧は大木になり、真っ赤な花を咲かせるのだ。梯梧の赤は、戦争で死んだ人々の呪いの赤なのだ……。

息を荒げて走った後、ぼくと清君は、やがて息を整えながら立ち止まり目を合わせた。

「デージ（とても）怖かったなあ、お前が急に駆け出すからよ」

清君は、そんなふうに言ったが、ぼくより先に駆け出したのは清君だった。

戦争を体験したのは、ぼくの父の世代だけではない。ぼくの祖父は日露戦争から生還した。乃木将軍を尊敬しており、戦争の話をねだったぼくらに、何度かお箸を鉄砲に見立てて話してくれた。

祖父の戦争の話の内容は覚えていないが、そのしぐさはうつろながらも覚えている。左手の拳をテーブルの上に置いて人差し指を伸ばし、兵士が這うような姿勢で上半身を前に折り、右手で持った箸を人差し指の上に置いた。今考えると、どのような思いで孫のぼくたちに戦争の話をしたのだろうか。

祖父は「明治天皇と日露戦争」という映画で、激戦の二〇三高地の場面を見て、「そんなものじゃない。実際はもっとひどいものだったよ」と、父に語ったという。ぼくたちは酷いことをねだったものだと思う。祖父は九〇歳近くの年齢で死んだ。

祖父の遺体を、ぼくは父や母の肩越しから覗き見た。身体の大きかった祖父は、木の棺の中で窮屈そうに脚を折り畳まれていた。尖った頬骨が青白くなった頬を突き破るのではないかと不安になったことを覚えている。

このときも、ぼくは木と人間との関わりを一つ理解した。人間は死ぬと木で作った板の棺に入れられるということだ。木に囲まれて弔われるということだ。そして、木の棺を作るには、多くは梻の木が使われているということも知った。

祖父もまた、梻の木の棺の中で、暗い墓内に入れられ、その中で朽ちていった。それから数年後、祖父の遺体は取り出され洗骨された。洗骨は親族の女たちによって泡盛や海水で行われる。肉や衣服が削ぎ落とされ、清められた遺骨は、もう一度墓内に安置される。今度は、瓶《かめ》の中に入れられるのだ。

小学校五年生のころ、学校の近くの川で水死した少女を、ぼくたちは全校生徒で見送ったことがある。清君もぼくも、校門の前に並び、合掌した。その前を葬列は進んでいった。ゆっくりとだったか、足早にだったたか。今は、どちらだったたかは思い出せない。

少女の遺体を納めた棺は、小さな家の形をした龕《がん》と呼ばれる朱塗りの神輿《みこし》に納められていた。龕は大人たちに担がれ、ぼくたちの面前を通った。

少女の家から茶毘《だび》に付す火葬場までは、学校の門前を通らなければならなかったのだ。そのころには、祖父の場合と違って火葬が行われるようになっていた。

龕《がん》は、木で作った家屋形の御輿《みこし》である。しかし、またしても赤である。龕は、不気味な朱色で塗られていた。華やかさを施した不吉な赤である。赤は、やはり死を導く色であった。死の衣装であったのだ。

清君とぼくとの好奇心は、学年が進行しても変わらなかった。今考えると、多くはつまらないものだったが、ぼくらにとっては、いつも大冒険だった。

ぼくは、家族で引っ越した山間の小さなS村での生活から、たくさんのことを学んだ。山や海は、教室以上にぼくにいろいろな不思議なことを教えてくれた。生きる知恵を学んだといってもいい。そんなとき、多くは清君が一緒だった。

でも、清君は小学校の六年生になった夏に、病気で死んでしまった。ぼくは清君から子犬を貰ったばかりだったが、清君は子犬が親犬になる前に死んでしまったのだ。

ぼくは、清君を納めた樹の棺がぼくの前を通ったとき、山が揺れたと思った。山の悲鳴が聞こえたのだ。山が泣いている。山の命は人間の命、人間の命は樹の命、樹は人間を生きているのだと。清君が生きていたら、きっと「確かめてみよう」と言って、二人で山の中に入っていったことだろう。ぼくは清君と二人で発見した様々な出来事を思い出していた。

清君の命も、源じいの家の庭の梯梧の樹のように、山の中のどれかの樹に入っていくのだと思った。葬列を見送りながら、ぼくのそんな思いは、だんだんと強い確信に変わっていた。梯梧の樹の赤い花びらが、ぼくの脳裏で音立てて滝壺の飛沫《しぶき》のように舞っていた。

2 仏桑華《ぶっそうげ》

藤沢周平の作品の虜になっているからだろうか。最近しきりに子どものころの記憶が甦ってくる。子どものころ、ぼくらはよくチャンバラごっこをした。赤銅鈴之助の「真空斬り」や竜巻雷之進の「稲妻斬り」などを真似て、日が暮れるまで遊び回った。市川雷蔵の真似をした「円月殺法」にも、それぞれ子ども独特の型があった。

藤沢周平の世界には、ストイックな愛情や律儀な人間の世界がある。たとえば映画になった「たそがれ清兵衛」や「隠し剣〜鬼の爪」、あるいはテレビドラマで好評を博した「蝉しぐれ」などには、ヒューマニズムあふれる作品世界があり、このことが視聴者の感動を呼んでいるように思う。人間の憧れも、生きる拠り所も、やはりこのような世界にあるのだろうか。あるいはこれらを失ってしまったが故に、ノスタルジックな共感とともに惹きつけられるのだろうか。

もちろん、ぼくらは、チャンバラごっこをするときに、こんなことを考えることはなかった。かっこよく敵を斬り、かっこよく敵に斬り殺される。戦いの「儀式」や「型」が何よりも大切だった。

チャンバラに使う剣は、それぞれ各自で作って持ち寄った。物の少ない時代だったからそうしたのだろうか。先輩たちの中には、柔らかい樹の枝や幹を平たくなるまで削って、見事な剣を作ってくる者もいた。羨ましかった。これらの剣は、もうぼくたちの「戦い」に使うのではなく、ただ持っていることだけでも意味があった。

剣を作るには、仏桑華の枝を利用して作る方法がある。それが一番手っ取り早い方法であった。この方法は、抜き身の剣だけでなく鞘までも作ることができたから、ぼくらはその方法を重宝した。仲間の多くが、その方法で作った剣を持ち寄った。ときには一緒になって、丁寧に、真剣に、時が経つのを忘れて剣を作っては、その出来具合を競いあった。

まず、真っ直ぐに延びた枝を適当な長さに切る。取っ手の部分と抜き身になる部分に、ナイフで区切り目を入れる。それから抜き身になる部分を注意深く木槌で叩く。ゆっくりと枝を回しながら満遍なく裏表から叩く。すると表皮は徐々に柔らかくなり、やがてすっぽりと丸い筒になって剥がれるのだ。

重要なのは、あまり強く叩くと柔らかくなり過ぎて破れてしまい、弱すぎると筒にならない。筒は堅ければ堅いほどいいわけで、この叩き具合がポイントだった。

仲間うちには、筒に膠《にかわ》を塗ったり、ボンドを塗って補強する者もいた。また取っ手の部分には、気に入った布を切り裂いて思い思いに巻きつけた。ぼくらは、その剣を持って、互いに戦い、樹の陰に隠れて敵の様子を窺ったのだ。

ぼくらの一番のヒーローは、やはり赤銅鈴之助だった。その次に人気があったのは真田十勇士だ。ぼくらは、いつだって霧隠才蔵や猿飛佐助になれた。

仲間には、もちろん女の子もいた。あるいは、遊びには、男の子と女の子の役割分担などを決めていたのかもしれないが、記憶は定かではない。小学校の低学年のころには、あまり異性を意識することもなかった。遊びも一緒のことが多かった。勇敢な女の子は、自分の剣を持って遊びに加わっていた。

ぼくには弟が二人いるが、ぼくの家の向かいには、ぼくたちと同じ歳並びの三人の姉妹がいた。ぼくたちは小学生になっても何かと一緒に遊んでいた。

ぼくが父の仕事の都合で、清くんの住む小さな村の学校に転校したのは小学校の三年生のときだ。ぼくたち三人の兄弟は、それまでの間、向かいの女の子たちと一緒によく遊んでいた。

ぼくと同じ歳の女の子は、善美《よしみ》という名前だ。善美は、活動的な女の子だった。学校では勉強もよくできたから、ぼくたちはときどき、互いの家を行き来して、一緒に宿題をやることも多かった。ぼくと善美は、よく先生に誉められた。一緒に級長や副級長をすることもあった。

でも時々、善美と二人だけで宿題を広げていると、なんだか息苦しくなることがあった。弟たちが一緒だとか、家にだれかが居るときはそうでもないのだが、しーんと静まりかえった家の中で、善美と二人だけになると、なんだか落ち着かなかった。頭がくっつくほどの近さで宿題を解いていて、ふと善美の髪から漂ってくる石鹸の匂いに気づくと、善美の裸体を想像した。

しかし、おかしなことだが、ぼくたちは、男の子も女の子も、皆一緒になって下着一枚の姿で海水浴をしたり、遊びに興じたりすることも度々あったのだ。もちろん、ぼくたちだけでなく、村の子どもたちは皆がそうしていた。

学年を重ねていくと、やはり徐々に、男の子だけの遊び、女の子だけの遊びと別れてやることが多くなった。ぼくらが仏桑華で作った剣を腰に差してチャンバラごっこをしているとき、女の子たちは仏桑華の花の汁を搾り出して、化粧水を作って、爪に塗ったり、頬に塗ったりしていることもあった。

女の子の作る化粧水には、仏桑華の花の他に、ホウセンカや朝顔の花や桑の実などがよく使われていた。しかし、善美はいつもぼくらの仲間に加わり、剣を振り回したがっていた。

仏桑華は、便利な樹だったと思う。屋敷の周りに植えると、ブロックや竹を編んだ垣根代わりにもなった。また、花は、季節を選ばず一年中途絶えることなく咲き続けたから、寒い季節に行われるジュウロクニチには、墓前に供えられる花にもなった。

ジュウロクニチとは、墓の正月とも言われる村行事の一つだ。新しい年が開けた一月の十六日に、一族が墓前に集まり手料理を持ち寄って亡き人を偲ぶのである。

もちろん、それ以上に生きている人々の旧交を温める場にもなっていた。一月一日には帰らなくても、十六日には帰らないと親不孝者だと言われ、遠く郷里を離れて暮らしている人々も、その日にあわせて帰省することが多かった。

その十六日に墓前に飾る花として、仏桑華が多く使われていたのである。今は花屋からいろいろな花が手に入るが、当時は花屋さえ少なかった。

仏桑華を墓前に飾るには、まず竹筒を二段ほどの節目を付けたままで切り、それぞれの段の上方に半月型の切り口を入れる。そこから水を入れ、その切り口に仏桑華を差して墓前に置いた。一つの竹筒でも切り口が二つあるので、墓前を華やかに飾ることができる。瓶《びん》や缶などの手に入りにくい時代の先人から引き継いだ知恵だ。

仏桑華の花は、さらに花びらを引き離し、付け根の部分をノートを広げるようにして引き剥がすと、粘っこい糊のような糸を引いて二つに割れる。それを鶏冠《とさか》のように鼻の上に付けたり、頬につけたりして遊んだ。

ぼくの家は、半分ほどは福木《フクギ》の樹で囲われ、残りの半分ほどは仏桑華で囲われていた。向かいの善美の家は、門構えはブロックで、それ以外は竹垣で囲われていた。

善美のことでは、忘れられない記憶がたくさんある。その中でも、この仏桑華にまつわる記憶はほろ苦い想い出として甦ってくる。善美も、きっとこのことを覚えているはずだ。

大人になってからも、ぼくたちは何度か会う機会があったけれど、このことは、ついにだれからも語られることのなかった記憶だ。

その日、ぼくと善美は、宿題を一緒にやった後、庭に降りて、福木の葉で草笛を作っていた。

「柔らかい葉でないと駄目だよ……」

善美は、利発な女の子だったが、手先の器用さは、ぼくの方が優っていたはずだ。善美は何度も草笛を作るのに失敗していた。ぼくは見かねて思わずそんなふうに言ったのだ。

福木の樹は、真っ直ぐに天を指して延びるので、防風林として海岸沿いの通りや、屋敷を囲む垣根などに利用されていた。葉は、しゃもじのような形をしていて、葉肉が厚く、しかも硬い。しっかりと枝にくっついているので、風を遮断するには最適だった。

その福木の葉が、新芽のころは茶色がかった色をしており柔らかい。おまけに表皮にはオブラートのような薄い膜ができる。それをうまく引き剥がすと草笛が作れるのだ。

そのためには、裏側からゆっくりと葉肉を取り去らなければならない。気持ちを集中させ、裏面に折り目をつけ、ゆっくりと引き剥がす。すると、透明な膜が小さく震えながら露わになってくる。

これが面白くて、ぼくらはだれが大きな膜を作ることができるか、だれがうまく草笛を鳴らすことができるかを競い合ったのだ。

「ほら、この膜に、こうして息を吹きかけると音が出るんだよ」

ぼくは得意になって、善美に大きく穴を開けた福木の葉を示した。そして唇を突き出して、そーっと息を吹きかける。膜が微妙に震えて音が出る。膜には、ときどき光の当て具合によって、虹のような微妙な色さえ描かれた。

善美は負けず嫌いな女の子だったから、ぼくのようにうまく作れないことがよっぽど悔しかったのだろう。しばらくして、福木の葉ではなく、仏桑華の樹の近くに行き、葉を千切っていじりだした。

「草笛なら、仏桑華の方が大きな音が出せるよ」

善美はそう言って、仏桑華の葉をくるくると丸めて、口に銜《くわ》えて縦笛のような音を出した。

「ピーッ、ピーッ、ピーピッ、ピー……」

善美は、仕舞いには、メロディさえ奏で始めた。確かに福木の葉ではできないことだ。

ぼくも、福木の葉の笛を捨てて、善美と同じように仏桑華の葉を丸めて音を出した。善美と一緒に、「白地に赤く、日の丸染めて、ああ美しい、日本の旗は」と音を合わせて合奏した。

善美は、少しぼくに済まないと思ったのか、その照れを隠すように、今度は仏桑華の花を掴みとると、花びらを切り裂き、鼻の上にくっつけて言った。

「ほら、鶏でーす」

ぼくも負けずに、鼻の頭に大きな花びらを切り裂いてくっつけた。

「ほら、タウチー（闘鶏）でーす」

ぼくたちは、いつの間にか次々と額やほっぺや、腕などに仏桑華の赤い花びらを引き裂き、くっつけ合った。

やがて、肌が露わになった場所には、くっつける場所がなくなった。

ぼくの頬の花びらが、風にそよいで剥げ落ちた。それに気づいた善美が、再びぼくの頬に新らしい花びらを切り裂いてくっつけた。善美の息が、ぼくの頬にかかるほど近くにあった。

ぼくも善美の頬から落ちた一枚の花びらに気づいた。

「動かないでよ、ぼくが貼ってあげるから……」

今度はぼくが、善美の頬に仏桑華の花びらを切り裂いて貼り付けた。善美は、じーっと、ぼくの顔を見つめていたが、やがて瞼を閉じた。

このとき、ぼくたちの頭の中で考えていることは、必ずしも同じではなかったかもしれない。あるいは、まだ、はっきりと目的があったわけではない。しかし、行動が始まっていた。

「いっぱい、集めようか」

「うん」

善美は、そう言ってぼくの言葉にうなずいた。けれども、このとき、ぼくも善美も、互いの身体中に花びらを貼り付けようなどとは思ってもいなかったような気がする。不思議なことだが、行動が、徐々にぼくたちの目的を作っていったのだ。

ぼくたちは両手に抱えきれないほどの花びらを集めると、急いで宿題をしていた部屋に駆け戻った。それから部屋の窓を閉め切った。

ぼくと善美は、だれからともなく身体中の至る所に、仏桑華の花を切り裂き、貼り付けた。なんだか粘っこい糊のような液体がくすぐったかった。やがて、上着を脱いで上半身裸になった。さらにズボンを脱いで下着だけになり、貼り付ける場所を探した。

善美は、ぼくのお腹や腿の付け根に花びらを貼り付けた。ぼくは寝たままで脚をぴくぴく痙攣させながら、くすぐったさを我慢した。

善美も服を脱ぎ下着一枚だけの裸になった。ぼくは、善美を横たえ、胸いっぱいに花びらを貼り付けた。善美は、じーっと黙ったまま、身動き一つしないで耐えていた。

「きれいだね、金魚さんになったみたい……」

善美が、自分の身体いっぱいにぼくが貼り付けた仏桑華の花を見て、笑顔を浮かべて嬉しそうに言った。

ぼくも手に持ったすべての花びらを貼り終わった後で、善美の身体を眺めた。赤い金魚が善美の身体の上を背鰭を震わせながら泳いでいる。善美の身体も金魚鉢の金魚のように泳いでいるように見えた。善美の手からさらに花びらをもらい、小さな乳首の上にも貼り付けた。呼吸の度にお腹や乳首が波打った。善美の身体が、わなわなと震えて美しかった。ぼくは夢中になって善美の身体を眺めた。頬や首筋や震える脚にも手を伸ばした。

ところが、突然、不思議な感慨がぼくを襲った。金魚の姿が豹変した。なんだか善美の身体中から、赤いロウソクの涙が流れているように思われたのだ。

ぼくは急に怖くなった。数年後にぼくを襲った梯梧の花を見たときの感慨とも違うものだ。でも、うまく言い当てる言葉が見つからない。

ぼくは、善美の明るい言葉とは裏腹に、女の人の魔性のような妖艶さとでも言おうか。あるいは、死と生の境の享楽とでも言おうか。言葉にすれば、そのようなものを覗き見たのだ。

ぼくは慌てて、善美の身体にくっついた花びらを両手で払い落とした。そして同じように、ぼくの身体にくっついている花びらをも急いで手で払ったのだ。善美は驚いて、ぼくのなすがままにされていた。

それから間もなく、ぼくは善美とは離ればなれになった。父の仕事の都合で、故郷を離れ山間の小さな村にある学校へ転校したのである。

善美のことは、すぐに記憶の中から消え去った。でも、このことがあってから、ぼくは、徐々に女の子の身体が、男の子とは違うことを意識した。赤い金魚は、もうぼくの目の前で無邪気に泳ぐことはなかった。ぼくが、それを避けたのだ。

ぼくは、山間の学校でたくさんのことを学び、やがてその村を離れた。団塊の世代に属していたぼくは、その後も田舎の小さな学校を点々と経由し、皆と同じように受験勉強を経て、都会の大学へ進学した。

大学は、一九六十年代の後半。学園民主化闘争や反安保闘争、あるいは反復帰闘争などと呼ばれる激しい政治の季節のただ中にあった。たくさんの仲間たちの意志や個性がぶつかり合い、傷つき、血を流し合っていた。

田舎者のぼくは、小さな山間の村に投げ出された日々と同じように、今度は大きな町に投げ出されたのだ。

しかし、違いは確かにあった。例えばぼくの傍らには、「お前、馬鹿だなあ」と言って、村のしきたりを教えてくれる清君はもういなかった。一緒に宿題をした善美もいなかった。そして、ぼくはぼくの国の政治に参加することもできるほどの年齢になっていた。自分の言動を、無邪気さで片づけることができないほどに歳をも重ねていた。

大学を辛うじて卒業し、結婚したぼくに、二人の娘が生まれた。今では上の娘は成人式を終え、下の娘は間もなく高校を卒業する。

ぼくはかって善美に行《おこな》ったように女房に仏桑花の花を付けてやることはできない。無邪気さや純粋さからは随分と遠いところまできたような気がする。あの善美との秘戯の場所から、どのくらい離れた場所に来ているのだろうか。金魚を作った花への憧れや目まい、幻想や恐怖を、いまだ捨てきれていないのではないか。あるいは、学生時代の政治の季節を、まだうまく抜け出していないのではないか……。

ぼくは寝室で目を開いて、一つの映画のシーンを思い出す。タイトルは「カレンダー・ガールズ」。

イギリスのとある田舎町。何もない単調な生活が続く中で主人公クリスの親友デニーの夫が白血病で亡くなった。悲嘆にくれる親友のためにと、クリスたちは仲間の皆でヌードカレンダーを作り発売することにする。もちろん、モデルは自分たち。しかし、そのおばさまヌードが爆発的な人気を得るのだ。

映画は、「笑いあり、涙あり、温かい家族愛と人間愛に満ちた作品」というのが宣伝文句だった。でも、ぼくには何だか割り切れない。ヨークシャーのおばさまたちのように、うまく過去を葬り去れないのだ。

大学生のころ、激しい政治の季節の中で仲間たちは、ポコポコと自死していった。ある者は殴り合い、ある者は大学を辞めていった。学園では、校庭に引きずり出された教授が、自己批判だと迫られ、小突かれ、顔面から血を流していた。

ぼくは何もできなかった。多くの判断を留保しながら、ぼくはタバコの味を覚え、酒の味を覚えた。あるいは、詩や小説を貪るように読み続けただけだ……。

善美の身体に仏桑華の赤い花びらをくっつけた日以来、ぼくは何度か女の身体から流れる血を空想した。それは善美と同じ血もあれば、違う血もあったような気がする。

善美もぼくも、孫を見る年齢になった。幼い孫たちは無邪気に遊んでいる。善美は、どんなふうにあの体験を封印しているのだろうか。時々、そんなことを考えることがある。

3　ゆうな

大学を卒業して、父と同じように教師になったぼくは、父と同じように生徒たちに向かっていたかどうかは定かではない。

父は、戦争を挟んで再び教職に就き、学校長として退職した。戦前の南洋諸島パラオの地における公教育に携わっていた自分を反省し、再度の気概を有して米軍政府統治下での困難な戦後の教育に情熱を燃やしたかもしれない。また管理者としての夢もあったはずだ。

全共闘世代のぼくは、五十代の初めごろ、たとえ請われたとはいえ管理者の道を歩んでいる自分に気づき、急いでレールから飛び降りた。教頭試験に合格し、県教育庁に勤務し、指導主事としての仕事に従事していたのだ。

「生涯一教師」と決意して教職に就き、子どもたちに向かっていた最初のころの思いが甦ってきた。体制と戦い、傷つき、あるいは自死し、あるいはドロップアウトしていった大学時代の仲間たち。それをいつも遠くから見つめていた優柔不断なぼく。そのぼくが取り得る生き方は体制の側へ与《くみ》しないこと、唯一そのような生き方だったはずだ。

もちろん、管理者としての仕事に自分の夢を描いたこともある。だが、管理者としての資質に欠けている自分の性格をも知っている。他者を否定することのできない自分の弱さをも知っている。仕事が人間を変え、人間が仕事を作っていくかもしれないが、ぼくは変わりたくはなかった。歩み直した今の日々は充実している。一教師として子どもたちに向かう気持ちは、むしろ清々しい。

父と、姿勢やポジションは違うけれども、何かを子どもたちと共に考えたいと思う気持ちは、たぶん同じだと思う。子どもたちには、どの時代にも変わらないものを伝えたい。知識を伝えるだけでなく、他者の悲しみに気づき、生きるに値する人生を見つけて、日々を有意義に過ごしてもらいたいと思う。

今もなお、時として死の誘惑に駆られ続けている全共闘世代のぼくができることは、小さな場所から、小さな声を発することだけだ。ぼくだけでなく、たぶんぼくらの世代は、木々の梢の揺れにさえ怯えることが何度もあったのだ。

たとえば教室から眺める校庭のゆうなの樹のざわめきは、ぼくには彼岸への手招きのようにも見えた。手のひらの形をした丸い葉が、一斉に揺れると、幾人もの死んだ人々の顔が浮かび上がり、手が動いて、「おいでおいで」と誘惑しているようにも見えたのだ。

この世は生きるに値するのだぞ、と自分を奮い立たせ、子どもたちに向かって語っても、所詮は自分を正当化する論理を捏造しているだけではないか。あの青春の舞台となった六十年代末から七十年代初頭の大学のキャンパス。ぼくたちは、それぞれの人生を大学のキャンパスに捨て去り、あるいは街の傍らのドブの中にすでに埋葬したのではなかったか。

ゆうなの樹が、特別にぼくに親しく声かけてくるのには理由がある。ゆうなの樹の枝で、少年のころ、ぼくが憧れた一人の少女が成長し、二十歳を迎えた数か月後に首を括って死んだのだ。死が、孤独や悲しみを契機にして遂行されることの実感を持った最初の事件であった。

しかし、ぼくにはどうすることもできなかった。その女性とは、父が学校長として赴任した最初の学校での先輩だった。

父の赴任地は、当時「陸の孤島」と呼ばれている本島北部の山間の小さな村にあるS小中学校であった。ぼくたちの家族は、そこへサバニ（小舟）に乗って海から渡って行ったのだ。

雨が頻りに降っていた。小さなサバニに積まれた家財道具と一緒に、カーキー色の厚手のカバーを頭からすっぽりと被り、サバニの縁にしがみついた。ぼくたちは波しぶきを受けながら、一時間余も黒く濁った海を見続けていた。

山間の小さな村での生活は、様々なことをぼくに教えてくれた。学校も複複式と呼ばれる形態で、三学年が一つの教室に入り、一緒に授業が行われた。毎日が驚くことの連続だった。

しかし、正直のところ、ぼくは田舎と都会の比較をして不満を覚えることなど、まるでなかった。その村が自分たちの生活の場所となることを、自然に受け入れていたように思う。不自由さを自覚することもなく、また都会の生活に憧れ、これまでの生活に戻りたいとも思わなかった。それが子どもというものだろうか。

ぼくはむしろ、自然に恵まれた生活を愛したのだ。昆虫や小動物と戯れ、初めて目にする美しい花を付けた植物の姿に目を見張り、生物学者になりたいと思ったほどだ。ファーブル昆虫記や植物図鑑などが、ぼくの愛読書だった。

清君や、光男《みつお》君とも知り合えた。そして、年上の女性の由紀《ゆき》さんとも、そこで出会ったのだ……。

「あなたは、ゆうなの花が好きなの？」

由紀さんが、ぼくに声をかけてくれた最初の言葉だ。

ぼくは、たぶん黙ってうなずいただけだったかもしれない。

「私も好きなのよ。取って上げるわね」

由紀さんは、そう言うと、どこからか棒切れを持ってきて、それを枝先に伸ばし、引っかけるようにして枝を撓《たわ》めると、ぼくに一輪、ゆうなの花を手折ってくれた。

「有り難う……」

実際ぼくは、これほどに大きな花は、あまり見たことがなかった。黄金色の花びらが五、六枚合わさった中心に、はっきりと茶色の色が塗られている。その色の区分が潔かった。

由紀さんは、友達の光男君の姉さんだった。光男君の家は、ぼくの家の二軒隔てた隣にある。光男君は、ぼくと同級生で、数少ないぼくの遊び相手だった。光男君の家には何度も遊びに行っていたから、庭にゆうなの樹があることは知っていた。

その日も、光男君を誘いに行ったぼくは、あいにくの留守が分かると、庭先のゆうなの樹を下からぼんやりと眺めていたのだ。

だれもいないとい思っていた背後から、突然、由紀さんの声がかかったので、ぼくはびっくりした。実際、由紀さんは、今し方、畑から帰ってきたばかりの恰好をして、肩にかけたタオルで、額の汗をぬぐった。傍らには背籠が置かれている。

「光男は、今、畑にいるのよ。もうすぐ帰ると思うから、待っているといいわ」

「うん、有り難う。でもいいんです。別に急いでいる用事があるわけではないから……」

「そう……。でも、あなたたち二人は、本当に仲良しだね」

由紀さんは、にこにこと笑っていた。

「どう、学校には、もう慣れた？」

「はい、慣れました」

「そう、よかったわね」

由紀さんは、ぼくを見て微笑んだ。優しいお姉さんだった。

由紀さんは、ぼくが光男君を訪ねても、畑に出かけているのか、留守のことが多かった。だから話しをすることも、あまりなかった。

ぼくや光男君は小学生だが、由紀さんはもう中学校の三年生だ。中学生というよりも、目の前にいる由紀さんは、なんだか大人の女性のような気がした。

由紀さんは、薄く白いＹシャツのようなものを着ていた。汗が吹き出した身体に白いＹシャツはくっついていた。同級生の女の子たちと違って、胸も大きく膨らんで乳首の形が見えるようだった。

「ゆうなの花はね、私も大好きなのよ。ほらこんなふうに髪飾りにもなるしね」

由紀さんは、また棒切れでゆうなが咲いている枝先を引き寄せると、花を摘んで、今度は自分の黒い髪に差した。そして、もう一つゆうなの花を摘み取ると、それを、ぼくに手渡した。

「ゆうなの花の歌もあるのよ。知っている？」

ぼくは、首を振った。

「そう、それでは、歌ってあげるわね」

由紀さんは、何の衒《てら》いもなく、ゆうなの花の歌を口ずさんだ。

ゆらゆら　ゆうな　ゆうなの花は
さやさや風の　ささやきに
色香《いろか》も染まるよ　ゆら　ゆら　ゆら

ぼくは、由紀さんの笑顔を見ながら、美しい人だと思った。

由紀さんは、ゆうなの花を髪飾りにしたまま、背中から降ろしていた籠の中の野菜を取り出し始めた。それでも歌うことを止めず、頭を小さく左右に揺らしながら口ずさみ続けた。

「有り難う」

ぼくは、そう言って立ち去ろうとした。

「あれ、光男が帰ってくるまで、待っていてもいいんだよ」

「うん、また来るよ。有り難う」

ぼくは、そう言うと、足早に立ち去った。振り返ると、由紀さんは、まだゆうなの花の歌を、歌い続けているようだった。ぼくは由紀さんの姿が眩しくて、見続けていることができなかったのだ。

祖父の家の庭にもゆうなの樹があった。祖父は、ゆうなの樹の下で、よく竹籠を作っていた。しゅるるる、しゅるるるる、と竹を削り、ソーキとかバーキとか呼ばれる竹籠を器用に編んでいた。祖父の節くれ立った大きな手が、何か別の生き物のように動くのを、不思議に思って眺めていた。いつまでも見飽きることがなかった。

祖父の時代には日露戦争があって、祖父は従軍した。父の時代には太平洋戦争があって、父は召兵された。ぼくの時代にも戦争があるのだろうか。これから約六十年余、米寿を迎えるころまでぼくが生き続けるとすれば、その期間に、ぼくも戦争を体験するのだろうか。なんだかそんな方向に、ぼくらの国は進みつつあるような気がしないでもない。

あるいは、ぼくら団塊の世代は、後世の人々から、戦争と戦争の間の端境期を生きた極めて希な世代と言われるのだろうか。戦争が起これば次の団塊の世代がまた生まれるはずだ。団塊の世代が、次々と波状的にやってこないとも限らない。そうなれば、第一次団塊世代、第二次団塊世代、第三次団塊世代……と、呼ばれるのだろうか。

祖父に比べて、祖母はとても小さな人だったような気がする。あるいは、腰が曲がっていたせいだろうか。縁側でぼくらを抱き上げて座り、菓子や黒砂糖を紙に包んで食べさせてくれた。

祖母の姿は、なぜだかぼくには黒砂糖の匂いと一緒に思い出されることが多い。そして、白髪交じりの長い髪が目の前に浮かんでくる。肩先を通り越して腰の丈まで髪を垂らしていたが、多くは頭のてっぺんで、くるくると巻いて、ジーファー（髪さし）を差して留めていた。

黒砂糖をぼくらの掌に握らせてくれた祖母の手は皺くちゃで、甲にはハヂチ（入れ墨）がしてあった。少し色褪せたハジチは、なんだか寂しそうだったが、祖母は、ぼくらにいつも語ってくれた。

「ハジチはね、あの世で幸せになるためのものだよ。おばあはね、おばあのおばあにハジチャーのところに連れていってもらって、ハジチをしてもらったんだよ。嬉しかったねえ」

祖母は、四人の男の子だけを生んだが、一番下の息子であるぼくの父の元をよく訪ねてきた。そして、訪ねてくる度に、幼い孫のぼくのお守り役をかって出たという。

祖母は、ぼくを預かると、部屋の柱と柱に紐を結わえ、ハンモックのようなゆりかごを作り、ぼくを乗せ、長い帯をつけて揺すった。それが祖母の得意技だったという。

ぼくはよほど嬉しかったに違いない。祖母を待ちこがれ、祖母は、来る日も来る日もそのようにして、ぼくをあやしたという。弟が生まれた時には、祖母はもう他界していたから、この恩恵に預かったのは、ぼくだけだ。

しかし、ぼくには、祖父の死の記憶はあるが、祖母の死の記憶はない。祖母は、ぼくの生活の中からいつの間にか消えていた。祖母の死は、どうしても思い出すことができないのだ……。

山間の小さな村での父の任期が終わるころには、陸の孤島と呼ばれた小さな村にも開発の波が押し寄せ始めていた。本島の一周道路を造るために、隣村との十二キロほどの間にブルトーザーが入り、貫通道路が形をなし始めていた。

ぼくらは、まだでこぼこだらけではあったが、その道を、今度はサバニに乗らずにトラックに乗って、父の新しい赴任地へ引っ越したのである。ぼくは中学一年生を終えたばかりだった。

ぼくは鳥籠にメジロを入れ、幌を付けたトラックの天井に吊り下げて村を後にした。メジロは、光男君と一緒に捕まえたものだ。

光男君も鳥籠にメジロを入れて飼っていたから、なんだかぼくも、メジロを手放すのは惜しかった。父に無理を言って、引っ越しの荷物の一つに入れてもらっていた。

ぼくのメジロはチョロメと名付けていた。やっと人を恐れずに、タカブキー（高い声での鳴き声）を始めたばかりだった。

しかし、チョロメは新しい土地に移ってすぐに、猫に食べられてしまった。窓を開けたままにしていた部屋の中に入り込まれたのだ。犯人は隣の家の猫だった。鳥籠の中には死骸はなく、無数の羽だけが千切れて散乱していた。ぼくはこのことを長く悔やんだ。

由紀さんが自殺をしたという訃報を耳にしたのは、ぼくが大学に入学した年だったように思う。父からだったか、母からだったか。あるいは懐かしい友人たちとの偶然の再会からだったのか、よくは思い出せない。

はっきりと思い出せないということは、あるいは、父や母からではなかったのかもしれない。大学に入学したぼくは、他の学校から入学したかつての級友たちと十数年ぶりに出会う機会もあったから、彼らの口からもたらされた情報だったかもしれない。実際、大学時代には学校以外でも、幼いころの友人たちと何かの行事で出会う機会は度々あったのだ。

いずれにしろ、由紀さんは、中学を卒業した後、村にやってきた道路工事の男と恋仲になった。しかし、男に妻子のあることを知り、身を引くことを決意する。由紀さんは、その男との子を身ごもっていたという。由紀さんは、海岸沿いの洞穴の傍らにひっそりと立つゆうなの樹で縊死したという。遺書は短い文面で、両親に対する感謝の気持ちと、お詫びの言葉が書かれていたという。それが、ぼくの耳に入ってきたことのあらましだ。

由紀さんは、ぼくたちがトラックで村を離れるとき、ぼくたちを見送りに来てくれた。由紀さんだけでなく、光男君や、多くの村人が、ぼくたちを見送りに来てくれていた。

光男君たちの家族とぼくたちの家族とは、とても仲良くつき合っていた。隣近所という理由だけではなかった。父もまた、見知らぬ土地での生活を始めるにあたって、光男君のお父さんを頼りにしているようなところがあった。歳も同じほどで、子どもたちの年齢も同じほどであった。もっとも、ぼくの姉や兄は、山間の村に移り住むことはなく郷里の村に残ったままだった。

中学生のころの由紀さんは、ぼくの家の台所にも頻繁にやって来るようになっていた。土間にかがんで、ぼくの母と一緒に火を焚きながら、ぼくの母から、パンの作り方とか、ケーキの作り方を教わっていた。母もまた由紀さんを娘のように可愛がっていた。

由紀さんが中学を卒業し、道路工事の飯場で働くようになってからは、ほとんど姿を見せなくなった。母も寂しそうだったが、由紀さんは、日々大人になり、見違えるほどの美人になっていった。

ぼくたちが村を去るのを見送る由紀さんは大人になっていた。由紀さんに会うのは、久しぶりだった。髪にパーマを掛け、さらに大人びて見えた。母と抱き合って別れを惜しんでいたが、由紀さんは、ぼくを見ると、ぼくも抱き締めてくれた。甘酸っぱい大人の女の匂いがした。それが由紀さんとの永遠の別れになった。

沖縄県内の自殺者は、一年間で約三四七人、一日に一人の人が自殺する。日本全国では三万四四二七人、世界では百万人の人々が自殺するという。徐々にその数は増えているというが、ぼくにとってはショッキングな数字であった。

かつて沖縄県は、心中だとか自殺だとかということとは無縁な県だと言われていた。相互扶助の精神が発達しているからだ、などと言われていたような気もするが、あるいはそんなユイマール精神も、今では夢物語になっているのかもしれない。

村の夏祭りで、浴衣《ゆかた》をつけてにっこりと微笑んでいた由紀さんの姿は、ぼくにはもう初恋の人というよりも憧れの人だった。そして、八月の村祭りの舞台では、いつも注目を浴びる花形の踊り手でもあった。

ぼくは、由紀さんはきっとゆうなの樹を意図的に自分の死に場所に選んだのだと思った。ゆうなの花が大好きだったからだ。そして庭のゆうなの樹を選ばなかったのは、きっと由紀さんの優しさからだと思った。

由紀さんは、ぼくと同じように、ゆうなの葉の手招きに、彼岸へ誘惑するしぐさを見たのだろうか。そして、それに応じたのだろうか。ぼくは違うと思った。由紀さんは、きっと、夢のようなロマンチックな世界を描いていたはずだ。温かい家族を作り、お母さんになる夢を見ていたはずだ。ぼくにゆうなの花を手折り、ゆうなの歌を聴かせてくれたように、自分の子どもに優しい歌声を聞かせることを夢見ていたはずだ。

由紀さんが死んだのは、二月の半ばごろ。海辺に吹き渡る寒風が冷たく頬を突き刺す季節だ。ゆうなの花は、春を過ぎて初夏に咲く。花はまだ咲いていなかったはずだ。それでも、由紀さんにはゆうなの花が見えていたに違いない。ゆうなの花を歌いながら死んでいったのだ。お腹の赤ちゃんには、その歌が聞こえただろうか……。

由紀さんのことを考えると、ぼくには、ゆうなの花が見えてくる。身ごもった由紀さんの身体《からだ》の重さに、枝々に付いたゆうなの花は、いくつ落ちたのだろうか。月光に照らされた季節外れのゆうなの花が、ぼたりぽたりと落ちる光景が見えてくる。由紀さんの優しい歌声が聞こえてくる。

ゆらゆら　ゆうな　ゆうなの花は
さやさや風の　ささやきに
色香も染まるよ　ゆら　ゆら　ゆら

ゆらゆら　ゆうな　ゆうなの花は
おぼろの月に　いだかれて
色香も匂うよ　ゆら　ゆら　ゆら

4　榕樹《ようじゅ》

「大城《おおしろ》さ〜ん」

どこかで、ぼくを呼ぶ声がする。聞き慣れない声だ。背伸びをして周囲を見回すが、だれもいない。気のせいだろうか。再び手で掴んだ剪定鋏《せんていはさみ》を動かす。

伸びすぎた庭の樹木の枝を剪定するために、休日を利用して脚立《きゃたつ》に立って作業をしているのだが、どうも足下が危なっかしい。あと数年後に定年退職を迎える年齢のぼくには、少しきつい作業だ。

「大城さ〜ん、大きな脚立が有りますから貸しましょうか？」

今度は確かに、近くで声がした。枝葉の隙間から覗くと、隣のご主人の岸本《きしもと》さんの顔が見えた。

「有り難うございます。大丈夫ですから……」

ぼくは、とっさに返事をした。

岸本さんは、ぼくの返事を聞くと、数分間、ためらっていたが、やがて黙って立ち去った。

ぼくの家と岸本さんの家との間にはブロックの塀がある。それは単に敷地の境界を示す塀で目隠しの塀ではない。高さも、腰ほどまでに届くほどのものだ。岸本さんの孫が、この塀を飛び越えて、ぼくの庭でよく遊んでいる。

岸本さんは、どうやら、ぼくが脚立に立ち上がって枝葉を切っている姿を部屋の中から眺めていたようだ。危なっかしい姿勢に、思わず庭に出てきて、声をかけたように思われた。

そう思うと、無下に断った自分の言葉に悔いが残った。配慮が足りなかったかと思われ悔やまれた。

ぼくは、当然岸本さんの申し出を受け入れて、高い脚立を借りれば、背伸びすることもなく、楽々と樹のてっぺんの枝葉を切ることができたはずだ。本当は、ちょっとも大丈夫なことなんかなかったのだ。足下が不安定なあまり、樹のてっぺんを切るのを諦めた木々もある。岸本さんはそれに気づいていたのかもしれない。

ぼくは、慌ててもう一度、辺りを見回したが、岸本さんの姿はもう見つけることができなかった。断ったのを悔やんだが、もうどうしょうもない。

ぼくの人生は、なんだかこんな形で後悔ばかりを積み重ねてきたのではないか。そんなことまで、つい飛躍的に考えてしまい、余計に憂鬱になる。ぼくは慌ててそんな思いを振り払い、再び脚立の上で足を踏ん張り背伸びをした。ぐらぐらと足下は覚束ないが、再び剪定鋏を動かした。

ぼくの脚立は小さいとはいえ、やはりいつもとは違う高い場所からの視点がある。なんだか物理的な問題だけでなく、現実世界からの浮遊感も味わえるような気がする。

木の枝葉が、サク、サクっと、音立てて目の前で切り落とされる。中には下の枝葉に引っかかって地面にまで落下しないものもある。それを揺すって振り落とす。視界がどんどん開けてくる。ずーっと遠い所まで見渡せるような気にさえなる。

樹の枝を見つめていると、少年のころ聞いた戦争の語り部の話を思い出す。その語り部は、榕樹(ガジュマル)の樹に登って、身を隠して戦争を生き延びた兵士がいたというのだ。つまり、樹上の兵士である。

ぼくは、その話しを聞いたとき、嘘だと思った。そんなことができるわけがない。食料や排泄はどうするのか。雨が降ったらどうするのだ。敵が眼下を通ったらきっと見つかってしまう。そんなときは、むしろ逃げ場が無くなってしまうのではないか。それは最も危険な選択だ。そんなふうに思ったのだ。

しかし、今はあり得ることのような気がする。樹上こそが敵兵の盲点になり、最上の選択ではなかったかと……。

戦争中、米兵は家屋はもちろん、牛小屋や洞穴まで日本兵を探したという。そして手榴弾を投げ込み、火炎放射器が穴の奥深くまで焼き尽くしたのだ。

沖縄島の周りは海である。海は底深い壁になる。そこを越えて逃げることはできない。それならば樹の上に登り、そこで生活をする。このことはあり得ることではないか。

あるいは樹上なら、潔く死を決意することもできたかもしれない。なぜそう考えるようになったのだろうか。むしろ少年のころが他人の言葉は信じやすかったはずなのに、老いを迎える今の方が素直に信じられる。

少年のころ抱いた疑問は、今では他愛もないことのように思われる。たとえば安全な機会を見つけさえすれば、水を汲んだり、食料を集めたり、小用や大便をするために樹を降りることは可能だ。少年のころは恐怖に囚われて、思考の幅が限定されていたのだろうか。

考えてみると、樹上からは敵兵を見ることもできる。夜には樹上でこそ安心して眠ることができるのではないか。

語り部の老人がどのように詳細に語ろうとも、ぼくはそんなことができるはずがないと疑ったのだ。そこで寝起きをし、最後まで見つからずに、カメレオンのように身を隠せるはずはないのだと。

しかし、ぼくは今ではそれが可能であると思い始めている。いつごろからそう思い始めたのかは、よく分からない。でも、福木の樹などをじっと眺めていると、幹は完全に枝葉で覆い隠されている。その中に潜り込んだら全く見えないだろう。

人間には、意外と身近なところにこそ、大きな盲点があるに違いない。近いものこそ、見えないことがある。自明なことは疑うことさえ少ないのだ。

今、目前で隙間を見せない枝葉、あるいはざっくりと剪定され、遠くまで見渡せる視界のよさ、などを考えると、語り部の老人が語ったように、緑の葉を生い茂らす榕樹の樹でなら、姿を隠すのは充分可能かもしれないとますます思われてくる。

榕樹の樹は、大木になり、枝も太く大きく広がって縦横に幾何学模様を作る。そして、葉は密集して茂り、広く大きな陰を作る。気根も地面に突き刺さり根を太らせる。あるいは蔓のような細い気根を自らの幹に巻き付ける。榕樹の樹は、どことなく神秘的で威厳に満ちており、キジムナーが棲む樹だとも言われている。もっともなことだ。ここでなら、キジムナーのように身を隠せるかもしれない。

榕樹の樹は、幼いころのぼくたちにとっても格好の遊び場であった。樹に登り、樹の上で鬼ごっこをする者さえいた。ただし、それは昼間のことで、夜になると天空を遮る黒い大きなシルエットになる。枝葉がざわめくと、本当にキジムナーが騒いでいるように思われた。

キジムナーは樹の精だと言われているが、少年のころのぼくらには、死者たちの霊魂のようにも思われた。風が枝葉を震わすのではなく、キジムナーが枝葉を震わすのだ。あるいは死者たちの霊魂が震わすのだ。そんなふうに思っていた。

「大城さ〜ん」

「うん？」

「手伝いましょう、どうせ暇ですから」

またしても、岸本さんだ。今度は長い脚立を肩に担いでいる。

「そうですか……、それでは、お願いします」

ぼくは、もう断るわけにはいかなかった。先ほどの反省も生かさねばならなかった。

岸本さんは、笑顔を見せて、すぐに傍らのもう一本の木の元に歩み寄って脚立を立てた。手には剪定鋏さえ持っている。脚立を貸すだけでなく本当に手伝う積もりで来たのだ。ぼくは思わず笑みを漏らしてしまった。

岸本さんは、脚立を広げると、ぼくに言った。

「この樹は、黒木ですよね、昔はこの樹で三線《サンシン》を作ったそうですが、いや、昔だけでなく、今でも三線の材料になっているようですよ……」

「あっ、そうですか。そう言えば、そんなことを聞いたことがありますよ」

「そうでしょう。聞いたことがあるはずですよ。黒木だとね、いい音が出るんだそうですよ」

「岸本さんは、三線をなさるのですか？」

「いや、三線はしない」

「そうですか……」

ぼくは、なんだか、こんな他愛もない会話に心が弾んでしまった。

岸本さんにお礼を言うために、脚立を降りた。そして思わず余計なことをつぶやいていた。

「黒木の中には、音楽のシイー（精）でも、入っているんですかね」

「ええっ？」

岸本さんがぼくを見る。

「いえ、なんでもありません。ちよっと、別なことを考えていたものですから」

「別なこと？」

ぼくは、ちょっと困ってしまった。キジムナーのことが頭にあったので、つい冗談を言ってしまったのだ。

突然、樹の精の話をすると、本当に岸本さんは面食らうかもしれない。せっかく親切に手伝ってやろうと脚立まで担いできた岸本さんに申し訳なかった。

しかし、岸本さんは本当に暇なんだろうか。なんでも聞いてやるぞ、という顔つきで、ぼくの傍らに立っている。

岸本さんは、ぼくより十歳以上も年上だ。あるいは、もう少し上かもしれない。四、五年前に市役所の職員を定年で辞め、辞めると同時にぼくの家の傍らの空き地に、二階建ての新居を建築して移り住んで来たのだ。ご夫婦は一階に、二階には長男夫婦と二人の孫が住んでいる。今流行の二世帯住宅で、岸本さんご夫婦は、とても話し好きだ。庭に出ているぼくの姿を見ると、奥さんも時々声をかけ、お茶だけでなく天ぷらまでご馳走になることもある。

ぼくはどちらかというと、二階に住んでいる息子さんと話がしたい。消防署に勤め、野球が大好きだという息子さんと、たまにはビールを飲みながら、ジャイアンツの話でもと思うのだが、なかなかそういう機会はない。どうやらぼくは息子の世代ではなくて、岸本さんの世代に近いようだ。

岸本さんは、髪は短く刈って精悍な顔つきをしているが、お腹は寄る年波には勝てず、ぷくっと大きく膨れている。ぼくのお腹も膨れ始めている。やはり、息子より、父親の世代に近いのだ。

ぼくは、岸本さんの姿を見ながら、岸本さんの問いに苦し紛れの返事をする。

「いえねえ、子どものころ、いろいろと樹に登って、ターザンごっこなどをして、遊んだなと思って……。そんなことを思い出したものだから」

岸本さんは、ぼくの言葉を疑うことなく、うなずきながら聞いた。

「そうだったなあ。私たちも、樹の上に小屋を造って遊んだもんですよ」

やはり、ぼくと同じ世代だ。ぼくは、もうためらわずに答える。

「そうでしたよね、ぼくたちもそうでした。なんだか脚立に登ると、つい見晴らしがいいんで、昔のことを思いだしたんです」

「そうですよね。懐かしいなあ、ターザンごっこですか」

岸本さんはそう言うと、広げた脚立に足をかけて登り始めた。

「気をつけてくださいよ。怪我をしないように」

ぼくが、そんなふうに声をかけても、なんだか上の空で、一気に脚立に足をかけて登りきった。

そして、すぐに剪定鋏を使い始めた。

ぼくの方は、なんだか岸本さんのことが気になって作業が進まない。同時に少年のころの記憶が、ざわめく枝葉のように次々と音立てて立ち上がってくる。

たとえ脚立の高さ分であれ、地上を離れて視界が広がると、なんだか夢さえ広がるような気がする。少年のころは樹の上に小屋を造っただけでなく、枝先に縄をくくりつけ、ブランコを作ったり、ハンモックを吊り下げて遊んだりもした。樹にまつわる思い出が、いろいろとあふれてきた。

「私は、空を飛んだことがあるんですよ」

「えーっ？」

岸本さんが、剪定鋏を動かしながら、ぼくの方を向いて声をかけてきた。ぼくは驚いて岸本さんを見た。岸本さんも、まだ想い出の中を飛び回っているのだろうか。

岸本さんは笑顔で話し続けた。

「樹から、飛んでみたいという衝動を抑えきれなくなってね」

ぼくは、声を張り上げて尋ねた。

「で、飛び降りたんですか」

「飛び降りたんじゃなくて、飛んだんだよ。でも、見事に失敗した」

ぼくは笑わずに、もう一度尋ねた。

「飛べると思ったんですか」

「なんだかよく分からんが、飛べるような気がしたのは確かだな」

なんだか、ぼくもよく分からないけれど、本当に飛んだのなら、岸本さんはすごいと思った。

樹の上には確かに広い空間がある。その空間に、自由を錯覚することだってあるかもしれない。あるいは空に近づきたいと思うことだってあるかもしれない。それは自然な衝動のような気がする。

「たしか、小学校の一年生に上がったばかりのころだったかね。友達と言い争ってね、意地を張ったんだよ。その時、足首をくじいてしまってね。えらい目にあったよ。でも私は、後悔なんかしなかったよ。空を飛ぼうとしたことをね。むしろ誇りに思っているんだ。孫たちにも言うんだよ。じいちゃんは、空を飛んだんだよって」

「すごいですよ。それって、本当にすごいですよ」

ぼくは、感極まって、次に続く言葉を失ってしまった。

ぼくは、やはり岸本さんの世代だ。息子の世代ではない。

人には、それぞれの人生があるのだ。こんな身近に住むようになった岸本さんにも、素晴らしい冒険があったのだ。

「樹に登るとね。今でもその時の気分が甦ってくるんですよ。それで、勝手にこちらの都合で、今日は声をかけたんです。なんだかね、樹は、天に向かって様々なものを吐き出しているような気がするんだ。夢とか、苦しみだとか……。一人の人間の声だけでなくて、地球全部の声をね」

岸本さんが哲学者になった。ぼくは、脚立から落ちないように足を踏ん張って岸本さんの方を見た。岸本さんは、短い髪を撫でながら照れている。

「いやあ、なんか偉そうなこと言っているなあ」

「いえ、どうぞ続けてください」

岸本さんは、剪定鋏を左手にぶら下げながら、照れ笑いを浮かべ頭を掻いた。

「なんか、こう、スカッとするんだよな。樹に登ると。だからこうして、一番大きな脚立を買ってきたんだ。あまり必要もないのに脚立なんか買って、と女房には馬鹿にされたんだがね、今日はよかったよ。使い道があって。人間も、脚立も同じなんだ。使い道があると嬉しいよ。樹と同じなんだよな」

ぼくは、なんだか岸本さんが好きになりそうだった。

岸本さんは、その後も、本当に楽しそうに剪定鋏を動かし続けた。人間も脚立も同じ。樹も同じ。ぼくは、本当に岸本さんが言うとおりかもしれないと思った。

樹は人間の魂を天に導いているのかもしれない。樹の揺れは、そのためにあるのだ。同時に、樹は人間の魂を宿しているのかもしれない。その魂は、きっと遠くの天空に向かって声をあげているに違いない。どんな声をあげているのだろうか。ぼくも哲学者になった気分だった。

「ときどき、こうして一緒に剪定をしましょうか」

ぼくの呼びかけに岸本さんは返事をしない。あるいは聞こえないのかもしれない。それでもぼくは満足だった。

岸本さんは、脚立の一番高い所に腰を下ろしてじっと樹を見つめている。あるいは、木々の梢から大きく広がる青空を見上げているのかもしれない。空を飛んだことを思い出しているのかもしれない。

ぼくも、もう一度顔を上げ、足を踏ん張って背伸びをした。なんだか空を飛べるような気がした。目の前には空中の楽園が、海のように広がっていた。

〈了〉

石焼き芋売りの声

1

「石や〜き芋、焼き芋〜。美味《おい》しい焼き芋〜」

恵介《けいすけ》は、孫の健太と一緒に石焼き芋売りの声を聞いている。健太は石焼き芋売りの声が大好きだ。声がすると、ベランダに出る。恵介の家は二階建てになっていて道路に面して垂直線状に二階の北川にベランダがある。ここからは正面に海が見えたが、今は面前に住宅が建って、ちょうど目隠しになっている。背伸びをしても、端っこに寄っても、海は見えない。

「じいじ、だっこ」

健太がだっこをせがむ。

石焼き芋売りの声は、北側の道路をゆっくりと登ってくる。軽トラックに備え付けたスピーカーから流れてくる声だ。歌うような男の低い声で、なんとも牧歌的だ。声が先で軽トラックは目隠しになった目前の住宅に隠れていて、突然目の前に現れる。そして恵介の家の前に停まる。

健太はあと三か月ほどで三歳になる。人見知りの激しい子で、一度、だっこしたままで石焼き芋を買いに行ったら、運転席から降りてきたおじさんの顔を見て、突然大声で泣き出した。恵介も戸惑ったがおじさんも戸惑った。それ以来、石焼き芋の買い手は女房の役目になり、恵介と健太はベランダからその様子を眺めている。

健太は恵介の二番目の娘の長男だ。恵介には初孫にあたる。それだけに可愛《かわい》くてしようがない。恵介は晩婚だったが、子どもを授かるのも遅かった。三十歳を過ぎて二人の子を授かった。

「お父たん、お父たん」

初めて授かった上の娘が、風呂場のドアの前で恵介が出てくるのを待って言葉を発したときは、泣きたいほどに嬉しかった。上の娘は高等学校を卒業すると専門学校を出て介護士の資格を取得し、県外へ出て横浜の市立病院へ就職した。下の娘は県内のＫ島に住む若者に嫁いだ。

健太の出産に娘は里帰りをして本島の病院で母親になった。二人目も里帰り出産で、女の子を授かった。

二人目の出産もあって、娘は夫とどのような相談をしたのか分からないが、夫が一年間の研修制度を利用して県庁へ出向した。夫はＫ島の町役場に勤めている。手のかかる幼い子どもの世話を、ばあばと恵介に手伝ってもらいたいとの意図があったのだとも思われるが、恵介にもばあばにも願ってもないことだった。娘の嫁ぎ先の実家には申し訳ないという思いも抱いたが、娘家族は、今は恵介の家から車で五分ほどの近くのアパートに部屋を借りて住んでいる。

恵介は、定年退職した時間を孫と遊ぶ嬉しい時間に充てることができる。遠慮もあって、娘にお願いして月水金の午前中を健太を迎えて我が家に連れてきて、庭や室内で一緒に遊び、昼食時にはまた帰している。時には近くの公園に行く。それが日課だ。

わがままをさせすぎては駄目ですよと、娘やばあばからは叱られることもあるが、多くは馬耳東風で聞かん振りをして好きなように遊ばせている。ばあばは、入浴の時間の夕方には毎日のように娘のアパートへ出掛けている。

健太が二歳を過ぎたころから、「あいうえお」と言えるようになった。続いて言葉を覚えだし、今では、言葉をつないで一文になる。それが可愛くてしょうがない。

「じいじ、そろそろお外に行こうか」

恵介の言葉を真似たのだと思うが、そろそろには驚いてしまう。

「じいじ、クーラー、やっぱし、くるくる回っているよ」

「くるくる回っているのは、スイッチをいれたからかなあ」

「オスプレイは普天間飛行場に行ったのかなあ」

健太は恵介の声音や口癖を覚えて得意顔でそらんじる。恵介も得意顔になる。孫は天才だと、それこそ天に向かってつぶやいている。恵介は孫を抱きながら、二人の娘を授かったころを思い出して泣きそうになる。歳を取ると涙腺が緩む。親族などの結婚式に招かれると実際娘たちが嫁ぐ日々のことを想像して涙を流した。娘たちはまだ十歳にもなっていなかったのにだ。子や孫たちのことになると、つい感傷的になる。

孫の健太は、石焼き芋が好きなわけではない。石焼き芋売りの声が好きなんだ。石焼き芋を食べようとはしない。押し付けても食べない。下の子は、母親が押しつぶして指先に付けた石焼き芋を美味しそうに食べる。健太は頑固だ。

健太が好きなのはトミカと呼ばれるミニチュアの自動車とオスプレイだ。トミカは精巧にできていて「日産」や「トヨタ」などのマークが付いていて様々な車種がある。健太は小さな手の平に三台ほどのトミカを握って得意になっている。

「じいじ、見て」

健太の口癖だ。両手に合計六個ほどのトミカが握られている。乗用車だけでなく、清掃車、救急車、消防車、スポーツカーなど、車であればなんでもお気に入りだ。ミニカのくせに窓やバックドアも開閉できる。健太は小さく歌を歌いながらくるくる回るタイヤを見つめる。歌も口ずさむ。

「乗り物集まれ、いろんな車、どんどん出てこい、働く車」

健太は今では三十種類以上のトミカを持っている。パパが教えたのだろうか。すれ違う車を見て自動車の会社名だけでなく車種も当てる。

恵介がすれ違う車のマークを見て健太に言う。

「健太、あれはトヨタだな」

健太が答える。

「トヨタ　ヴッツ」

「えっ」

「あれは、トヨタヴォクシー。マツダデミオ。ニッサンマーチ。ダイハツタント、スバルインプレッサ……」

恵介は、度肝を抜かれる。三歳をもうすぐ迎える子だ。娘の話だと、タブレットを見て覚えているという。やはり孫は天才だ。恵介には全く覚えられない。後生恐るべしだ。

石焼き芋のおじさんへ、ベランダから小さな声で挨拶する。

「こんにちは」

おじさんが振り仰いで手を挙げる。すると健太は逃げるように恵介の後ろに隠れて、だっこをせがむ。恵介は石焼き芋売りの声を聞いて、そろそろアパートに帰る昼食の時間だと目途をつける。

2

「石や〜き芋、焼き芋〜。美味しい焼き芋〜」

留美子の住むアパートには、毎週日曜日、石焼き芋売りの声と彼氏がやって来る。時間は正確だ。石焼き芋売りの声は午後一時、軽トラックのスピーカーから流れてくる。彼氏は、午後二時、きっかりにやって来る。彼氏にはドアの鍵を持たせてあるからノックはしない。

石焼き芋売りの声と彼氏がやって来る前の正午には、遠くの公民館からチャイムの音が流れてくる。この音は風の向きによって聞こえるときと聞こえないときがある。石焼き芋売りの声と彼氏は、風の向きには関係なくやって来る。ただし、石焼き芋売りの声は雨の日にはやって来ない。彼氏は雨の日にも晴れた日にも規則正しくやって来る。

留美子が新築されたアパートに引っ越したのは半年ほど前だ。引っ越してからの半年間、石焼き芋売りの声を聞き続けている。

留美子は沖縄本島に近い慶良間諸島の一つT島で生まれた。T島には高校はない。進学のために那覇にやって来て、那覇の高校を卒業後は名古屋の大学の薬学部で学び、再び沖縄本島に戻ってきて、宜野湾市内の総合病院で働いている。

両親は、二人ともT島で生まれT島で亡くなった。両親には早く島に戻ってきて薬局でも開いたらどうか、と言われていたのだが、踏ん切りがつかなかった。

踏ん切りがつかないままに、卒業後に就職した総合病院の薬局に勤めて、もう十年ほどになる。両親は、留美子が総合病院に勤めた二年後に相次いで亡くなった。

留美子は三人兄妹だ。兄は那覇の高校を卒業後、島に戻り漁師をやっていたが旅館業に身を転じた。しかし、今でもサバニに乗って漁に出ることも続けている。姉は高校卒業後に東京で就職し、東京で知り合った福岡の男性と結婚し、今は福岡に住んでいる。三つ違いの姉だが、留美子の大学時代の学費の工面など随分とお世話になった。いずれの日にか恩返しをしなければいけないと思っているが、思っているだけでなかなか実行はできない。

留美子は、明るい姉と違って他人とつきあうことが苦手だ。薬剤師の仕事を選んだのも、このことが大きな理由の一つだったように思う。もう一つの理由は、島に薬局がないということであったが、その気持ちは今では薄れている。島に戻ると面倒な人づき合いや親戚づきあいが始まるかと思うと、なかなか重い腰は上げられなかった。また都会での生活は何かと便利で魅力的だった。今では両親のいない島に戻る理由も失っていた。

日曜日、午後二時の彼氏は、高校時代の同級生だ。留美子は名古屋の大学へ行き、薬剤師になったが、彼氏は地元の大学に進み、高校の教員になった。彼氏とは久しぶりに開催された高校の同窓会で再会した。いや同窓会は何度か開催されていたようだが、留美子が参加しなかっただけだ。留美子には初めての同窓会への参加だった。よくあるパターンで、それから彼氏に食事に誘われるようになった。

高校時代はそれほど親しいわけでもなかったが、同じ美術部に属していた。留美子にとっては数少ない友人の一人だった。彼氏は美術部顧問の教師にもよく誉められていたが、自らの特技を生かして美術の教員になったのだ。

留美子は絵が得意なわけではなかった。どちらか一つの部には属するようにとの学校の方針もあって、部員の少ない美術部を選んだのだ。

再会した彼氏は高校時代のころの話しを盛んにしたが、留美子には記憶の薄いことが多かった。留美子が三十代半ばを過ぎてもまだ独身でいることに同情でもしたのだろうか。彼氏は留美子を抱いた。留美子は拒まなかった。

留美子はつきあっていた男と別れたばかりだった。フラれたと言った方が正確だろう。同じ病院の薬局に勤めていた。男は結婚しようとも言ってくれなくて、留美子を三年間抱き続けた。そして故郷長崎へ帰って行った。

留美子は心機一転、アパートを変えた。病院からより遠い新築のアパートに移り住んだ。新しい生活では石焼き芋売りの声に出会い、新しい彼氏に抱かれた。

「甘いね」

彼氏が言う。

「甘い？」

留美子が尋ねる。

「えっ？　何？」

「昔は、これが主食だよね」

留美子が再び尋ねる。

「石焼き芋の話しだよ」

「なーんだ」

「なーんだって、何を考えていたの？」

「えーっと、どれくらい昔かなって」

「戦前」

彼氏の返事に、留美子は考えていたことを悟られないようにと話題を転換する。

「うちの父さんは、戦後も芋を作っていたよ」

「ええっ、そうだったの」

彼氏が笑顔を浮かべて芋を眺める。そして続ける。

「留美子のお父さんは農業をしていたの？」

「そう」

「島だから漁業をしていたのかな、と思った」

「……」

「昔はね、芋にスクガラス（小魚）や味噌を乗せて食べたらしいよ」

「私の故郷では、まだそうして食べているよ」

「そうか……。でも今は甘い芋も多いから芋だけでも食べられるよな」

「うん、そうだね。ここで石焼き芋を食べるようになってから、甘さを実感した。品種改良も進んでいるんだろうなあって」

「当時は貧しかったし、おかずも少なかったからね」

芋を挟んで会話ができる。

彼氏は、私が買ってきた石焼き芋を、私と一緒に食べ、コーヒーを飲んでくれる。

新しい彼氏のおかげで、また絵を描こうかなと思って、絵具セットを買い揃えた。幸いなことにアパートからの眺めはいい。新築されたアパートは宜野湾市の宇治泊にあり、十階建ての建物の四階に住んでいる。アパートからはコンベンションセンターや、ヨットハーバーのヨットのマストも見える。目の前の海もよく見える。

彼氏は時には絵画の手ほどきをしてくれる。とても優しい。しかし、今度もまた、彼氏からは結婚してくれとは言われそうにもない。彼氏はすでに結婚していて妻子がいるのだ。

3

徳じいは石焼き芋屋をやって十年が経過していた。名前は金城真徳《しんとく》だが、孫や子どもたちは徳じいと呼ぶ。亡くなった女房は、徳と呼んでいたから、それが由来になっているのかもしれない。

同業者は自宅を焼き芋屋に改造したり、公園などを拠点にして商売する人も多いが、徳じいは愛用の軽トラックに焼き釜を乗せて移動販売をしている。

愛用の軽トラックは「ヤス号」と名付けていた。この名前の由来は少し恥ずかしかったので、娘や孫たちには言わずに黙っていた。

ヤス号に焼き釜を乗せ、業者にお願いして屋根を造り、横からブリキの囲いをした。囲いはいずれも開閉式にしたが。特に後ろは、釜に薪をくべたり、芋を取り出したりするために広く開けてもらった。

焼き釜は、娘にインターネットで調べてもらい、中古を安くで購入した。いろいろな種類の焼き釜が販売されていることに驚いた。徳じいは、あえて昔ながらの薪をくべて石で焼く古い釜を使うことにした。年寄りには時間はたっぷりある。

薪は本島北部のヤンバルまで出かけて行き、直接村人から購入する。ヤンバルのハルおばあと哲明さんとの会話も楽しい。

二人は親子で山の中の一軒家に住んでいる。老いたハルおばあが、山の中の実家を離れられないので、定年退職をしたばかりの哲明さんが、街から移り住んできたようだ。徳じいはふた月に一回ほどの割合で釜を荷台から外してヤス号で薪を買い取りに行く。

芋は鹿児島から、「紅はるか」や「安納芋」を購入している。特に「紅はるか」は、じっくり焼くと蜜がにじみ出てきて甘くなる。お客さんにも好評だ。最初のころは、地元産の芋でも試してみたが、甘さでは負けてしまう。若い人たちは甘さを好む。

徳じいは、二〇二〇年の今年で八十歳になった。戦争の時は五歳だ。石焼き芋屋を続けられるのも、あと数年だろう。八十歳になったら辞めると娘たちには約束させられていたが、徳じいの希望であと数年は大目に見てもらっている。無理はしない。一週間のうちの二日間、水曜日と日曜日に限定されて新しい約束は成立した。それだから、体力もそれほど消耗するわけではない。娘たちが心配しているのは交通事故のことだ。高齢者の自動車事故が多く不安なのだ。

「焼き芋屋はゆっくり走るので、大丈夫だよ」

「それに、ヤス号だ。母さんと一緒だから大丈夫だよ。心配するな」

母さんのことを話すと、娘たちも、しぶしぶとだが許してくれた。ずるいと思うが、死んだ女房は生きていた時と同じぐらいに娘たちの心で生きている。娘たちは、当然母さんが大好きだった。もちろん徳じいも女房が大好きだった。

ヤス号は、今月は嘉数高台公園周辺の住宅街と宇治泊の県営団地周辺を回っている。嘉数高台公園周辺は水曜日、宇治泊の県営団地周辺は日曜日に周回する。宇治泊の県営団地周辺には、それを取り巻くようにアパートや高層ビルのマンションがここ数年で数か所に建築された。曜日ごとに場所を移動するが、ここ半年ほどは、この周辺を拠点にしている。

釜を乗せてヤス号を運転するのは焼き芋がよく売れるからではない。徳じいはヤス号をゆっくりと運転して変わりゆく景色を眺めるのが大好きだ。さらにこの十年間で、少しずつだが石焼き芋を買いに来る客との出会いが増えそれが楽しいのだ。言葉をそれほど交わすわけではないが、石焼き芋を買ってくれるだけで何だか嬉しい気分になる。嘉数高台公園の近くでは、ベランダから顔を出すじいじと孫の姿を見ることができる。宇治泊の新築アパートからは、いつも決まったようにやって来て、芋を買う若い女もいる。

「お父さん、お芋を二個下さい」

若い女は徳じいをお父さんと呼ぶ。父親でもないのに、女の育った故郷での習慣だろうか。初めはドキッとしたが、今ではお父さんになっている。

女は決まったように二個注文する。不思議な女だが元気な顔を見るのは嬉しい。なんだか自分の娘のような気がするから不思議だ。十階建てのアパートから出てくるようだが、何階に住んでいるのか、余計な詮索はしない、が、時々挨拶程度の会話はある。

石焼き芋を買うのに五分余りもおしゃべりをして帰る主婦もいる。亭主や子どもへの愚痴をこぼすのだが、徳じいは時々うなずいて、じっくり聞いてあげる。それで満足なんだ。二、三人の主婦が一緒に揃うと、井戸端会議ならぬ芋端会議になる。徳じいは、ここでもうなずくだけなのだが、時にはしびれを切らしてヤス号を走らせることもある。

徳じいは、今では芋でできる縁を楽しみにしている。全く素性の知らない者同士が、芋を挟んで会話を弾ませる。なんだか女房を亡くした寂しさから解き放されるような気がする。

ヤンバルで薪の購入先のハルおばあや哲明さんとの語らいも楽しい。芋が人をつないでくれているような気がする。多くはハルおばあが徳じいに話しかけ、哲明さんは黙って聞いてうなずいている。哲明さんは還暦を過ぎたばかりだというから、ハルおばあは徳じいと同じか、数年上の年齢だろう。戦争体験者だ。

「徳、この山はなあ、戦争中は避難民であふれていたよ」

お土産に持ってきた徳じいの石焼き芋を食べながら、ハルおばあは、時々、遠い記憶を引き出して話し出す。

「山の中にもチュラギン（きれいな着物）を着ているワラバー（子ども）たちがいっぱいいたよ」

「チュラギン着ているのはな、ヤンバルのワラバーたちだったよ。那覇から逃げてきた人たちはな、食料がなくなると、ヤンバルの人たちから食料を分けてもらうために物々交換をするわけよ。チュラギンと芋を交換するわけさ。イナグワラバー（女の子）のいない家はイキガワラバー（男の子）にチュラギンを着せていたよ。でも、ヤンバルの子どもたちにはチュラギンは似合わないよ。顔も手足もヒンガー（汚れている）だのになあ（笑う）」

「徳、しまいにはなあ、山の中はムル（全部）キジムナー」

「ムル、キジムナー？」

「イイ、キジムナーさ。キジムナーは樹の精だよ。ムル、キジムナーみたいに髪はぼさぼさ、チュラギンもよれよれになって、手足もヒンガー（汚れている）。この姿を見て、本物のキジムナーは、タマシ、ヌギタンハジヤア（驚いたはずだよ）」

ハルおばあの思い出話しを、哲明さんはいつも笑顔を浮かべてうなずきながら聞いている。話しを聞くのは徳じいも、とても楽しい。いつしかヤンバルに来ることの楽しみの一つになっている。

ハルおばあの話すこの山に連なる隣の山に、徳じいの家族も避難していたが、このことは秘密にして聞き役になっている。時が経てば話す機会もあるだろうが、その山があることも徳じいにヤンバルへ向かわせる理由の一つになっている。

4

孫の健太が生まれたのは二〇一七年の五月三十一日。令和の元年だ。普天間基地にオスプレイが配備されたのは二〇一二年十月六日。今年はオスプレイが配備されてから八年目になる。健太はオスプレイが配備されてから五年目の年に生まれたことになる。

恵介はオスプレイが配備される前年に県立高校を退職した。今年でちょうど七十歳になる。オスプレイの配備年を軸に孫の年齢や自分の年齢を数えるのもおかしなことだが、恵介はおかしなことに片意地になるところがある。

女房と三年間ほどの別居生活をしたのも、オスプレイが配置された翌年だった。別居の理由は恵介のわがままと、この片意地になる性格が大いに影響していた。退職した翌年、恵介は久しぶりに再会した大学時代の友人の女性とホテルのレストランで昼食をとった。恵介から誘ったものだ。

女性は結婚して長く大阪で暮らしていたが離婚をして沖縄に戻ってきているという。大学時代に一緒に「戦後文学を読む会」に属していた読書サークルの仲間だった。淡い恋心を抱いた一つ上の先輩だ。そのレストランで、女房がモアイ（模合い）仲間とやって来て鉢合わせになった。

家に帰って女房に問い詰められた。正直に答えた。好意を持っていたことも伝えた。もちろん、男女の関係はなかったが、問い詰められれば問い詰められるほどに片意地になっていた。もう戻れないような言葉をも発していた。女房は望まなかったが恵介は家を出た。

恵介の結婚生活は脆いものだった。あんなにも大切にし、感謝の思いを強く抱いて結婚し、三十年余も一緒に生活してきたのに、あっけなく崩壊した。男女が一つ屋根の下に住むことが結婚生活のすべてだとは思わないが、あっという間に別居生活に突入した。離婚届は出さなかった。

娘が初産で、K島から実家に戻ってくると言うことを聞いて、女房に家に戻ってくるようにとお願いされた。二人で孫の成長を見守りたいとの思いを告げられた。恵介も炊事や洗濯、掃除などあれこれと面倒くさくなっていて、その要望に応えた。一人住まいの自由さは一人住まいの不自由さにすぐに変わっていた。別居生活が友人や親族に知れ渡る前に、恵介は渋い顔を半ば無理に作って出戻った。じいじになる喜びが大きかった。

男女が別れて住むことも、一つ屋根で住むことも、こんな理由で行われるのかと苦笑が出たが、苦笑を噛み殺した。そのときに生まれた子が健太だ。健太が恵介夫婦の仲を取り持ったと言っていい。

「じいじ、オスプレイはお腹にタイヤがついているよ」

「じいじ、オスプレイはやっぱし普天間飛行場に戻ったのかな」

普天間飛行場は恵介が教えた。健太もすぐに覚えた。オスプレイは普天間飛行場に戻ったのではない。米軍の岩国基地から沖縄の普天間基地へやって来たのだ。

オスプレイの沖縄配備へ反対して県民の抗議集会が開催された。黄色いリボンや黄色い布で反対の意思表示をしようとの運動があり、恵介は屋根に黄色い旗を掲げた。恵介の家は嘉数高台公園から普天間基地への航空機の進入路の真下にある。しかし、黄色い旗は風雨にさらされて数か月後に白旗になった。見映えが悪く白旗は下ろした。

屋上に赤いペンキで「NO、OSPREY！」と書こうかと思ったが、これには決心が付かずに諦めた。

恵介の家の周辺は、かつて米軍向けの貸し住宅エリアで、恵介夫婦が購入した住宅もその一つだ。米軍人が多く住んでいた民間人地帯で、沖縄人の経営する住宅会社が管理運営をしていた。やがて政治的な状況の変化や米国と日本国との経済的な事情も遠因になって、徐々に借り手の米軍人が減っていくと沖縄人が借りたり購入したりするようになっていった。米軍人は、いわゆるハーニー（愛人）らを住まわせていたようだが、沖縄人がこのエリアに割り込んできたことになる。

恵介が住宅を購入したころには、すでに八割方、沖縄人が住んでいたが、朝夕などは二割の米軍人が目の前の道路をジョギングしている姿が目に入った。昼間にチャイムが鳴らされたので、ドアを開けると、いきなりジョギング姿の米軍人が立っていた。「ワーラー（水）、ワーラー」とランニング姿で水を所望されたので驚いた。女房一人だったら恐怖に怯えていたはずだ。

十数年後には宅地も購入できたので、思い切って二階建ての住宅を新築した。建て替えたのは下の娘がちょうど小学校の一年生へ入学する年だった。それ以来だから二十年余も住んでいることになる。

背後の嘉数高台公園の西側は整地されているが、東側は崖になっており鬱蒼と樹木が茂っている。

その樹木を背にするように恵介の家は建っている。

「じいじ、見て見て、トヨタカムリ、かっこいい」

「じいじ、見て見て」

じいじには、何が見えて、何が見えてないのだろうか。

この子の母親が小さいころ、二階のベランダにしゃがみ込んでいたことがあった。職場から帰ってきてベランダに通ずるガラスの遣り戸を開けると、小学生の娘がしゃがんでいたのだ。驚いた。わけを聞いてなお驚いた。

「玄関の鍵を忘れて、パイプを伝ってベランダによじ登った」

娘はそう言うのだ。

パイプは、屋上に溜まった雨水を流すために壁に取り付けられたものだ。

「ベランダのドアが開いていると思ったが開いていなかった」

二階のベランダに通じるドアはアルミドアで、外出の際も開け放しにすることも多かった。娘はそれを見ていたのだろう。ところがドアは開いていなかった。

あっけにとられている恵介の傍らを、娘は泣き言も言わず、しっかりした口調で答えると自分の部屋へ入っていった。

娘は登ってはみたものの、降りることはできなかったのだ。娘は三、四時間もベランダにしゃがんでいたことになる。この娘が健太の母親だ。

5

日曜日の留美子は、彼氏と一緒に石焼き芋を食べながら時を過ごす。もしくは、石焼き芋を食べながら絵を描き時を過ごす。彼氏がそばにいるだけで留美子は高校生に戻ったような華やかな気分になる。

石焼き芋屋のおじさんは、死んだ父さんに似ている。思い切って「父さん」と呼んで石焼き芋を買った。石焼き芋を買うのに名前なんか必要はない。自分の名前を名乗らなくても、石焼き芋屋のおじさんの名前を知らなくても、石焼き芋を買うことができる。考えてみると不思議な気もした。さらに考えると不思議でも何でもないようにも思えた。

ひょっとして、名前をつけると、名前さんになってしまうのかもしれない。名前を付けずに、おじさんの年齢を想像し、おじさんの家族を想像し、おじさんのふるさとを想像する。何年ぐらいこの商売をしているのかを想像することは案外楽しいものだった。

「お父さん、二個ください」

「はい、七万五千円」

おじさんは、お芋の値段を二桁上げて、笑いもせずに茶色い紙袋に入れて留美子に渡す。それ以外の言葉をかけられたことは記憶にない。

スピーカーの声は、やはりおじさんの声のような気がする。遠くにいる恋人にでも語りかけるような声だ。おじさんと呼ぶべきか、おじいさんと呼ぶべきか迷ったけれど、どちらかでなく、お父さんと呼ぶことにした。迷いは一気に解決された。

「石や〜き芋、焼き芋〜。美味しい焼き芋〜」

新しいお父さんの「七万五千円」の声もどこか温かい。

留美子の生まれたT島に、石焼き芋屋はなかった。島を出たのは高校に進学するためだったが、進学した街でも石焼き芋屋には気づかなかった。幼い留美子には、島は大きな世界だと思っていたが、石焼き芋屋がないほどに、ちっぽけな世界だったのだ。このことが島を出るとすぐに分かった。島の大人たちや両親は、島を離れて高校進学をする息子や娘を、盛大な激励会を開いて送り出す。十五歳になった子どもたちが、二度と島に戻って来ないことを、大人たちには知っているのだ。子どもたちは島の外の世界に憧れる。大人になって、留美子にもその意味が分かった。親子の生活は、わずか十五年間で終止符が打たれ、永遠の別れになる。

「ねえ、学校の部室に石膏の人体の模型があったの、覚えている?」

「余計なことは覚えてない」

留美子の問いに、彼氏はからかうように答える。留美子は不思議に思う。再会した初めのころはあんなに饒舌に高校時代のことを話してくれたのに今はそっけない。彼氏のそんな態度は高校時代も、そうだったように思う。美術室で面倒臭そうに絵具を準備し、絵を描いていた。

留美子もつい、からかうように言葉を継ぐ。

「余計なことって？」

「えっ、何？」

「人生に余計なことってあるのかしらと思って……」

留美子のつぶやきに、彼氏は笑みを捨てて窓の景色を眺める。

「私も余計なことかな？」

留美子は、ふと言ってはいけないことを言った気がしたが、もう言い直さなかった。彼氏はやはり黙っていた。

彼氏は曜日も時間も、予定どおりに正確にやって来るが、二人の仲は不安定な関係だ。今日は予定より早い時間に来た。石焼き芋屋は、まだやって来ない。コーヒーは予定どおり淹れてある。小さいテーブルの上にコーヒーカップが二つ並んでいる。これも予定どおりだ。彼氏のために買い揃えたペアのコーヒーカップだ。

「余計なことではないさ」

彼氏が傍らに座った留美子を見つめる。いきなり唇をふさがれる。ちょうど、その時、石焼き芋売りの声が聞こえた。

「石や〜き芋、焼き芋〜。美味しい焼き芋〜」

留美子は慌てて、彼氏の身体を押し離す。

「ちょっと待って。石焼き芋の声が」

彼氏は、ちょっと待ってなんかくれなかった。強引に留美子を抱き締めて組み敷いた。いつもより、早い時間だ。

彼氏の熱い吐息に留美子はやがて観念した。石焼き芋売りの声がアパートの前で留まって何度か繰り返される。彼氏は吐息を止めない。留美子を抱き続ける。石焼き芋屋が通り過ぎていく。

「石や〜き芋、焼き芋〜。美味しい焼き芋〜」

留美子は、やがて諦めて彼氏の背中に手を回す。

留美子は、自分は石焼き芋ではないと思う。七百五十円ではない。七万五千円でもない。かつて島で、鍬《くわ》を振るっていた父を思い、野菜を作っていた母を思う。小さく涙をにじませる。彼氏にとっては石焼き芋の蜜のような甘い涙なのだろうか。留美子は強く目を閉じる。テレビの音が聞こえる。アメリカ大統領選挙のニュースだ。暴徒と化した群衆が議会に突入したという。あり得ないことが起こるのだ。留美子はやがて彼氏の愛撫に身を委ねる。

6

徳じいが石焼き芋屋をやったのは、女房が亡くなってからだ。

徳じいは糸満市で生まれ糸満市で育った。糸満市は那覇から南に向けて国道331号線を下ると十二キロほどの距離にあり、車で約二十分ほどだ。女房の名前は安江。徳じいは安江と同じ歳で家隣りの幼馴染みだ。沖縄戦のときは二人とも五歳。二家族は一緒になってヤンバルに避難した。

両家族とも父親は若く、二人とも徴兵された。男親が不在になる前に二家族が相談して一緒にヤンバルへの避難を決めたのだ。実際の避難は男親が出征した後だったので、二家族の母親にとって、それこそ苦難の連続であったようだ。安江の家族は幼い妹をヤンバルの山の飢餓地獄の中で亡くした。徳じいの家族は姉と母親の三人が無事に生還した。

糸満に戻ると、徳じいの父親は生きて帰ってきたが、安江の父親は摩文仁で戦死したとの公報が届いた。安江は妹を失い父親を失うという二重の悲劇に襲われたのだ。

それでも安江と母親は、女二人で頑張った。徳じいの家族も精一杯の援助を惜しまなかった。隣り同士の二つの家屋は焼失していたが、戦後も同じ場所に二つの家を建て直した。

徳じいの両親だけでなく、当然、徳じいも安江を励ました。成人すると互いに結婚の相手として意識するようになり、恋心も芽生え、二人の新しい家族が誕生した。安江の母親はそれこそ涙をこぼして徳じいを抱き締め感謝の意を述べた。徳じいこそが感謝の意を述べたいと思った。

安江は、徳じいの予想以上に気が利く優しい女房だった。徳じいは高校を卒業すると軍雇用員として五年ほど働き、運転免許を取得してバスの運転手になった。その年に結婚した。

安江は、母親と共に糸満漁港で仕入れた魚を那覇市場で売りさばいていた。やがて市場の中に魚屋を開き、馴染みの客が付いた。

二人は結婚して那覇市郊外の真和志で土地を手に入れ新居を構えた。徳じいと安江は三人の娘も授かった。何の不安もなかった。幸せすぎるほどの人生であった。

ところが十年前の二〇一〇年、安江が膵臓癌で倒れ入退院を三度繰り返して亡くなった。徳じいも三人の娘も懸命に看病したが、安江は戻らなかった。

「徳……」

安江は、死の床で徳じいを呼んだ。床の中から手を伸ばし、徳じいの手を握った。

「徳……、有り難うだったね。感謝しているよ」

徳じいは涙を堪えて安江の手を握り返した。

「何を言うか。まだ早い。しっかり頑張らんと」

三人の娘も徳じいの背後から、安江を見守ってくれた。

長女の和江は安江と一緒に魚屋を営んでいる。

「徳、娘たちを頼むよ。お母が呼んでいるから、先ナライイ（先に逝くよ）」

「ヤス、頑張れ、孫もこれからいっぱいできるよ。良江も光江も結婚して新しい所帯を持っている。これからが楽しみじゃないか」

「有り難う、徳……」

徳じいの励ましに、安江がにっこりと微笑んだように思われた。

徳は、真徳に対する安江の幼いころからの呼び名だ。子どもができた一時期は、お父さんと呼ぶこともあったが、三人の子どもが成長するとまた、徳、と呼ぶようになった。

「徳……、焼き芋、美味しかったねえ」

「えっ？」

「ヤンバルでの焼き芋だよ」

徳じいが思い出してうなずく。三人の娘は何のことだか分からずに涙に濡れた顔を見合わせる。

「私はね徳、あの時、あんたのお嫁さんになるって決めたんだよ。分かっていたかねえ」

「うん、うん」

安江が娘たちを見回すように目を小さく動かしてつぶやく。

「徳、私はあんたと結婚して幸せだったよ……」

安江の身体の力が抜けていく。娘たちが、慌てて駆け出してナースセンターに行く。

これほどに幸せな言葉があろうか。徳じいは娘たちの気配を背中に感じながら、安江の頬に自分の頬を寄せて抱き締めた。徳じいは安江と結婚した自分こそが、もっともっと幸せだったと思った。

安江の法事は、慌ただしく過ぎていった。法事の段取りは三人の娘や婿たちに任せた。七七忌が終わって三人の娘は、臨終の際に安江が述べた焼き芋のことを聞きたがった。徳じいは詳細は語らなかったが、戦争中のヤンバルでの出来事だったと、あらましは次のように伝えた。話しながら徳じいにある決意が芽生えていた。

「ヤスの家族と俺たち家族の二家族は、戦争中一緒にヤンバルに逃げた。お父たちは出征していなかったから、お母に引っ張られてヤンバルに避難した。男は俺だけで五歳。二家族は手を携えてヤンバルでの三か月余の飢餓地獄を生きたんだ。いつもひもじくしていた」

「ある日、ヤスと俺と二人だけで、山を抜け出して里に下りた。畑に残った芋を見つけたんだ。その芋を二人で焼いて食べた。一個だったが二つに割って食べた。山に戻ってもお母たちには内緒にしようなあと誓い合ってな。二人だけの秘密にしたんだ」

「俺もひもじかったけれど、少しだけ大きいのをヤスにあげた」

三人の娘は涙をぬぐった。

「石焼き芋を、もっと食べさせてやれば良かった」

「ヤスが、大切な思い出にしていることに気づかなかった」

徳じいも涙をぬぐった。

それが石焼き芋屋を始めるきっかけになり、軽トラックのハンドルを握る縁になった。ちょうど長年勤めたバス会社を退職する年齢になっていた。

娘たちは当初、徳じいの提案に反対したが強引にはなれなかった。母親の言葉を聞いていたからだ。また、石焼き芋にまつわる徳じいの話を聞いていたからだ。しまいには娘だけでなく、三人の婿も孫たちも、徳じいの新しい門出を手伝ってくれた。インターネットで石焼き芋を開業する道具を買い揃え、地元の石焼き芋協同組合への加入の手続きなども含め、喜んで協力してくれた。ただし、だれもが高齢になった徳じいを気遣った。

徳じいは、安江と二人で手に入れた那覇市郊外の真和志の住宅に今は一人で住んでいる。しかし、住宅を焼き芋屋にするのではなく、軽トラックを運転して移動することが当初からの徳じいの希望だった。

安江が亡くなって一人になった徳じいを気遣って、三人の娘たちは相談したのだろう。三番目の娘の光江家族が引っ越してきて、一緒に住むことを提案してくれたが、しばらくは一人住まいでいいと感謝の意を伝えて断った。娘たちが余りにも事故や健康を心配するので、毎日ではなく、妥協案で週二回にした。

「私は、長年バスの運転手をしたんだ。心配するな」

徳じいはそう言って娘や婿たちを説得した。

徳じいは石焼き芋屋は自分に似合っていると思う。婿の協力を得てテープには自分の声を吹き込み、スピーカーで流せるような装置を取り付けてもらった。当初は真和志周辺や首里方面でヤス号を走らせたが、やがて宜野湾の嘉数周辺まで遠出をした。徳じいには、むしろそのほうが楽しかった。日曜日には、時々孫たちが一緒にヤス号に乗ってくれる。徳じいは幸せだと思う。芋が一つ売れる度に、ヤス号を撫で安江に感謝した。

7

恵介は石焼き芋売りの声を聞くと、故郷の魚売りの声を思い出す。恵介の故郷はヤンバルだ。

恵介は戦後生まれで団塊の世代だ。大学を卒業し、教師生活を続け、定年退職を迎えた。

恵介の父も教員だった。恵介の父は戦前に実兄に誘われてパラオに渡る。当初は農業技師であったが、途中で公学校の教師の職に就く。パラオに渡る前に、沖縄本島で教職に就いていた経験をかわれたものだ。

やがて戦争が始まり徴兵されてジャングルの野戦病院で終戦を迎える。戦後引き揚げてきて、再び故郷での教師生活をスタートさせるが、パラオで生まれた長兄をパラオで失っていた。それ以外にも、多くものを失っていた。特に故郷での六年余の歳月を失っていた。

家族の生活は貧しかった。父は荒れ地を開墾し畑を作ったが、母親もまた村人の声音を真似、声をあげ魚を売った。

「ユーコーミソーランガヤア（魚を買いませんか）。イマユウヤイビンドー（新鮮な魚ですよ）」

母は、盥や背籠に魚を入れて村々を周り、魚を売り歩いたと聞いている。魚だけではない。両親は朝早くから臼を回して豆を挽き、豆腐も売り歩いたはずだ。

父と母は同郷だった。背丈も同じほどであったが、二人で担いだ豆腐桶の棒を背の高い方が後ろを持つ指定席を父は絶対に譲らなかった、と伯母たちが笑って話していたことがある。

父は還暦を過ぎると病に冒された。右座骨骨腫瘍で入退院を繰り返した。やがて腫瘍は身体全体に転移した。三年間の闘病生活で背中や臀部の床ずれは痛々しく爛れたままで死んでいった。

戦後生まれの恵介は初めて体験する肉親の死に動揺を隠せなかった。今では、父の三十三回忌を済ませ、母の法事も間もなく二十五年忌を迎える。恵介は、父の死の年齢をすでに越えた。

　恵介たちの世代は全共闘世代とも呼ばれ、大学時代は政治の季節のまっただ中に叩き込まれた。「造反有理」を掲げ「学園民主化闘争」「日米安保体制粉砕」を叫んで全国的な学生の組織が作られ激しい反体制運動へと発展していった。やがて暴力的な抗争や組織間の内部抗争にも発展し、行き場を失うように自壊し疲弊していった。沖縄においても例外ではなく、さらに米軍基地撤去闘争や、反復帰闘争へと増幅していったが、やがて衰退していった。

　恵介もキャンパスで自らの行方を失い、最も親しい友を失った。大学で得た友人Kは死を選んだ。恵介はKの後を追うことだけを考えて日々を過ごした。決行日を決めて残余の歳月を数えたこともある。弱く愚かな自分を発見しただけで、社会を憎み自分を憎んだ。少なくとも体制に与することなく生きようと決意して大学を後にした。

　卒業後は体制を維持する公務員や会社の就職を諦め、日雇い労務になった。数か月も下水管や上水管の敷設のために道路の脇に溝を掘り続けた。さらに港湾の荷役労務や建築現場で働いた。家族は不安な顔を恵介に向けたが意に介さなかった。家族の不安を避けるようにやがて家を出て一人暮らしを始めた。

　半年ほど経ったころ、建築現場で釘を踏んだ。靴裏から突き刺して足の甲を貫いた。痛みが激しく、働くこともできずに松葉杖生活がひと月余も続いた。

そんな中、恵介を見つめる家族だけでなく、励ましてくれる友人や見守ってくれる友人たちがいた。そんな友人たちに随分と心配をかけ世話になった。その中の一人の女性との結婚を決意し、日雇いを辞め、教職に就くための勉強を始めた。

長く生き続ける日々に迷いもし、躊躇もしたが、やがて二人の娘を授かり、二人の孫を授かった。振り返れば奇跡のような危うい人生だったが、歳月はかけがえのない軌跡になった。だれにでもかけがえのない人生があるのだろう。

「石や〜き芋、焼き芋〜。美味しい焼き芋〜」

石焼き芋売りの声が聞こえる。恵介には亡き母の魚売りの声を想像させる。

孫の健太がベランダから「こんにちは」と小さな声を出した。石焼き芋のおじさんに向かっての声だ。嬉しい。

女房が石焼き芋を買いに階段を駆け下りて玄関を出る。健太が恵介に抱かれたままで石焼き芋のおじさんに手を振る。おじさんにではなく、ばあばあに向かって手を振っているのかもしれない。それでも恵介は健太を抱き締めた。

オスプレイが空を飛ぶ。恵介は、明日辺野古の新基地建設反対集会に座り込みに行くつもりで空を見上げた。

8

留美子は壁に掛けた時計を見る。午後三時だ。午後一時にやって来る石焼き芋売りの声は、もう通り過ぎた。午後二時にやって来る彼氏は三時を過ぎてもやって来ない。石焼き芋を好きになったという彼氏だが、私を嫌いになったのではないか。ふと留美子の心に不安が芽生えてくる。

留美子は不安を打ち消すように、一人で石焼き芋を食べる。一個はもしやと思い茶封筒に入れたままにする。

石焼き芋を買って食べるようになったのは彼氏がやって来るようになってからだ。彼氏のためでもあったことを思い出す。一人で部屋で石焼き芋を食べるのは初めてのような気がする。そんな馬鹿げた発見に少し苦笑を漏らし戸惑いながら石焼き芋の甘い蜜を舐める。

午後四時になっても彼氏はやって来ない。立ち上がって窓を開けて外の様子を窺う。やはり雨ではない。いつもと同じ外の風景だ。まだ彼氏を待ち続ける自分の未練を断ち切るように絵具を取り出し、一つ残った石焼き芋を袋から取り出してスケッチを始める。電話は留美子からはしない約束だ。彼氏からの電話をひたすら待つ。

キャンバスに細長い線を引いて石焼き芋の形をなぞる。皮が少し波打ってめくれている。黄金色の芋が覗いている。美しい。じっと見つめる。彼氏に食べられる芋でもいいかなと思う。

絵具を溶いて色を塗る。まだ彼氏はやって来ない。父がやって来た。記憶の中の父も母も悲しい。

三月二十八日、留美子の生まれたT島では沖縄県の慰霊の日の六月二十三日より三か月も早く、どの家でも香が焚かれる。香の匂いは風に乗って島中を駆け巡る。父さんも母さんも悲惨な集団自決を体験した島の生き残りだ。

T島は慶良間《けらま》諸島の一つである。慶良間諸島は、沖縄本島の那覇から約三〇キロ～五〇キロメートル離れた西方にある。渡嘉敷島、座間味島、阿嘉島、慶留間《げるま》島などの島々からなる。

T島の戦争について、父も母も多くを語ることはなかったが、渡嘉敷島の集団自決からの生存者であるY氏の手記を留美子は読んだことがある。手記には次のように記載されていた。

※

慶良間諸島は、沖縄戦における米軍最初の上陸地であった。皇民化教育の徹底と交通通信手段が貧弱で情報不足を余儀なくされた慶良間諸島の住民は、辛酸極まりない沖縄戦の中でも、最も悲劇的な戦争体験を余儀なくされた。

米軍の慶良間諸島攻撃部隊は第77歩兵師団で、艦船約80隻、上陸用舟艇22隻で編成され、空母と駆逐艦の護衛のもとに上陸作戦に臨んだ。その目的は沖縄本島総攻撃に備え、艦隊の投錨地を確保し、チイビシ（慶伊干瀬）の神山島を占領して沖縄本島上陸の援護砲撃をすることであった。

一九四五（昭和二十）年三月二十三日、猛烈な空襲が始まり、数百の艦艇で慶良間を攻撃した。午前十時ごろ最初のグラマンが飛来し、その後、次々と続いて民家を攻撃し、山野へ爆弾を投下した。二十四日からは西方海域から渡嘉敷への艦砲射撃も加わった。渡嘉敷の日本軍は二十六日に出撃を断念し、船艇を自軍で沈めている。米軍は三月二十六日阿嘉、慶留間、座間味を上陸占拠し、

三月二十七日渡嘉敷島の阿波連海浜と渡嘉志久海浜から同島へ上陸した、

パニック状態の字阿波連と字渡嘉敷の島民は、山裾の防空壕を離れ、防衛隊の誘導で、雨の降りしきる二十七日深夜、日本軍の潜むニシヤマ（北山）方面へ移動を始めた。翌二十八日、森林におおわれたニシヤマの川裾や平坦地に島民は集合した。ニシヤマへの移動は赤松嘉次隊長の命により、当時の駐在巡査と防衛隊員が指揮した。ニシヤマの雑木林で村長や島の有志が話し合いの後、村長の音頭で「天皇陛下万歳！」三唱の後、手榴弾による自決が始まり、処々で爆発が起こった。しかし、手榴弾は不発弾も少なくなかったようだ。そこで人々は、親が子を、兄が妹を、夫が妻や家族を、防衛隊員が島民を、親子兄弟家族、あらゆる手段で殺し合いを試み、やがて、そこは修羅場と化していく。我が集団では、三男兄が2個、長女婿が2個の手榴弾を持っており自決を試みたが、4発とも不発であった。そのようなとき、母の冷静な勇気ある誘導でその場を逃れ今を生きている。

沖縄戦当時の渡嘉敷村在住者は千人前後であったと推測される。その中で数百人の人々が、島の北方の雑木林ニシヤマに日本軍赤松嘉次隊長の命令により集結させられ、住民は「集団自決」（強制集団死）に追い込まれた。渡嘉敷島の集団自決の犠牲者は三三〇人。そのなかに親族の犠牲者も多数いる。一家全滅家庭七四世帯一九七人（字渡嘉敷に十六世帯、字阿波連五十八世帯）、字阿波連には家族十三人全滅の家庭もある。（以下略）

※

父と母は、戦後それぞれの家族の不幸を背負い結婚した。父は漁師を辞め、小さな畑を耕した。

母は父の耕した畑に芋を植え、野菜を育て自給自足の質素な生活を続けていた。二人はまるで幸せになることを拒むように生きていた。いや、村人の多くは留美子にはそのように映っていた。

留美子にはそんな両親や村人の生き方が理解できなかった。今でも理解できてないかもしれない。しかし、当時と比べ、今では父と母のことを思い出す度に、確実に悲しみに襲われる。母に愚痴った中学時代の留美子に、父は母を庇うように、母の傍らから次のように言った。

「留美子……、父さんにはな。当時芋一個と人間の命は同じように思えたよ」

「お父、芋でも充分だよ……」

母さんが父さんの言葉を言い継ぐ。

二人の答えは、的外れなように思えたが、的を射ていたのだ。

父さんと母さんは、渡嘉敷島と同じように集団自決のあったT島の戦後を二人で手を携えて、悲しみを分かちあいながらて生きてきたのだ。

留美子は涙で曇った目をティッシュでふき、再度、石焼き芋を見つめた。

9

徳じいは、ふた月に一度ほど、薪を買い付けにヤス号でヤンバル道を走る。この道は、戦争中、安江と手をつないで歩いた道だ。帰りはアメリカ軍のトラックだったが、所々に懐かしい記憶が甦る。

　安江と築いた家庭は誇りに思っている。戦場での飢餓の体験を得て生還した。戦後は痩せた体躯がいつまでも元に戻らず、周りの大人や悪友たちからは「カンダバーワラビ（芋の葉で育った子）」と笑われたが、一緒に頑張って生きてきた。結婚して三人の娘を得た。三人とも嫁いで新しい家庭を築いている。何の不安もない。幸せな人生だと思う。

　高速道路を経て名護を過ぎ、潮風を受けてヤンバルの海岸通りを四十分ほど走ると目的の村に着く。戦時中一つの芋を落ち葉で焼いた小さな村の隣りの村だ。背後の坂道をヤス号で登り切ると、ハルおばあと哲明の暮らす山中の一軒家に到着する。土産には石焼き芋が定番だ。

「あんたの石焼き芋は美味しいねえ。トゥジ（女房）への思いも入っているからなのかねえ」

　ハルおばあが徳じいを冷やかす。

「これだけ美味しいと、味噌もスクガラスも要らないねえ」

「うん、美味しい」

　無口な哲明までもが時には相づちを打つ。

　ハルおばあが芋を食べながら、縁側に座った徳じいに、ふと、思い出したように問いかける。

「徳……、あんたはこの山で、身体の不自由なニーセーたち（若者たち）が、村の人たちを助けてくれたという話を聞いたことがあるか？」

「身体が不自由なニーセーたち？」

「いい、耳が聞こえなかったり、目が見えなかったり、足が不自由で杖を突いたりしている人たちさ。今ふうに言えば身体障がい者というのかね」

ハルおばあの突然の問いかけに、徳じいは首を振る。徳じいの隠れた山は一つ外れの村の山だ。

ハルおばあは食べかけの芋を置いて、徳じいに話し出す。

「トォ、聞カサヤ（それでは話してあげようねえ）。おばあたちの命の恩人だからね。実はよ。この山にどこからか分からないけれど、このニーセーたちの集団が、五、六人、やって来たわけさ。互いに互いの不自由さを助け合って、このヤンバルまで来たと思う。どこから来たかは分からないさ」

「村の男たちは根こそぎ動員で、若者たちはもう村にはいなかった。老人と、女、子どもだけで山に隠れていたからね。ニーセーたちは、避難小屋を造ったり、食料を探しに行ったり、アメリカ兵がやって来るのを見張ってくれたりしてね。ここは危ないからもっと奥へ逃げようと言って、山道を誘導もしてくれたよ。戦争が終わったら、いつの間にかいなくなっていたけれど、どこへ行ったのかねえ」

「どこから来たかも分からない。どこへ行ったかも分からない。身体が不自由だったから、戦争に行けなかった人たちだったと思うけれど、不自由な身体をおして、村の人たちのために頑張ってくれたんだよ。あの人たちは自分の障がいとだけでなく、力を合わせて戦争とも戦っていたんだね」

「戦後、区長さんが、あの人たちを探して表彰状をあげようとしたけれど、結局は分からなかった。あの人たちは、だれからも誉められることもなく、認められることもなく、死んでいったかもしれないねえ」

「あの人たちのことを、キジムナー（樹の精）だったかもしれないねえって、真面目に話す村の人たちもいるよ。山の中でも、死なずに済んだのは、あの人たちのおかげかねえって」

「……」

「みんなで、芋、食べたよ。あの人たちが探してくれた芋だけどね、美味しかったよ。飢え死にしなかったのは、あの人たちのおかげだね」

「そうですか……、そんな話しがあったんですか……」

「いい、あったんだよ、山は広いからねえ。いろんな話しを隠しもっているさ」

徳じいも感心しながらうなずいた。この山に連なるもう一つの山で、安江の妹は死に、徳じいと安江は、一つの芋を焼いて食べたのだ。

徳じいは自分が焼いた石焼き芋を見つめ、安江のことを思い出しながら手に取って口に入れた。そして、石焼き芋屋を始めるに当たって、市の図書館で調べた石焼き芋にまつわるいくつかの話しを思い出した。ノートに書き写しながら必死に覚えたことだ。

焼き芋のルーツは、歴史的には、江戸時代後期までさかのぼるという。当時の焼き芋は、腰の高さほどもある壺の中に炭を入れ壺の内部の空気を熱して焼く中国伝来の壺焼き方式が一般的だったという。

その後、焼き芋屋は明治時代に全盛期を迎え、一九〇〇（明治三十三）年の東京府下では、釜戸焼きの焼き芋屋は一四〇〇軒、壺焼きでは五〇〇軒以上にも膨れ上がったという。

しかし、一九二三（大正十二）年の関東大震災で東京は壊滅的な被害を受け、東京の焼き芋屋も営業不能に陥る。さらに震災後は、「ハイカラ」な菓子パンやビスケット、カステラやキャラメル、チョコレートなどの洋菓子に押され、焼き芋屋は徐々に人気を失ってしまう。

釜で熱した石で焼く石焼き芋は、戦後一九五一（昭和二十六）年、三野輪万蔵《みのわまんぞう》という人物の考案によるものだという。石焼き芋は、壺焼き式に比べ、短時間で大量の調理が可能になる。三野輪万蔵はリヤカーで石焼き芋の引き売りを始め、浅草や深川などの下町を中心に石焼き芋は一気に広まっていく。

一九六〇年代の高度経済成長期に石焼き芋の引き売りは最盛期を迎える。しかし、大阪万博を過ぎた一九七〇年代に入ると、マクドナルドなどのファーストフードやコンビニエンスストアなどが普及し始め、石焼き芋の売り上げは激減してしまう。

今日では冬季にスーパーなどで販売され、ネットで石焼き芋の調理器具・道具も簡単に手に入る。最近では家庭用の「石焼き芋器」も市販されており、家庭でも手軽に石焼き芋が楽しめるようになってきている。屋台が減少した今はスーパーマーケットの軒先での路上販売やコンビニエンスストアなどで売られている。蓋付き鍋やダッチオーブンの底に石を敷いて加熱するだけの手軽さから、キャンプなどでも調理される。

小石でくるんで加熱すると、水分を損なうことなくゆっくりと加熱され甘みが増す。石焼き釜を使わず焼いたものは、単に「焼き芋」と呼ばれる。

今では、引き売りはリヤカーではなく多くは軽トラックが利用される。また沖縄では季節に限定されず年中石焼き芋が販売される。

およそ、図書館で調べた書物にはこのようなことが書いていた。徳じいの図書館通いを娘たちは冷やかしたが、しまいには徳じいの積み重ねた知識に驚いていた。

徳じいは雨の日以外はヤス号を運転して街中を回る。時には中部の街沖縄市へ出掛けることもある。徳じいは客と言葉を交わすことは嫌いではない。石焼き芋屋を始めてから少し変わったかもしれない。

「美味しいですよ、おじさんの芋」

そんな言葉を受けると幸せになる。石焼き芋を手渡す際に元気な声で答える。

「二個で七万五千円」

徳じいは二桁値段を多く言う。ぶっきらぼうの答えだが不器用な徳じいの精一杯の感謝と冗談だ。

時には馴染みの客のことが気になることもある。

孫を抱いた男は、ときどき徳じいに話しかける。

「二人の孫が、お芋を好きになりましたよ」

「お父さん、お芋を二つください」

アパートの前でヤス号を停めると、決まったように笑顔で芋を買いに来た女は、最近一つになった。早く二つに戻って欲しい。

徳じいは石焼き芋屋の商売をあと一年は続けるつもりだ。ヤス号と一緒に街を回るのが楽しい。

安江が応援してくれる。

「石や〜き芋、焼き芋〜。美味しい焼き芋〜」

10

恵介は久しぶりに辺野古へ行く。学生のころ、高揚する気分と抑えがたい不安に戸惑いながらも隊列を組み、ヘルメットを被った日々が甦る。どこか似ている感情が甦るが、どこか違う感情もある。

学生のころは学生同士で腕を組んだが、辺野古では老若男女を問わず知らない者同士が隊列を作り腕を組む。思いを同じくすると腕を組むことができるのだ、という当たり前の発見に今さらながら不思議な気がする。それだけではない。何だか、場所や時間を共有するとだれもがつながることができるような気もする。時間や場所だけでない。過去や未来を共有すると、人間はつながるのだ。

「私のお父は戦争で亡くなった」

「私は戦争で死ぬのは嫌だ」

「あんな辛い思いは、私の子や孫にはさせたくない」

「私のお父の骨は、まだ見つからないんだよ」

辺野古新基地建設反対の現地集会には、政党や労働組合の代表者だけでなく、また地域での活動家でもなく、名もなき人々がマイクを握り素朴な思いを吐露し意見を述べる。もちろん、老人だけでなく若者たちもいる。

「辺野古の埋め立てには反対です。海は命です」

「平和の島建設の県民の願いは、日本国家へことごとく受けいられませんでした。日米の国家は、今また、台湾有事を想定して、与那国、宮古、石垣島など、琉球列島を戦場にする戦争を計画しています。まさに私たち県民への挑戦だと思います」

「私は沖縄県を返上したいと思います。沖縄県の名前は琉球王国を解体した明治政府からの贈り物です。それこそ欺瞞に満ち、差別や偏見に満ちた頭ごなしの贈り物です。こんな贈り物は要りません。孫の靴下にも入れません」

恵介は、学生のころ、自死した友人Ｋの言葉を思い出した。

「ぼくたちは連帯できない。ぼくたちには輝かしい未来はない。沖縄で生まれたぼくたちは、自爆するか、逃亡するか、二つに一つの選択肢しかない」

恵介は今辺野古の新基地建設前で座って思う。自分も含めて、なぜあんなにも生き急いだのだろうかと。

上空を見上げる。青空だ。

「俺は嘉手納基地で働いたよ。ベトナム戦争の時は米兵の死体も洗ったよ。ベトナムから送られてきた死体はそれこそ血まみれ泥まみれで悲惨だった。その死体を洗って本国の家族へ送り返すんだ。戦争の悲惨さを隠すためだよ。今も、日米両政府は戦争を隠し続けているよ」

「私は基地従業員でした。そのことを恥じています。ハルサー（農業）を続けるべきでした。絶対に加害者にはなりたくない」

隣に座っていたおじさんが手を挙げてマイクの前に進み出て意見を述べた。

ヘリコプターが、上空を飛ぶ。おじさんの声が遮られる。

恵介の住む嘉数では、オスプレイが上空を飛ぶ。オスプレイは、健太と一緒にそろそろ卒業しなければいけない。

「じいじ、石焼き芋、そろそろ来るかな」

健太がベランダから、身を乗り出すようにして恵介を見る。

来た、来た、石焼き芋売りの声だ。

「石や〜き芋、焼き芋〜。美味しい焼き芋〜」

恵介は、健太を抱き上げながら石焼き芋売りの声を聞く。

「健太、石焼き芋のおじさん、頑張っているなあ」

「分かるよ」

健太が、生意気な口を利く。ばあばは買い物に出掛けている。恵介よりも先に健太が恵介に言う。

「じいじ、そろそろ、お外に行くか」

健太の「そろそろ」の言葉に嬉しくなって、恵介は急いで階段を降りていく。

お外とは、ひょっとして石焼き芋売りの軽トラックの所ではなく、裏庭の野菜畑のことかと気づく。それとも公園のことか。いや、やはり石焼き芋売りの所だ。健太は嫌がらないだろうか。そんな戸惑いも、なぜか嬉しかった。

〈了〉

父の置き土産

1

父のことが『信濃毎日新聞』(一九六八年)で報道されていることは全く知らなかった。

父は、今から四十四年前の一九七八(昭和五十三)年一月一日に亡くなった。「右座骨骨腫瘍」で一種の癌だった。癌は当時不治の病とされ、父も入退院を三度繰り返し、やがて癌細胞は至る所に転移し父の命を奪っていった。私たちは父がいまだ六十三歳と若かったがゆえに、だれもが無念の思いを禁じ得なかった。

父が入退院を繰り返している間の無聊を慰めるために、自らの過去を振り返った手記を執筆することを勧めた。父は私の勧めに、筆が握れなくなるその日まで病に耐えて執筆してくれた。

父の逝去後の三年忌に、父の残した手記を遺稿集として整理印刷し、来訪者に返礼の一つとして差し上げた。未完の手記であったが大いに喜ばれた。

私にとっても父の手記は、父の年齢を超えると一層鮮やかに私を記憶のふるさとへ導いてくれる。読む度に大きな発見がある。

今回発見した記事は、縮小されて手記の最後の頁に貼り付けられていたので、見落としてしまっていた。発見して驚いた。父は、沖縄戦で戦死した長野県出身の兵士の遺品を、長野県に住む遺族の元に届けたことが報道されていたのである。日付けは記されていなかったが、記事の見出しは、「戦死の状況、23年目に孫を失った松川町の山下さん―沖縄人の好意でわかる」と記されていた。本文を拡大して読むと次のように記載されていた。(以下全文)

終戦前、沖縄で戦死した孫の当時の様子を知りたい―と下伊那松川町片桐、農業森下よしゑさん(七七)は、知人の飯田市小伝馬町、無職清水義穂さん(七〇)を通じて、昨秋伊那谷を訪れた沖縄の一中学校長に頼んでいたが、このほど清水さんあてに「沖縄の新聞紙上で報道してもらったところ、当時同じ部隊でたった一人しか生き残らなかった人が見つかり、詳しい状況がわかりました。戦死地など写真と共に、できれば遺品や遺骨の一部も送りたい……」とたよりがあった。孫が戦死してから二十三年、思わぬ知らせに森下さん一家は清水さんや沖縄の人たちの行為に感謝している。

森下さんの孫信一郎さん=松川町上片桐農業三郎さんの長男=は、昭和十九年末、陸軍見習い士官として沖縄防衛にあたっていたが、アメリカの飛行機に襲われて戦死した。間もなく遺族には「玉砕した」との公報があったが、くわしい戦死の状況はわからなかった。子どももなく孫の信一郎さんをわが子のようにかわいがっていた元教員の祖父二郎さん=反戦教員で、同氏の日記「森下日記」は有名、昭和三十七年死亡＝は生前、孫はどのように死亡していったのだろうか——と気にかけていた。このことを、森下先生をしたい「森下日記を読む会」の世話人でもある清水さんは知っていた。たまたま昨年十月、飯田市立飯田東中学校へ本土派遣校長実務研修生として沖縄宜野座村宜野座中学校長大城貞賢氏が訪れ、神波東中学校長といっしょに「森下日記を読む会」の月例会に参加した。この席上清水さんは沖縄に関係のある信一郎さんのことを話し、森下先生の妻よしゑさんの手紙と信一郎さんの写真をそえて「戦死の状況がわかったら知らせてほしい」と依頼した。

こころよく引き受けて沖縄に帰った大城校長は、日刊紙沖縄タイムスの一月十六日付け紙面によしゑさんから寄せられた手紙と写真を掲載してもらって読者の協力を求めた。この結果、間もなく当時信一郎さんの部下だった那覇市大道、商業前田政一さん（四四）が「わたしが森下見習い士官の戦死の様子を知っている」と名のり出たという。

大城校長から清水さんあての手紙には「山三四八〇部隊千五百人中ただ一人の生存者前田さんによって森下さんの戦死状況がくわしくわかりました。前田さんの話しによると、戦死場所は島尻郡東風平《こちんだ》村友寄。昭和十九年十二月、森下さんは部下二人と自動車の避難壕を建築中、米機グラマンの砲撃にあい、部下二人は即死、森下さんは重傷を負い、防空壕の野戦病院で手当中に息をひきとったそうです。防空壕の跡には記念碑が建立され、白井前総務長官も参拝しています。遺骨は「萬魂之塔」に合祀《ごうし》されています。森下さんは腕時計に氏名を記入したのを持っていましたが、住所を記録していなかったので連絡できなかったそうです。森下さんが当時使用されていた腕時計は大事に保管されています。近日中に前田さんの案内で、壕内、戦死場所、萬魂之塔の写真をとってお届けします。遺族の方々が沖縄に来る機会がありましたら連絡ください。万一不可能でしたら、飯ごうと塔に納められている遺骨の一部でも送ることができたらと思います……」とあり、戦死場所の詳細な地図が同封してあった。

父は、「昭和四十二年度文部省派遣の第三回沖縄研究教員として一九六七年九月二十七日から十一月三十日までの二か月間、長野県飯田市立飯田東中学校で学校経営並びに教育一般についての研修に参加」していた。宜野座《ぎのざ》村立宜野座中学校長時代のことだ。私はその年に高校を卒業して親元を離れて那覇での浪人生活を送っていた。高校を卒業する際に自らの進路をも定めえず、大学受験をも断念した不甲斐ない日々を過ごしていたのだ。

帰省することも、たまにはあったのだろうが、父の二か月間の研修がどのようなものであったのか、もちろん当時の私には関心外のことであった。当時の私は受験浪人であったが、太宰治に耽溺し、また日本近代文学の大家の作品を読み、顔写真などを懸命に模写して部屋中に貼り付け睨み合っていたのだ。

父は、手記の中で自らを語るときには一段と抑制した文章で語っているので、これまで、あまり心に留めなかった最後の頁であった。森下よしゑさんのご主人森下二郎氏は、飯田市の著名な教育者であったようだ。「森下氏は反戦思想の持ち主で、戦時下においてもその思想は揺るぐことなく、昭和三十七年に逝去されるまでの五十年の間、尊虔な人柄は『伊那の聖者』と言われて、教育界はもちろん、多くの人々から思慕された」と紹介文がある。

父が「森下日記を読む会」に参加したことを誇らしく思うが、父は、このことの経緯について、次のように記している。

森下二郎さんの孫、森下信一郎さんは、陸軍見習士官として昭和十九年末に沖縄防衛にあたっていたが、玉砕したと公報があっただけで、詳しい戦死の状況はわからないと遺族は嘆いておられると聞かされた。奇しき縁である。祖父の森下先生は、生前孫はどのように戦死していったのだろうかと気にかけておられた様子を聞き、感激が倍加し、沖縄の人としてなんとか力になりたいと思って、帰沖後、沖縄タイムスに写真と所属部隊名等を掲載して読者の協力を求めた。

その結果、幸いに信一郎さんの部下であった那覇市大道に住む前田政一さん（与那城村出身）が、わたしが森下見習士官の戦死の様子を知っていると名乗り出たので、早速前田氏の住宅までお伺いし、詳細な情報と遺留品等を見せてもらいました。長野県のご遺族に知らせ、遺留品の飯盒等をお届けできました。研修中の奇しき縁で当時の信濃毎日新聞に報道されたのでその切り抜きを掲載する。

父が亡くなって四十四年、私はこの事実を、全く知らなかった。いや遺稿集は私が編集したので、この事実に触れたはずなのに、私の関心はそこへは向かわなかったと言うべきなのだろう。記憶の器からすっぽりと抜け落ちていた。父もまた誇るべきことなのに、このことを一度だって語ることはなかったのだから。

2

父の存命した年数を十年余も越える年齢に達した私には、二十代の当時と異なって、父のこの行為は大いに関心を抱かせる。父の人生を私のものにし、いまだ謎の多い生きることの意味を自らに問いかける一つのフィルターにはなるような気がする。いや、たとえ父とはいえ他者の人生を自分のものにすることなどできるはずはないが、一人の人間の生き方を学ぶ気概は、私にもまだ残っていることに驚いた。その驚きを嬉しく思い、心の動きに素直に従ってみようと思ったのだ。

まずこの事実が間違いないかを確かめることから始めねばならない。父の行為を疑うわけではないが、父の行為は、父の生存中の関連する情報としては皆無であったし、私の知っている父の存在とは容易に結びつかなかったからだ。

真偽を確認するには、沖縄タイムス社の一月十六日付けの新聞記事を確認すればいい。このことは容易に察しがついた。その日に尋ね人の広告を掲載したと信濃毎日新聞に記載されていたからだ。

一九四八年の一月十六日に目星を付けて、那覇市にある県立図書館を訪ねた。

沖縄県立図書館は、那覇市の寄宮から二〇一八（平成三十）年、現在地の那覇市泉崎に移転した。県立図書館の開館は一九一〇（明治四十三）年であったという。新設の図書館は那覇バスターミナルが含まれる複合ビル（カフーナ旭橋A街区）の三階から五階までのスペースが確保されている。ビルの一階は、那覇バスターミナルとなっており、二階はゆいレール旭橋駅と直結している。駐車場は建物の南側に螺旋状に蜂の巣を取り付けたように造られている。駐車場を七階までぐるぐると回って駐車スペースを探し自家用車を止めた。

県立図書館の蔵書数は二〇一八年四月一日現在、８７万８０２０冊。蔵書のうち３５万１９７２冊が郷土資料で、琉球・沖縄に関する郷土資料を保存している施設としては最大であると言われている。

私も何度か五階に設けられている郷土資料室を利用したことがあるので、すぐに目当ての新聞は探し当てることができた。逸《はや》る思いを抑えながら新聞棚から一九六八年一月の新聞を取り出し、一月十六日の頁を開いた。一枚ずつ頁をゆっくりとめくっていく。あった！　掲載記事を見つけたときは心躍らせた、第六面（総合地方版）にその記事は次のように掲載されていた。

どなたか息子の戦死状況を／長野県から母親が呼び掛け
「長男信一郎の戦死の情報を教えてほしい」と訴えている長野県の一老人がいる。訴えている人は、長野県上伊那郡上片桐村の森下三郎さん。

宜野座中学校長大城貞賢氏が、昨年九月から十一月まで、長野県飯田市、飯田東中学校で校長研修中、信州戦没者兵士の写真を遺族に送ったのが縁となり、このほど「信一郎の沖縄での様子は皆目わからず、二十余年を過ぎていますのでぜんぜんわからないとは思って諦めていますが、万一どんな消息なり、おわかりになりましたら、お知らせ下さい」という頼りと写真をおくってきた。

信一郎氏（当時二十四歳）は、昭和十九年五月松本第五十連隊より陸軍機甲整備学校へ入校、十一月卒業して見習い士官となって、昭和二十年二月末日、原隊におくれて来島、沖縄第三十二軍野戦兵器庫配属、六月二十日ごろ戦死している。

大城校長は、「森下さんの戦死のもようか、戦前のことについて、記憶のある方は、協力して下さい」と呼びかけている。

私はこの記事を拡大鏡で確かめながら読み心躍らせた。まず第一のハードルはクリアしたのだ。確かに、父はこの記事と関わっていたのだ。

しかし、記事中に記載されている「信州戦没者兵士の写真を遺族に送ったのが縁となり」については、よく理解できなかった。父の手記にも、信濃毎日新聞にもこのことの記載はなかったからだ。だれが、だれに送ったのだろう。このことの真偽が文脈からも分からなかった。これまでの情報と合致しないのだ。また確かめるすべもなかった。

私は途方にくれたが、同時にこの記事を読んで「森下見習士官の戦死の様子を知っている」と名乗り出たという信濃毎日新聞の記事を思い浮かべていた。那覇市大道に住む前田政一さんの消息を知りたいと思ったのだ。

前田さんは、森下信一郎さんの遺品を大切に保管していたのだ。父が訪ねた当時、44歳だったという。ご本人は亡くなられているかもしれないが、前田さんのご遺族を訪ね、当時の様子を窺うことができるかもしれない。あるいは父が訪ねたという前田さんの家を確認することができたら感慨もひとしおのことと思われた。また前田さんや森下士官の沖縄戦を知る機会になるようにも思われた。戦争を自明なことにしてはいけない。このことは何度も自戒としてきたことだ。私にとっても大きな体験になるだろう。そんな気がして再び心を躍らせた。

ところが、はたと困ってしまった。前田さんの情報は余りにも少な過ぎるのだ。「那覇市大道に住む商業前田政一さん、四十四歳、与那城村出身」、これだけが手掛かりの情報だ。さてどうのようにすれば前田政一さんまで辿り着けるのだろうか。私は途方に暮れてしまった。

3

前田政一さんを訪ね当てる方法を思案していると、やがていくつかの方法が浮かび上がってきた。確実な方法ではないが、藁にもすがる思いでまずこのことから始めた。

一つは、尋ね人の広告を掲載した沖縄タイムス社を通して、前田政一さんまで辿り着けないかと思ったのだ。新聞の広告には、森下信一郎さんの兵士姿が掲載されていたが、父への連絡先は書いていない。とすると、二人の中を取り持って仲介に入った記者がいるはずだ。連絡先は、当然沖縄タイムス社になるだろう。新聞を読んだ前田政一さんは新聞社へ電話をかけたはずだ。当時の電話帳を調べたら、前田政一さんの名前を探せるのではないか。消えかかった灯火に再び灯がともった。幸いにもタイムス社には友人や教え子たちが多い。その一人の顔が浮かんできた。

教え子のSくんに電話をして事情を説明し、協力をお願いした。Sくんは興味を示してくれた。私は、前田さんに辿り着けなくても、仲介をしてくれた「記者」へ辿り着き、様子を聞くことができたら嬉しい旨をも伝えた。Sくんは明るい声で次のように答えてくれた。

「50年近くも前のことですから、あまり期待はしないでください。でも、どのような方法があるか、考えながら頑張ってみます」

私はSくんの誠意を嬉しく思い、感謝の思いを伝えながら受話器を置いた。そして、電話の後に、資料として信濃毎日新聞の記事とタイムス社の記事をスキャンしてメールで添付ファイルにして送った。Sくんからは、再度協力を惜しまない旨の返信が届いた。あとはその結果を待つだけだ。

次の手掛かりは当時の古い電話帳だ。公立の図書館に行けば、それがあるかもしれない。このことに思い至ると、数週間前に沖縄文学に関連するシンポジウムの鼎談者に依頼されて登壇したU市立の図書館を思い出した。担当者のAさんに電話をした。

「事情は分かりましたが、電話帳は個人情報にもなりますので廃棄処分にしています。また復帰前の電話帳は置いていません」とのことだった。

誠実に対応をしてくれたが、困難なことを示唆された。同時に光明を与えてくれる次のような示唆も受けた。

「県立図書館には、あるいは古い電話帳が置かれてあるかもしれません。また当時発行されていたゼンリンの住宅地図が手掛かりになるかもしれません。それも県立の図書館では閲覧できると思います」

私は、Aさんへ感謝を述べた。これだけの情報があれば、次の行動に移ることができると思った。私の脳裏には、前田政一さんの消息を訪ねることと同時に、父の戦争体験のことが浮かんでいた。前田さんにどのような戦争体験があったのか、ということと連動した思いであった。父にも生死の瀬戸際を潜り抜けた南洋諸島パラオでの戦争体験があったのだ。

また、父が遺族から尋ね人の依頼を受けて対応した理由も明確に知りたかった。私の中でどちらが先に浮かんできた思いかは判然としないが、前田さんを探し当てたいという思いと表裏になって私の脳裏に渦巻いていた。新聞やテレビでは、連日ウクライナの状況が報道されている。このことも遠因になっていたかもしれない。

二〇二二年二月二十四日、ウクライナはロシアからの軍事侵攻を受けた。十か月後の十二月十二日現在、ロシアはなおも民間人に多くの死傷者を出す攻撃を行い、病院、学校、住宅などの市民の建物に被害を与え続けている。戦時国際法に違反する無差別攻撃だと批難され、その一部は戦争犯罪に当たる可能性があるとされている。

ロシアの軍事行動が始まると、最初の週の終わりまでに、ウクライナでは百万人以上の民間人が自宅を離れ、その多くがウクライナ国外に避難した。ロシアでは、戦争について報じた複数の独立系メディアのサイトへのアクセスを遮断し、大手独立系放送局が閉鎖されるなど、国家による検閲が厳しく行われているという。さらに戦闘が始まった最初の週には、ロシア全土における数千人の反戦デモ参加者が拘束されたという。

ロシアとウクライナの戦争には、様々な要因があるようだ。識者の見解などによれば、まず両国の歴史的背景を理解することが不可欠だという。歴史は中世にさかのぼる。東ヨーロッパ地域には「キエフ・ルーシ大公国」という大国家があったようだ。その中心として繁栄した都市が、現在のウクライナの首都キーウだ。

キーウで生まれた文化や宗教は東方へ拡大し、現在のロシアを形作っていく。つまり、キーウは現在ウクライナが所有する都市でありながら、ロシア発祥の地でもあるという。ウクライナは一九九一年のソ連崩壊によって独立したが、現在も人口の二割がロシア系だ。このことから、両国は「兄弟国」と呼ばれることがあるという。

ロシアのプーチン大統領は就任後、旧ソ連の勢力権を取り戻す「大国復活」を掲げて、これまで他の旧ソ連諸国に軍事介入を繰り返してきた。特にウクライナへの執着は顕著で、二〇一四年にウクライナ南部のクリミア半島を武力で併合し、二〇二一年七月に発表した自身の論文で「ロシア人とウクライナ人は同一の民族であり、一体不可分」と持論を展開しているという。

今回の戦争は、ウクライナがロシアを離れ、西欧側に近づき、ＥＵやＮＡＴＯへ加盟することを阻止し、ロシアの支配下に置くことを目論んだ軍事侵攻であったようだ。これまでも、ドンバス戦争と呼ばれ、ウクライナのドネツク州とルハンシク州、通称ドンバス地域で二〇一四年から続く「ロシア・ウクライナ戦争」が行われており、その一環となる武力衝突であるとも言われているようだ。

いずれにしろ、ロシアのウクライナ侵攻後、両軍の死傷者は約二十万人との見方をアメリカ軍トップが明らかにしている。二〇二二年の今日、核戦争への予兆を見せながら日々、多くの人々が死んでいく。老いも若きも、男性も女性も、健常者も病者も……。

戦争は人間を選ばない。すべてを破壊していく。自らの正義の名の下に……。私たちは今なおそんな時代に生きているのだ。

私には、改めて私たちの国が関わった戦争を検証する必要があるようにも思われたのだ。

4

父が召集されたパラオの戦争について、書物を紐解くと、マリアナ諸島からの戦いとして多くの戦史に次のような記載がある。

一九四四年二月にマーシャル諸島を攻略したアメリカ軍は、次はマリアナ諸島を目指すことになる。マリアナ諸島を攻略してここに戦略爆撃機B—29を配備すれば日本本土の大部分をB—29で爆撃することが可能になる。同時にフィリピン奪還のための支援基地としてもよい位置にある。アメリカ軍の最初のマリアナ諸島への攻撃は一九四四年二月の空襲である。

パラオは、マリアナ諸島の南方に位置する島々である。第一次世界大戦後、日本の委任統治領となり、日本は国際連盟を脱退（一九三三年）後も統治を続け、日本からの入植者も多かった。太平洋戦争開始後、パラオはソロモン、ニューギニア方面の後方兵站基地となり部隊や軍需品の中継基地として機能する。フィリピンの奪還に向けてニューギニア北岸を西進していた連合軍はフィリピンに近い位置に航空基地を確保するため、ペリリュー島とアンガウル島の攻略を開始する。

ペリリュー島はパラオ本島（バベルダオブ島）の南約50キロメートルに位置する島で、大規模な飛行場が設置されていた。アメリカ軍がペリリュー島の攻略を開始する。島の日本軍（陸軍海軍計）は約11000名であったが、守備軍は玉砕する。

アンガウル島はペリリュー島の南西約10キロメートルに位置し、アメリカ軍がアンガウル島の攻略を開始したときの島の日本軍は約1200名（陸軍海軍計）であった。アメリカ軍は一九四四年九月十七日に上陸を開始する。日本軍は反撃を試みるも成功せず次第に戦力を減耗していった。十月二十一日にアメリカ軍はアンガウル島での組織的戦闘の終了を宣言する。。終戦後の日本軍の生還者は約50名であった。

パラオ本島（バベルダオブ島）やヤップ島（パラオ本島の北）はアメリカ軍の上陸はなく爆撃されるのみであったようだ。島の日本軍は自活しながら終戦を迎えた。終戦後の日本軍の帰還者はパラオ本島から約２５０００名、ヤップ島から約５５００名であったという。

父は昭和八年に県立嘉手納農林学校を卒業し県立の農業試験場へ就職する。その後、青年学校で教師の資格を取得する。昭和十一年には金武尋常小学校で教師の職に就くが、その職を辞してのパラオ行きであった。

日本軍が真珠湾攻撃を行った運命の日には、父は南洋庁拓殖部農林課に勤務し、トラック諸島の一つ、水曜島にいたようだ。父の手記には次のように記されている。

昭和十六年十二月八日、その日の未明、日本帝国海軍はハワイの真珠湾を奇襲し、ついに日本は米英に対して宣戦を布告した。太平洋戦争の幕が切って落とされたのである。この運命の日、私は中島技師と水曜島に出張中であったので急いで帰庁した。支庁へ行くと開戦のニュース、大本営発表の戦果のニュースがラジオを通して流されていた。戦火は次第に拡大し、マニラ、シンガポールなど東南アジア等の大戦果のニュースばかりであった。新聞に「暴徒米英に対して宣戦布告帝国軍隊破竹の勢い」という大見出しを見て開戦の実感が湧いた。

当時一般国民にとって米英との戦争は時間の問題とされていた。開戦のショックというのはそれほどなかったようである。長期のシナ事変で戦略物資が欠乏し、国家総動員法によって物資が統制され、国民の耐乏生活が続いていた。石油資源豊富な南方に活路を求める日本の南進政策だと理解した。

戦況が次第に様相を変えつつあった昭和十七年八月十日「任南洋庁公立学校訓導給月俸五六円コロール公学校訓導ニ命ズ」の辞令を受けた。南洋庁地方課の属官で教員人事関係を担当しておられた沖縄県宮古島出身の高里景行氏が長兄の懇請によって実現したものだが、その前に再三嘱託で教育界に復帰するように要請を受けていたが辞退し続けていた。

開戦以来毎月八日を「大詔奉戴日」と決定、国民の志気を鼓舞するための行事が行われた。昭和十七年半ばごろからミッドウエイ海戦を始め、ガダルカナルに米軍が上陸してからは日本軍敗北の色が強くなり、敵潜水艦によって輸送船の撃沈を始め、空襲警報の発令、防空訓練や防空壕掘りも始まった。

危険な状態の中での転勤に不安であったが、万一の敵潜水艦攻撃に備えて幼い娘たち二人を連れて、トラックの波止場で海中に投げ出し水泳訓練をした。死に物狂いになってもがく子どもたちが少しでも自力で浮くことができたらとの親心であった。溺れる者、藁をも掴む心境であったでしょう。成長して中高校生になり、水泳の選手として活躍したのは、そのころの影響ではないかと思う。

サイパン島まで家族全員無事に到着、支庁職員の配慮によってパラオ島までは、家族分散して赴任することになり、二女と二人でパラオ島に無事到着したのは十二月二日であった。途中グァム島に上陸したが、既に日本軍の占領下で、島人は愛国行進曲等を歌って日本人化されつつあった。サイパンに残留した家族も翌年二月ごろ無事にパラオコロール島の官舎に着き、久しぶりに親子団欒の生活ができた。

※

南洋庁職員は任官されると判任官待遇であった。服装はいかめしく、帽子、肩章、帯剣で、判任官が洋服の袖に黒い条が一本、肩章は白、帽子もリボンが巻かれ、高等官（奏任官待遇以上）になると、黄色の肩章（金モール）と帽章であった。植民地における官吏の威厳を保持するためであったと思う。平常も前記の服装であったが、後に簡素化された。
コロール島の学校ではパラオ第一国民学校だけに御真影が奉安されていたので、四大節の拝賀式は大変であった。式場に総数を収容することができないので、学校ごとに時間を割り振りして行われた。パラオ第一国民学校長は朝から午後まで御真影開扉、読書奉読等でご苦労をなされたと思う。（中略）
（やがて）パラオコロール島の空襲によって、奉安殿や校舎も全焼し、地獄のような戦場と化した。（中略）

戦況も次第に険悪になり、学校の授業も落ち着いてできなかった。パラオ住民は大部分が飛行場建設のために動員され銃後の国民は防空訓練、防空壕掘り、さらに進んで竹槍訓練が行われ、国防婦人会はモンペに頭巾の姿で防火訓練、バケツリレー等が頻繁に行われた。

ある早朝、遥か上空から白い雲を引いた飛行機の編隊が見えた。友軍機が新設の飛行場に飛んで来ると皆、空を見上げて安心していた。ところが数秒して空襲警報が発令され、敵機襲来によって私たち家族は床下の防空壕に避難した。新装のマラカル飛行場が爆破され、多数の死傷者がでた。爆撃も次第に激しくなったので、パラオ本島のアイミリーキ部落に学校を疎開した。

※

島民の協力を得て椰子の樹や、檳榔樹の幹で骨組ができ、椰子の葉を編んでアバイ式に大きな教室ができ、机、腰掛けも運んで授業の準備が整い、疎開先での生活が始まった。(中略)私たち家族は、コロール島より移築したトタン葺き小屋に落ちついた。当分静かな島民部落で授業ができると思ったのも束の間で現地で召集を受けた。

徴兵検査の時丙種であったので、国民皆兵であっても最後になると思っていたが、突然の召集令状には驚いた。しかも第一回目であったと覚えている。身辺の整理を済ませて月夜の晩、島民のカヌーでマングローブ林の水道から出発したが、幼い子どもたちが、お父さん、お父さんと泣き叫ぶ声、元気で帰ってきてよ、との叫び声も次第に遠くなり、いつまでも耳朶深く残って感慨無量であった。

翌朝早く、学校の運動場に集合、点呼が行われ、それぞれの部隊に配属された。パラオ第二国民学校長の野田校長を始め、多数の教育関係者が召集されていた。私は二等兵、野田校長は一等兵で、他の教員は短期現役卒の伍長殿であった。ある日、野田校長と二人で飯上《めしあ》げに行った時、同僚であった伍長殿からビンタを張られた。理由は上官に対して欠礼したとのことだったので、改めて「上官殿に敬礼、頭右《かしら》！」の号令で難を逃れたが、あまりにも軍隊における階級意識に愕然とした。「昨日の友は今日の友」ではなかったのだ。三、四階級上官の伍長殿の偉大さをしみじみと感じた。

教育訓練を終えてアンガール島、ペリリュー島、パラオ本島へと配属になった。私の所属した部隊は通信隊で「照○○大隊」であった。パラオ本島朝日村ジャングルの中での軍隊生活が続けられた。

戦況は次第に悪化し、サイパン島の玉砕、ペリリュー飛行場の爆破、敵軍上陸、等で昼夜を分かたずの空襲警報発令で恐怖の連続であった。ペリリュー島に繋留していた敵艦めがけて、特別攻撃隊「人間魚雷」の戦況は、針小棒大に報道されたが、友軍機はほとんど飛ばなかった。人間魚雷攻撃の戦術は、主として泳ぎの達者な沖縄県出身者が選ばれ、小型爆弾を抱えて夜間泳いで敵艦に接近しスクリューの爆破にあたったが、暗夜の夜光虫（海中でピカピカ光る）は日本軍襲撃と察知され、途中で銃撃された戦友は多かった。（中略）

空飛ぶ飛行機は星のマークのついたグラマン機やロッキード機だけで、ついに最後まで日の丸マークの姿の飛行機は見られなかった。その間、無数に投下される爆弾、天にも届くほどの物凄い真っ黒な煙がもうもうと高く吹き上げるのが見えるだけ。大樹の幹にしがみつき、飛行機の反対側だけグルグル廻って避難したこと、爆弾の直撃を受け全滅するもの、爆風によって外傷はないが死ぬもの、さながら修羅場の如く、私は始めて戦死者を見たが大きなショックであった。

大東亜戦争勃発以来、日本国民は天皇陛下の為に尽くすことを本分とし、御国のために死すことを最大の名誉とし、死すことを恐れず一人でも敵を多く倒すことのみを教えられていた。また子どもたちまでこれを信じていたが、次第に戦況の不利に伴い手や足を失い苦しみもがきながら死んでいく戦友を見て怖くなってきた。彼らは決して「天皇陛下万歳」とは言わなかった。家族のだれかの名を呼んで、あるいは瞬時にして死んだ。

食べ物も次第に減り、栄養失調者が続出し過労のために私もついに野戦病院に入院した。米粒が浮かんでいるように見えるお粥の病人食は益々栄養失調が進行するようで、次々に隣に寝ていた戦友が死んでいった。ある時、食事毎に毛布を被り静かに寝ていた戦友が病死したが、だれも知らない。運んできた食事は隣の病人が平らげていた。

小学校に入学したばかりの娘たちが、小さな甘藷を二つ三つ、時には卵や魚を土産にして、八キロ以上も離れた避難小屋から母親に頼まれて野戦病院まで届けてくれた。途中爆音を避け、ジャングルの中をただ父親に会いたい一心から訪れる子どもたちの姿を見て、感涙にむせび、生きねばならないと思った。餓死状態の者には恥も外聞もない。隣に寝ている戦友が少しばかりとの懇願もあるが、馬耳東風で、小さな薩摩芋一個と腕時計との交換の申し出もあったが、それらを拒絶した心境は今日理解できないものであった。

ある時、せっかく母の真心こめた食料品が、途中憲兵の検査を受け、大部分を強奪され、泣きながら野戦病院まで来た子らの姿はいじらしいものであった。家族も、飲まず食わず、かろうじて生き残っていた子どもたちの見たものは何であっただろうか。（以下略）

父は終戦後、栄養失調で衰弱した身体を引きずりながら家族の疎開するアイミリーキ村へたどり着く。死線を突破して生き延びた喜びを分かち合って戦後の生活を出発する。

このパラオの地に、父の戦争があり、姉たちの戦争があった。この地で息子を失い、必死に二番目の息子を抱き締めた母の戦争があったのだ。

5

前田政一さんを探す方法をR大学に勤務している友人T氏に助言を請うた。T氏は民俗学を専門にしていて、これまでも多くの示唆を受けてきた。T氏は強い関心を示し、自らも探してみたいと協力を申し出てくれた。感謝してお礼を述べて依頼した。

T氏は早速、対応をしてくれて、逐次メールで報告もしてくれた。U市立図書館から助言を得たとおり、やはり、ゼンリンの住宅地図が手掛かりになるとのことだった。ところが大学当局には当時の古い住宅地図はなかった。そこで県外の大学の友人に調べて貰っているとのこと、また前田政一さんは、当時新聞の購読者が少なかったであろうと思われる中で新聞を目にしているので、かなりの知識人であったと思われること。このことから出身地である与那城村の村史や地域史が手掛かりの一つになるので調べてみたいとのことなどの報告があった。しかし、結果についてはいずれも不透明であった。

T氏の助言や報告からは、今回も多くの示唆を得た。そして、ふと、T氏の報告のみを待っている自分に気づいて赤面した。自らの足と目でこそ確かめなければならない。それが戦争を自明にしてはいけないことになるのだ。そこで、T氏から示唆された方法を自らが実行することにした。そんな簡単なことを失念していたのだ。

考えがまとまると、すぐに実行に移した。まず三箇所を訪ねることにした。大道公民館と県立図書館、そして那覇市役所だ。

大道公民館は、前田政一さんの所在や住宅を探すためである。前田さんは、当時那覇市大道に住み商業を営んでいた。この情報を手掛かりに、館長や出入りしている古老から新しい情報を得ることができると思ったのだ。公民館の所在地をグーグルマップで検索した。狭い路地に面した建物のようで近くの駐車場に自家用車を止めて徒歩で探した。意外と簡単に見つけることができた。

しかし建物は見つけることができたが、館長や出入りしている古老は見当たらず、二度ほど訪問したが、ラチがあかなかった。周辺を散策し、前田姓の表札を探したが、見つからなかった。自転車に乗った古老に出会ったので尋ねてみると、「知らない」と胡散臭そうに断られた。ゆったりとした足取りで市場へ買い物に行くのであろうおばあさんにも尋ねたが、知らないとのことだった。

公民館の近くには、栄町の市場があった。また周りは歓楽街で、通りの壁に「栄町社交飲食業組合社交通り」として案内図があった。目を凝らすと飲み屋やバーが林立しており、営業者や建物は次々と新旧交代しているように思われた。数週間前には、この場所に住む母親が娘夫婦に殺害されたというショッキングな事件もあり、長く滞在して詮索することは諦めた。

次に、再び県立図書館を訪ねた。今回はタイムス社の記事ではなく、古い電話帳とゼンリンの住宅地図を閲覧するためである。五階の郷土資料室で担当者に案内を請うと、すぐにその場所を示してくれた。小躍りしてまず電話帳を調べた。

電話帳は、一九六八年当時のものはなく。日本復帰後の一九七三年から五年間のものが最も古かった。アイウエオ順の氏名記載の電話帳であったが、前田政一さんの名前は、いずれの電話帳にもなかった。

ゼンリンの那覇市の住宅地図も調べてみた。最も古いものが一九七一年であった。大道区の地図を広げると、確かに氏名の記された住宅名が記されていた。心躍らせた。三人の前田さんが見つかったのだ。一つは前田商店、他の二つは姓名の記された前田さんの住宅で、隣り合った建物だ。

手掛かりになると思った。

逸《はや》る心を抑えながら、コピーを取り、三つめの手掛かりを求めて那覇市役所を訪ねた。一階ロビーにある総合案内所で、一九六八年当時の大道地域が記載された古い住宅地図を探しているが、どこを訪ねれば良いか、窓口を教えてもらいたいと申し出た。

案内所にはボランティアかと思われる初老の男性がいて、申し訳ないほどの丁寧な言葉で対応してくれた。しばらく腰掛けて待っていて欲しいと言われたので待っていると、若い男性が現れ、パソコンの前で検索を始めた。しばらくするとその男性が目の前にやって来た。

「市役所向かいのパレット久茂地四階にある『那覇市歴史博物館』にゼンリンの一九七一年版の住宅地図があります。また関連する古い資料などもあると思います」

これもまた丁寧に紹介されたが、お礼を述べて訪問することは辞退した。七一年版の住宅地図なら、既に県立図書館で閲覧しコピーしていたからだ。そして、何よりもコピー図にあった三箇所の前田さんを、すぐにでも訪ねたいという思いが強かったからだ。

コピーした地図を確認して再度大道区に戻り、駐車場に乗用車を止めると、足早に一つめの前田商店を訪ねた。前田商店は意外にも、大道公民館の近くにあった。紹介されていた新聞記事には前田政一さんは商業とされていたので、期待も大きかった。地図では首里からの坂を下って松川区に左折する那覇側のコーナーにその店はあった。K病院隣の表通りで目立つ場所だ。元の場所に病院もありすぐに探し当てることができた。

ところが、すぐにがっかりした。地図にあった前田商店は消えていた。同じ場所には四階建ての大きな建物が建っていた。長いこと放置され使用されていない建物だとすぐに分かった。入り口のシャッターは降りたままでさび付いていて、建物全体もやはりさび付き、周りにはこれもまた赤さびたチェーンが巡らされていた。期待が大きかっただけに落胆も大きかった。立ち去り難く、何度も周辺をうろうろと歩き回り、何か手掛かりになるものはないかと探し回ったが無駄だった。

気を取り直して二人目、三人目の前田さんの住宅を訪ねることにした。二人の前田さんは隣同士で、前田商店とは逆に首里から下ってくる大通りの右側にある。道路を横断して、地図を片手に探し回った。ところが、前田商店の場合とは違って、目当ての場所は当時と全く違う地形になっていた。アパートが乱立し、視界を遮る高層ビルのマンションが四、五棟ほど高く聳えていた。目印にと思っていた新垣菓子店も全く探せなかった。

地図を片手に表札などを確かめながら歩き回っていると、「何をしているのか」と、中年の男に怒気を含んだ声で問いかけられた。事情を説明すると、納得してくれたが、続けて次のようにも言われた。

「この辺りに前田姓の家はない」

笑みを浮かべて答えてくれたが、怒気は収まっていなかった。私は小さな笑みを作って退散した。振り返ると男は、私が表札を確かめ、覗いた家の玄関を開けて入っていった。私は苦笑した。自分の家を不審な男に嗅ぎ回れていたのだ。言葉がぶっきらぼうになるのは当然のことだった。

さらに、いくつかの枝道をも奥まで入ったが、やはり「前田」姓の個人住宅は探せなかった。日も暮れかかってきたので、私は前田政一さんの住居を探すことを断念した。

自宅に戻り、前田さんの居場所を探すために協力を依頼したS君とT氏の二人にメールで事情を伝え、前田政一さんを探すことは困難であることを伝えた。協力してくれたことに礼を述べ、探す行為を中断することを伝えた。彼らの負担を一日も早く軽減したかったからだ。

しかし、私自身は、また別のことを考えていた。前田さんを訪ねることはできなかったが、前田さんの足跡を訪ねることはできる。前田さんの沖縄戦や、森下信一郎さんの亡くなった場所を訪ねることはできる。その地を訪ね、森下さんを供養することはできるのだ。そして、今は見失ったが、手掛かりは、まだいくつかあるかもしれない。突然の天恵があるかもしれない。希望を持ち続けようと思った。

私は久しぶりに庭に出て夜空を仰ぎ見た。夏とはいえ夜気は冷たく、夜空もどんよりとしていて星一つ見えなかった。早々に部屋に戻ったが、この一連の作業は、父から私へ与えられた置き土産ではないかと思い始めていた。

6

前田さんの所在地を確かめることはできなかったが、父の置き土産を背負うことは続けようと思った。例えば森下信一郎さんの戦死場所を訪ねることはできるはずだ。そうすることが、偶然が重なってこの場所まで運んでくれた父の遺志のようにも思えた。

「信濃毎日新聞」の記事を、もう一度丁寧に読む。前田さんや山下さんの所属していた部隊が「山三四八〇部隊」ということが分かる。「戦死場所は島尻郡東風平村友寄。昭和十九年十二月、森下さんは部下二人と自動車の避難壕を建築中、米機グラマンの砲撃にあい、部下二人は即死、森下さんは重傷を負い、防空壕の野戦病院で手当中に息をひきとった」ことが分かる。さらに父の手記には「防空壕の跡には記念碑が建立され、白井前総務長官も参拝した」とある。手掛かりはあるのだ。

まず、沖縄戦における「山三四八〇部隊」のことからインターネット等を駆使して調べることにした。「山三四八〇部隊」とはどのような部隊であったのか。沖縄戦についても自明なこととせずに、その関わりを調べてみた。沖縄戦の記録や資料を調べると、概要は次のようになる。

開戦以来、進撃を続けていた日本軍は、昭和十七年六月にミッドウェー海戦での敗北を境に徐々に後退することとなり、南太平洋上の数々の島嶼にあった基地も奪われることになる。このため日本軍は、本土防衛の最後の拠点を沖縄とし、昭和十九年三月に南西諸島に沖縄防衛のため、第32軍を創設する。

一方米軍は、本土攻撃の拠点を硫黄島・沖縄島と定め、昭和十九年十月には沖縄攻略を正式に決定し「アイスバーグ作戦」と命名する。同年十月十日、まず沖縄本島に大規模な空襲を行なう。

昭和二十年三月十七日には硫黄島にあった日本軍守備隊が玉砕し、これにより米軍は、太平洋地区にあった全軍の戦力を沖縄攻略に向けて結集することになる。三月二十六日慶良間列島に上陸した米軍は、四月一日には、１５００隻近い艦船と延べ約54万人の兵員をもって沖縄本島に上陸を開始。ここから約三〜五か月に渡る沖縄戦が開始される。

沖縄での戦闘は六月二十三日未明に第32軍の牛島満司令官と長勇参謀長が自決したことにより、組織的戦闘は終結したとされているが、その後も本島や本島以外の各島でも局地的には引き続き戦闘が行なわれる。南西諸島守備軍代表が降伏文書に調印したのは、九月七日のことだった。

沖縄戦における守備軍（陸軍）は第32軍と呼ばれ、軍司令官は牛島満中将、参謀長官は長勇中将である。沖縄本島・周辺離島に配属されていたのは、第24師団（山部隊）、第62師団（石部隊）、独立混成第44師団（玉部隊）などである。さらに第9師団（武部隊）も満州から合流していたが、米軍の上陸前に台湾に移動する。

日本陸軍は「部隊」と呼ばれる大小様々な集団の集合体であった。この部隊の中でもっとも基本的な単位であったのが、「師団」「旅団」で、各師団はそれぞれ約1万5千人〜2万人、各旅団はそれぞれ数千人の人員によって構成されていたという。また1個歩兵連隊は１５００人前後であったようだ。

森下さんや前田さんが所属していた「山三四八〇部隊」は、沖縄本島に配属されていた第24師団の配下の一つで「野砲兵第42連隊」と呼ばれ連隊長は西澤勇雄大佐とある。森下さんの戦死場所は「島尻郡東風平村友寄」とあるので、連隊は最も過激な地上戦が行われた南部の地に配属されていたことになる。

当初、第32軍は3個師団と1旅団からなっており、その総力をあげて米軍を水際で迎え撃つ予定だった。しかし、大本営は昭和十九年十二月下旬、第32軍から沖縄防衛の中心的戦力である第9師団を台湾に転出させてしまう。これは大本営陸軍部が、フィリピンに次ぐ米軍の次の目標は、沖縄ではなく台湾と読んでいたからだという。そのため第32軍の中心兵力は、当初の3個師団から2個師団になってしまった。

その穴埋めに沖縄県民を防衛召集し、さらには義勇兵という名目で根こそぎ動員をかけたのだ。作戦を考案したのは高級参謀の八原博道大佐だった。八原大佐は圧倒的兵力の米軍に真っ正面から立ち向かっても、勝ち目はないと考えた。逆に敵を自分たちの得意なフィールドに引き込んで消耗させる持久戦に持ち込むほかはないと考えたのだ。米軍の上陸をあえて黙認し、敵が陣地の間近に迫ったら小部隊で肉薄攻撃を仕掛けるという戦法だ。

この持久戦の裏には、できるだけ長く戦って米軍の犠牲を多くし、来るべき本土決戦を一日でも遅らせる使命も担わされていた。そのため地下陣地の建設を急ピッチで進めた。軍司令部も首里城趾の一角に洞窟を掘り、移転した。

第32軍は兵力不足を補うために沖縄県民2万5000名を防衛召集した。師範学校や中学校、専門学校、高等女学校の生徒も徴用した。1761名の男子生徒は「鉄血勤皇隊」と名付けられ、543名の女子生徒は緊急看護衛生班員となった。

三月に入り部隊の配置が終了した。そして二十五日、米軍の上陸が近いことを確信した第32軍は全軍に戦闘配置の命令を下した。その際に徹底されたのは敵の上陸に際し、水際での攻防は避け、内陸で持久するということ。さらに砲兵にも射撃を禁じた。敵に自分たちの居場所を発見させないためである。こうして、運命の四月一日を迎えた。

対する米軍は、沖縄本島を日本本土進攻と、日本軍が展開している中国大陸へ進攻する作戦拠点にできる島と考えていた。同時に沖縄諸島を占領して基地化すれば、南西方面の海上航路と航空航路を遮断できる上に、連合国軍がフィリピンへ進攻した場合、日本軍の反撃基地になることも防げると考えた。

米軍主体の連合国軍が「アイスバーグ作戦」と名付けた戦力は、S・B・バックナー陸軍中将率いる米陸軍第10軍の5個師団、4個戦車大隊と、米海兵隊3個師団であった。

このような記述を見ると、日米の軍事力には歴然とした差があったことが分かる。そして、沖縄戦は多くの識者が指摘しているとおり、持久戦を目論んだ捨て石作戦であったのだ。

森下さんの遺骨は、信濃毎日新聞の記事によると「萬魂之塔」に合祀《ごうし》されていると記されている。さらに、復帰後に「山三四八〇部隊」の新たな慰霊塔が建立されていることが分かった。糸満真壁グスク（公園）周辺に多数ある慰霊塔の一つのようだ。この周辺には戦後、間もないころに真壁区民が収骨した戦死者の遺骨を弔う慰霊塔などを建てたようだが、日本復帰後に、激戦地であったこの地にさらに多くの慰霊塔が建立され「山三四八〇部隊」の慰霊塔もその一つで一九八七年に建立されたようである。

あらたに森下さんの所属部隊の慰霊塔が建立されていたことが分かったのは、予想外の幸運であった。やはり自らの目で耳で確かめることは、事実や真実に近づく一歩であるような気がした。

前田政一さんもこの部隊に組み込まれた防衛隊員の一人であったのだろうが、運命とも呼ぶべき幸運の絆で、辛うじて戦死をまぬがれたのだろう。

7

前田政一さんのように九死に一生を得た親族には、私の父を初め数多くいる。同時に亡くなった親族も多数いる。フィリピンでは、私の姉の嫁ぎ先の義父と、母方の伯母のご主人が徴兵されて戦死した。父の次兄は海軍で病死、三兄の息子は避難したヤンバルの森で病死、奥さんはマラリヤで無念の死を強いられた。また、母の姪も、避難したヤンバルの森でハブ（毒蛇）に咬まれて犠牲になっている。

また父方、母方を合わせて四人の伯父（叔父）が徴兵されたが、四人とも死線を潜り抜けた。なかでも、一人の伯父は海軍に所属し、乗っていた戦艦が台湾沖で潜水艦に撃沈され、漂流しているところを助けられた。

若い二人のいとこも幸運に恵まれた。父の長兄の息子は、特攻隊を志願し、山口県の基地で訓練中に終戦を迎えた。母の長兄の娘は、学び舎から学徒動員され、従軍看護師として召集されたが死を免れた。

私の親族にも、非情な運、不運が襲ったのだろう。死地を生き延びた戦後は、それぞれの長らえた命を慈しみながら生き継いでいく。

しかし、亡国の民となり、米軍基地が建設された沖縄の特殊な状況下での戦後もまた、多くの人々が病に斃れ、短命を余儀なくされるなどの不運に見舞われるのだ。

従姉は県立第三高等女学校で学んでいたが戦争の足音が大きく聞こえ始めたころ、即席の看護教育を受けて「なごらん学徒隊」として戦場へ送られる。

昭和十九年六月二十九日、沖縄へ向かう将兵たちを乗せた「富山丸」が徳之島沖で米潜水艦の攻撃を受けて沈没すると、県立第三高等女学校の寄宿舎は急きょ負傷兵の野戦病院に当てられる。十月十日の空襲では、本部港や運天港に停泊していた艦船が猛攻撃を受け、多くの負傷者が出て、三高女の生徒たちは治療の手伝いに駆り出される。続々と運ばれてくる重傷の負傷兵に十分な治療や看護はできず、麻酔無しで足などを切断する手術にも立ち会うことになる。

四月一日の米軍上陸以降、戦闘による負傷者が次々と運び込まれ、女子学徒たちは不眠不休の看護に当たる。さらに「なごらん学徒隊」は、現在の本部町にある八重岳の病院壕にも動員され、負傷兵の看護などに当たる。

このような状況の中で、辛うじて戦火を生き延びた従姉は、沖縄戦の語り部として、戦後を生きている。「ひめゆり平和祈念館」には、従姉が学んだ急造の看護師養成のための講義をメモしたノートが展示されている。摩文仁の「沖縄県平和祈念資料館」には、自らの体験を語ったビデオが常設展で放映されている。また、NHKアーカイブスでも常時、視聴することができる。その一部は次のような証言だ。（一部省略、要約した）

女学校へは、やっぱり憧れて入学したんです。北部には女学校が一校しかありませんでしたからね。生徒の努力や地域の協力もあって昭和五年に沖縄県立第三高等女学校となったんです。二高女より二か年ほど後でした。

周囲には松の木やら、桜の木、それから相思樹並木などがあってね。ほんとに緑豊かな所だったんですよ。みんな夢を持って入学したんです。

私は昭和十六年に入学しました。機織り、染色、和裁、洋裁も習いました。料理教室もありました。また学校は農学校の敷地跡につくられていましたので、農業の実習地も半分ほど残っていて、キャベツとかトマトとか、いろんな野菜を育てましたよ。

戦争が始まった最初のころは、日本の国は、勝って勝って、勝ちまくっているみたいな感じでした。大本営発表も「何々を撃沈した」と、こっちの勝利だけを言うのね。その戦争がどうやら、だんだん思わしくない状況だっていうことが私たちにも、徐々に分かってきたんです。

昭和十九年、年が明けると私たちは、すぐに看護師養成のための講義を受けるようになりました。人体の構造及びその作用とか。午前中は講義を受けて、午後は実地です。包帯の替え方とか。それから手術する現場も見せられました。学友の中には、血を見てビックリして、しゃがみこむ者もいました。

試験もあったんですよ。新陳代謝とは何かとか、躯幹の名称とか、それから栄養素とは何かとか、呼吸、壊死、皮膚、皮膚の作用とか。それを試験して終わったかと思ったら、今度はね、国家に忠節を尽くしなさいと言われて、忠節5か条を覚えるんです。「1つ、軍人は忠節を尽くすを本分とすべし」とかを勉強して暗唱するんです。「忠節報国の道を行わざれば、どんなに頭がよくても技芸に熟していても、偶人と等しかるべし」とか。他にも「義は山岳よりも重く、死は鴻毛よりも軽し。覚悟せよ」って。

一九四四年六月二十九日ね、軍用船の「富山丸」が、独立混成第44旅団の兵員3500名余りの兵隊さんを乗せて、沖縄へ向かっている途中、徳之島海域で、アメリカの潜水艦の攻撃に遭って沈没。大勢の兵隊さんが犠牲になったんです。その事故でようやく助かった隊長さん以下500名の兵隊さんが沖縄に来たそうです。宇土武彦隊長。八重岳の守備軍の隊長さんになる人ですが、その500名の中の何名かが私たちの寄宿舎にやって来たんです。私たちは寄宿舎を出されたんですよ。寄宿舎は兵隊さんの宿舎とか野戦病院とかに変わったんです。

私たち、150名ほどの寄宿生はどうしたかというとね、学校には裁縫室とか作法室とか、8畳ぐらいの畳の間が四つほどありましたが、そこで150名、みんなが雑魚寝をしたんです。八重岳などが、激しい戦場になるんですが、そこで負傷した兵隊さんたちや空爆で負傷した兵隊さんたちが、野戦病院になった学校にどんどん運ばれてくるようになってね。私たちも手伝うようになったんです。私たちが二年生の時に使用していた教室は、重傷患者が運ばれてくる手術室に使用されていました。

寄宿舎は14室ほどありました。北寮、中寮、南寮と名付けていました。北寮は1～5室。中寮は6～10室。南寮は11～14室まででした。大きな広いお部屋だったんですが、そこも病室に当てられました。13室と14室は重傷患者室でした。私たち四年生はその病室にも配置されました。手術が終わって手や足を切断した人たち、出血が多くて、もうすぐ死んでしまうような人たちが、どんどん運ばれてくるんです。

この中の一人にね。ほんとに童顔ていうのかね、海軍の18～19歳ぐらいの体の大きな人だったんですが、「看護婦さん、ここが冷たいんですけど見てください」って小さい声で言うから、見たらね、血が冷たくなって、くっついているの。血が固まってしまってね、これが冷たくなるわけよ。この人は間もなく亡くなりました。

傷ついた兵隊さんたちは、「水くれ、水くれ」と言って私たちを引っ張るんですよ。あちらこちらから、「看護婦さん、水、早く水くれ」って声が飛んできました。でも、急に水をあげたら駄目だよ、と衛生兵には言われていたんです。ある日、「水くれ」という兵隊さんの目も変だから、私ビックリして、衛生兵を呼びに行ったんですよ。そしたら、衛生兵が「水をあげなさい」って言うから、私は水を差し上げたんです。すると兵隊さんは、すぐには飲まないでね、「お母さん、お母さん」って言ってね、飲んだの。そしてこのまま息絶えてしまった。「そこまで我慢させて、悪かったね。ごめんなさいね」って、私は謝ったよ……。

周りは、こんなことにもお構いなしに「水くれ、早く水くれ」ってせがむしね。ちょっと遅かったら、足で蹴っ飛ばすわけよ。「本土の女学生は優しいが、沖縄の女学生は意地悪だ」って言われてね。

水が欲しい人には、湯飲みにガーゼをつけて水を吸わせるんだけどね。私の手までも噛もうとするの。ほんとに可哀相でね。私も泣いてしまうこともあったよ。

寄宿舎の13室と14室の重傷患者室の畳の間《ま》には毛布を敷いているんですが、毛布にも血がついてね、一晩で、あっちにもこっちにも血がつくんですよ。患者さんからはずっと血が出ているんですからね。2~3日したら、臭いが大変だからといってね、毛布を取り替えるんだけど、たくさんの兵隊さんがいるからね、臭《にお》いはなくならなかったよ。

それから11室と12室はやけどした人たち。このやけどした人たちも薬塗って白い包帯で巻いてるからね、目ばっかりキョロキョロしているさ。11、12、13、14室の前の廊下を通って手術室に行くんですが、そこを通る時はね、可哀相だとは思うけれど、同時に怖くてね。私たちが通る度に、

「学生さん、学生さん、水、水」って言って……。

終戦間近になって、私たちは解散させられたの。私は出身地の大宜味村に戻ったの。戻ったと言っても、山よ、山小屋に戻ったの。家族が避難している山小屋に合流して、なんとか生き延びることができたけれど、山でも大変だった……。(以下略)

8

父は、パラオから引き揚げて来て郷里に戻ると、再び教師としての道を歩み始める。パラオの国民学校で、幼い教え子たちとの別れを惜しんだとはいえ、外地での日本国の皇民化教育の一端を担ったはずだ。そして、終戦直後、教師の報酬は現物支給などの薄給で生活もままならず、教師の職を退く人も多かったと聞く。にもかかわらず、父は郷里の子弟の教育に心血を注ぐ。そして選んだかのように僻地の教育に生涯を捧げる。父にどのような反省と、どのような決意があったのだろうか。

父の手記を紐解くと、パラオへ渡る以前の感慨や、引き揚げ後の感慨が随所に現れている。手記には家族のことはほとんど記されてなく、むしろ教育者としての感慨や学校長としての足跡を振り返る記述がほとんどだ。父の戦争体験の記述と同時に、沸き上がってきた関心を見極めるために、関連のある部分を再読し、父の教師像を描いてみる。

父は昭和十年四月、青年学校令によって、青年学校の教員養成機関としての制度が生まれ、沖縄においても農林学校の設備を充当して第一期の生徒を収容開設する。父は第二期生として学び、読谷村の古堅校などで教育実習などを体験し、教師免許を取得する。昭和十一年、金武尋常高等小学校訓導として教師生活をスタートさせる。農業科担当であった父は、農業実習に携わる生徒の姿などを見ながら次のような感慨を記している。

私は各学年週五時間で理論的学習と実践的学習を行った。農業実習地が広く、また遠くにも散在していたので、団体作業を中心とした甘藷、甘蔗栽培と、水田では苗代の播種《はしゅ》、本田の代掻《しろがき》、田植え、除草、防虫害駆除と一貫性をもたせた。

近くの圃地《ぽち》では各学年ともグループ活動を中心とした担当区を設け、主として蔬菜《そさい》栽培を中心とした。蔬菜種子の共同購入、配布と、積極的に生徒が参加し、教室ではあまり目立たない生徒が圃地ではリーダー格になり、それぞれの特性を発揮した。（中略）

播種した小粒の種子が真っ黒い土の中から勢いよく芽を出してくる自然の摂理、発芽の三要素は、温度、空気、水分と、理論的に知っていても、自らの力によって新しい芽を出す。そればかりではなく、この芽に実に大きな力を宿している。広い大空に向かってぐんぐん伸びていこうとする力をもっている。どんな雨にもどんな風にも耐え、伸び上がり葉を茂らせ、花を咲かせてやろうと、そんな力をいっぱい湛《たた》えている。あの生徒が蒔いた種子の芽も、この生徒が蒔いた種子の芽も素晴らしい意志と希望でふくらんでいるように見える。汗を流し、泥にまみれて新しい生命を育てながら学ぶ自然の中から、生徒と教師の人間関係を結ぶ何ものかが生まれてくる。（以下略）

この感慨には、明らかに教師として生徒たちを見守る決意と生きがいをも感じているように思われる。パラオでの戦争体験や、請われて公学校教師になり、沖縄本島に引き揚げてくる。再び教職に就く感慨は、戦後の次のような記述に現れているように思われる。

広島、長崎に人類初めの原子爆弾が投下され、八月十四日無条件降伏、八月十五日の大詔が全国に放送され、一億国民は泣いた。疎開で一家全滅した家族、直撃弾で戦死した戦友、栄養失調で悶々の中に枯れ木のように生涯を終えた者、一人だけ生き残された者、五体満足でない者がいかに多いことか。

一体この戦争で私たちが経験したことは何だろうか。「鬼畜米英」「撃ちてし止まん」「一億玉砕」など数多くの標語が生まれ、竹槍を持ち、真実を教えられず、ただひたすらに御国のために戦い、死ぬことを男子の本懐と教えられ、神国日本の勝利のみを信じた。軍国主義教育の力の恐ろしさだけが残された。もし、多くの国民が真実を知っていたら、自決や餓死もせず、国民の犠牲も最少限度に食い止められたであろう。教壇で共に情熱を燃やした多くの先輩方、多くの国民、同窓生、同期生も多数戦死した。生き残った者は戦死者の霊を慰め、彼らの分まで生きて、常に真実を知り、再び戦争を起こさせないように努力する義務がある。（以下略）

父は、このような思いから、再び教育への道を歩み始めたのだ。「教え子を再び戦場に送らない」という沖縄県の教師たちの思いは、父の胸にも深く刻まれていたように思われる。

父には父の人生があったように、私にもまた私の人生がある。父の手記から学ぶことは、父の人生のまぶしさと同時に、私の人生を照射する力である。私の人生は、多くは悔恨と無自覚な人生への至らなさである。

私は一九四九年、団塊の世代と呼ばれる時代に父と母の命を受け継いだ。そして学生時代は否応なく政治の季節の洗礼を浴びた全共闘世代である。

私は、そんな時代にうまく対応できなかった。僻地と呼ばれる小さな学校で、主に複式の授業で学んできた私には、青春期の学園の嵐は恐怖ですらあった。どちらかを選ばなければいけない政治の季節に、どちらも選べなくて逡巡するだけであった。逃げるように読書の世界へ取り憑かれていった。いや、救いを求めるように、読書の世界へのめり込んでいったのだ。

読書は、ファンタジックな世界や過去の時代を語った作品でなく、同時代を語る作品へと移っていった。とりわけ全共闘世代へ共感を示す高橋和巳の作品や「にんげんとして」の生き方を模索する作家たちの言動や時代への対処を、むさぼるように探し求めて読んだ。同時に、学園をドロップアウトして生きる同世代の人々の生き方や、自死した学生たちの手記や遺稿集は、大きな共感を私に与えてくれた。いつしか私は、そのような人々へ敬意と憧れを抱くようになっていた。

そして、もう一つ、私を虜にしたのはインドで生まれた「ジャイナ教」の教えだった。ジャイナ教は紀元前六〜五世紀ごろ、仏教と同じころに生まれたインドの新宗教で、徹底した苦行、禁欲、不殺生の実践を重視した。ヴァルダマーナを始祖とし、バラモン教の司祭たちの権威主義、形式主義を批判し、またカースト制度も否定した点では仏教に共通する。

ジャイナ教では、精神と物質の二元論に立ち、宇宙は生命と非生命から成り、生命は上昇性があって一切知であり幸福であるが、非生命は下降性をもち業の力で周囲に付着して輪廻の原因を作る。人間が輪廻を解脱するには、正しい生活を送り、苦行によって業を消し去ることが必要であると説く。苦行を否定しないところは仏教と異なる。また生き物を殺すことは厳しく禁止される（不殺生戒）。したがって信者は殺生を避けるために生産活動から離れ、商業に従事することが多くなる。

ジャイナ教とは「ジナ（勝利者）の教え」という意味であるが、その勝利とは煩悩にうち勝つことで、戦場で敵に打ち勝つことよりも難しい。開祖ヴァルダマーナはマハーヴィーラとも言われるが、それは「偉大な勇者」の意味で、煩悩にうち勝った真の勝者とされた。彼は現世を業（ごう）に束縛された悲惨な状態とみて、そこから脱して永遠の寂静・至福の状態に達するには極度の苦行を実践して霊魂を清めることが必要であると教えたのである。現在でもインドには約４００万人の

368

信者がいると言われ、商人と金融業者に多く、カルカッタのジャイナ教寺院は富裕な信者の寄進で豪壮な建物となっているという。

しかし、私には、ジャイナ教に魅力を感じても、そんな生き方を徹底し、実行することはできるはずもなかった。ただ時代に対して「加害者」の位置に立つことを忌み嫌っただけだ。

卒業後も体制に与《くみ》する仕事には就きたくなかった。公務員になることを拒み、日雇い労務のような仕事を選んで家を出た。私は社会や体制を憎んでいた。父や母の戸惑う姿を見て、後ろ髪を引かれたが、私はこの時代にどう生きるか。それを模索する私自身にしか関心がなかったのだ。

青春期に受けた嵐をうまく処理できなかった私にも転機が訪れた。それは父の死だ。父の死によって。私は人間を愛おしむ視点を獲得したのだ。病と闘う父の姿、父を逝かせまいとして必死になっている母や家族の姿、人間はだれもが死ぬと分かっていながらも、か弱い命を灯しながら生きている。そんな人間の姿が、尊く思われたのだ。父の人生を思いやり、唯一無二の人生をだれもが生きることに思い至ると、かけがえのない人間の命を愛おしむことができるようになったのだ。父は自らの死をもって不肖の息子に命の尊さを教えてくれたのだ。

私は退職後に故郷の人々の戦争体験の聞き書きを始めた。私にとっては、衝撃的だった。いつも笑顔で接してくれる先輩の皆さんには、壮絶な戦争体験があったのだ。運命とも呼ぶべき生死の境を潜り抜けてきた体験だ。

また、遺族が語る戦後の日々も凄まじいものだった。私はそのいずれをも知らずに沖縄戦を分かったつもりでいたのだ。故郷の山で生き延びただけではない。パラオやサイパンや満州やニューギニヤやフィリピンでは命を落としたのだ。

私はこれらの聞き書きを『奪われた物語―大兼久の戦争犠牲者たち』として一冊の本にまとめて上梓した。さしたる理由もなく始めた行為は、私に大きな指針を与えてくれた。私は還暦を過ぎて、やっと生き直すことができたのだ。

9

森下信一郎さんが供養されている「萬魂之塔」を訪ねることにしたのは、沖縄戦における「山三四八〇部隊」の碑が在ることを知ってからすぐにだった。秋の初めごろであったが、日差しはまだ強かった。

父の手記には傍らには「白梅之塔」が建立されているという。白梅之塔は「県立第二高等女学校の生徒たちを祀る慰霊の塔」で、犠牲になった学校関係者149人が合祀されている。

白梅之塔は人口に膾炙《かいしゃ》されている慰霊塔であったが、萬魂之塔のことは、私は知らなかった。終戦直後に、地域に住む人たちが散骨した骨を集めて収骨した塔だという。私の住む嘉数から萬魂之塔の建立されている糸満市真栄里までは一時間足らずで行けるはずだ。スマホで萬魂之塔と入力すると経路がグーグルマップで示された。萬魂之塔は私が知らないだけであったのかと忸怩《じくじ》たる思いも沸いてきた。

スマホを目前に置き、自家用車を走らせた。西原インターから高速道路に入り、南風原《はえばる》南で高速道路を出るとすぐに糸満市に入った。糸満市は沖縄戦の際の激戦地である。高い山もなく平らな地形で、戦争当時は迫り来る敵兵の姿が見えたであろうと思われる。ハンドルを握りながら想像力がかきたてられ悲惨な光景が浮かんできた。

ビニールハウスの建てられた野菜畑やサトウキビの植えられた間道を走ると、ところどころにこんもりと茂った小さな森が見える。スマホのナビは、その場所がいくつかの慰霊碑の建つ地であることを示してくれていた。

沖縄の地には、犠牲になった人々を供養し、恒久平和を願う慰霊碑や慰霊塔が多く建立されている。県のホームページを見ると、沖縄本島北部から与那国島まで440の慰霊碑や慰霊塔があるという。なかでも激戦地になった糸満市に最も多く124塔（碑）があるという。

スマホのナビは、こんもりとした森の前で萬魂之塔に到着したことを知らせてくれた。用意された駐車場に自家用車を駐めると道路を挟んで向かい側に白梅之塔が聳えて見えた。その手前の左脇に、もう一つの慰霊塔が鬱蒼と茂る木の陰になってひっそりと建っている。近寄って見ると、正面に「納骨堂」と記された黒文字が浮かび上がり、納骨堂の上には、「萬魂之塔」と名付けられた慰霊塔があった。

父が示していた萬魂之塔が、確かに目前にあったのだ。納骨堂の前には香炉が置かれ、両脇には石材で作られた花器が置かれ、黄色い菊の花が、もう萎《しな》びていた。手向ける花を持参しなかったことを後悔しながら、周りを見渡した。

萬魂之塔と刻銘された塔の背後には鬱蒼とした木々が茂って陰を作っている。大きなクワズイモの葉やシュロの木が森への侵入を拒むかのように手を広げる形で茂っている。傍らにはモクマオウの大木が聳え、ガジュマルの大樹が根を張り、周囲の雑木が重なりあって暗い陰を作っている。四角く造られた納骨堂は茶色の滑《なめ》らかな鏡石を使用されて光を写している。香炉に続く堂前は、コンクリートが敷かれて草木はない。塔に向かって左手前に、小さな案内板が立てられている。覗くと、所在地糸満市真栄里、設置一九五五年五月、合祀者数4000余体、設置者国吉自治会とある。確かに父が示していた萬魂之塔だ。

やはり祈らずにはいられない。犠牲になった森下信一郎さんや森下さんの遺族を思い、また亡き父の思いを想像して手を合わせ、しばらく黙想し礼拝した。

萬魂之塔の右側を歩いて白梅之塔の堂前に歩み寄り、合掌して礼拝する。犠牲になった女子学徒を紹介した碑文が刻印されており、訪問者が供養したであろう千羽鶴が吊り下げられている。手前の大木は両手を回しても抱えきれないほどである。礼拝台の向こう側の一段と高い場所に、白梅之塔と揮毫された納骨堂が、堂々と聳え建つ。左側から自然石の階段を上って碑文を読むと、一九九二年（平成四）年に新しく建て替えられたと記されている。塔と高さを競い合うように、傍らには一本の杉の樹が真っ直ぐに立っている。

女子学徒が避難したという近くにある下の壕は、立ち入り禁止の縄が巡らされていた。壕はそのままに残り、大きく口を開けて暗い闇を作っている。あるいは森下信一郎さんは、この壕で重傷の身体を横たえたのだろうかと考えると息苦しくなってくる。想像力を断ち切るように慌ててその場を離れる。駐車場に戻る前に、もう一度振り返り、萬魂之塔と白梅之塔を見上げて礼拝をした。

その日、私にはもう一つの慰霊塔を訪ねる予定があった。萬魂之塔をネットで調べていると、森下さんが所属した「山三四八〇部隊」の慰霊塔があることが分かったのだ。沖縄県が日本復帰した後に立てられた慰霊塔で、そこには戦死者の名前が刻まれているという。森下信一郎さんの名前を確かめたかったのだ。

萬魂之塔からわずかな距離にある真壁グスク公園の一角にその塔はあると説明されていた。真壁グスク公園をスマホで検索した。ナビの指示どおり進むとすぐに真壁グスク公園には到着した。

ところが、到着したものの「山三四八〇部隊」の慰霊塔は、どこを探しても見つからなかった。なかなか諦めきれずに、グスク公園を何度も歩き回ったが無駄だった。山道に猫の死体を見つけただけだった。

高台から見回すと、公園から数百メートル離れた場所にこんもりと茂った森を見つけた、あるいはその場所ではないかと思い、自家用車を運転して公園を出た。

すると、思っていたとおり、その小さな森には数基の慰霊塔が建っていた。その中に、ひときわ大きな文字で「鎮魂」と刻銘された「山三四八〇部隊」の慰霊塔があったのだ。正面と裏面には、犠牲者たちの多くの名前が刻銘されている。私は嬉しくなって森下信一郎さんの名前をすぐに探した。

ところが驚いた、名前は刻銘されていなかったのだ。何度も指でなぞり、高い場所は樹の枝でなぞりながら一人一人の名前を確認したが、何度調べ直しても森下信一郎さんの名前は探せなかった。

私は落胆した。という以上に混乱した。わけが分からなくなった。ここには当然森下さんの名前が刻銘され、森下信一郎さんに会えるような気がしたのだ。死者に会うというのも不思議な感慨だが、名前を見つけることで、死者の存在に触れることができるような気がしたのだ。それが拒まれたのだ。

私は諦めることができず、首を傾げながら何度も慰霊之塔の周りをくるくると回った。挙げ句の果ては、他の慰霊之塔に刻銘された犠牲者の名前もなぞったが、もちろん探せるはずはなかった。

私は、私の行為がすべて無駄なことであったような気持ちになって打ちのめされた。宙ぶらりんのままで「山三四八〇部隊」の「鎮魂」の塔を後にした。

なぜ、森下信一郎さんの名前がないのか。帰りの車中で何度考えても合点がいかなかった。森下さんは犠牲者ではなかったのか。「山三四八〇部隊」には所属していなかったのか。そんなはずはない。刻銘がない理由を様々な偶然を想定しながら考えたが、どちらも合点がいかなかった。それこそ、八方塞がりだ。

私は死んでいない死者に会おうとしていたのか。死んでいる死者は、刻銘されなければ死者にはならないのか。私に新たな疑問が沸いてきた。理不尽な感情に腹立たしくもあり、手なずけるのに困難な感情が、何度も沸き起こってきた。私は途方にくれた。おかしなことだが、死者に会えなかったことに私は絶望していたのだ。

10

森下信一郎さんの名前が刻銘されていなかったことについて、私は数日間、理由を繰り返し問い続けた。得られた答えを激しく拒絶して、また問うた。

そんな中で、私はふと、森下さんに会えるもう一つの手掛かりを見つけた。再び光明が見えてきた。それは、平和祈念公園を訪ねることだった。平和祈念公園には沖縄戦で亡くなったすべての人々の名前を刻んだ「平和の礎《いしじ》」がある。そこで、森下信一郎さんの名前を確かめることができるはずだ。

それだけではない。そこが駄目なら県立の公文書館に沖縄戦で犠牲になったすべての人々の名前が確認できることが分かった。私は再び心躍らせた。まずは平和の礎から訪ねることにした。

その前に、私はもう一度、「山三四八〇部隊」の裏面の碑文を読み直す。手掛かりはないかと思ったのだ。スマホで写した碑文を拡大すると次のように記されていた。

山三四八〇部隊（野砲兵第四十二聯隊）は昭和十四年秋関東軍に新設の第二十四師団の特科聯

隊として創設され東部ソ満国境近い東安省西東安に駐屯していたが、同十九年七月動員下令により出動し、南西諸島防衛のため沖縄本島の守備に当っていた。

翌二十年三月末より本島に侵攻した連合軍を迎えて、想像を絶するほど激しい弾雨の中で、第一線友軍の支援射撃に、あるいは対戦車攻撃に威力を発揮し再三その進撃を阻止するなど、砲兵の本領そのままに敢闘したのである。

やがて戦況の悪化に伴い、軍命令により島尻南部に後退した部隊は、ここ真壁を中心に陣地を展開してさらに奮戦するも、しだいに弾薬は途絶え死傷者は続出し各隊ごと最後の出撃を決行したがその殆どは、この地一帯で散華した。

また、輓馬部隊だけに在満時代からの数多くの軍馬も共に戦野を駆けたが、日を追って斃れる数を増し、戦火の消えたときついに一頭の姿もみることはなかった。

沖縄決戦における我が部隊の戦没者は、聯隊長西沢勇雄大佐以下二千百十余名を数えるが、部隊に配属された防衛隊員はじめ炊事や看護などに献身的に尽くされ、最後は部隊と運命を共にした人や、戦火の犠牲となった多くの住民のいたことを忘れることはできない。

これらのことが、祖国に今日の平和と繁栄をもたらすための礎石となったことを明らかにし、とこしえに御霊安かれと念じつつ、我が部隊終焉の地にこの碑を建立する。

昭和六十二年三月　野砲兵第四十二聯隊戦友会同戦没者遺族有志

文面から、もう一度、森下信一郎さんの名前がない理由を考えてみる。するとその時は思いつかなかった理由がいくつか浮かんできた。大きな理由の一つは、部隊の戦没者は「聯隊長西沢勇雄大佐以下二千百十余名を数える」とある。この記述からは、すべての犠牲者が刻銘されているとは限らないのだ。私は刻銘者の数を数えなかった。ただ森下信一郎さんの名前を探すことに夢中になったのだ。もし、すべての犠牲者が刻銘されていないのなら、森下信一郎さんの名前が漏れていることは当然あり得ることだ。

また「鎮魂」碑の前では思いつかなかったが、「余名」の「余」の中に森下信一郎さんも含まれている可能性があるのではないか。それに森下さんを紹介した新聞記事には、「(森下さんは)昭和十九年五月松本第五十連隊より陸軍機甲整備学校へ入校、十一月卒業して見習い士官となって、昭和二十年二月末日、原隊におくれて来島、沖縄第三十二軍野戦兵器庫配属」とある。「原隊に遅れ」たことなどを考え合わせると、記入漏れは至極、当然なことのようにも思われた。刻銘には犠牲者の名が漏れていることが、十分に考えられるように思われたのだ。

当時は刻銘のないことに驚いてパニックになったが、刻銘のない理由に思い至ると、私はやっと穏やかな気持ちになった。平和の礎を訪ね、森下信一郎さんの名前を確認する日には、併せて真壁グスク公園隣の「山三四八〇部隊」の慰霊碑をもう一度訪ね、刻銘者の数を数えてみようと思った。森下信一郎さんは、再び私の中で息を吹き返し甦ったのだ。

私は、平和の礎を訪ね、森下信一郎さんの名前をいまだ確認していないが、私の中では確固たる信念になっている。また、前田政一さんの家を探し当てることもできなかったが、いつの日か前田さんが私の目の前に現れるように思われた。このことをも信じた。いや、既に現れたかもしれない。前田さんは私の傍らにいるように思われた。多くの死者たちもだ。

現在の沖縄の状況は、戦後を薙《な》ぎ払い一気に戦前の状況を呈しつつある。辺野古新基地建設を許さない県民の闘いは、平和を願う県民の必然的な闘いのようにも思われる。日本国家はこの願いを聞き入れずに「粛々と」と称して海を埋め立て、米軍基地を強化しようとしている。戦後27年間、私たち県民を亡国の民として米軍政府の統治下に置いやった日本国家にとって、今なお県民の命は「鴻毛よりも軽い」のだろうか。

中国や北朝鮮からの侵攻を誇張し、台湾有事の日本国の防御拠点とした基地建設も始まっている。沖縄本島や宮古島、石垣島、与那国島などでは県民や地元住民の反対を省みることなく「反撃」体制を構築するとして自衛隊の基地建設が始まっている。基地のある島や軍隊のいる島が攻撃されるのは、県民が先の大戦で学んだ教訓だ。

私は「ノーモア沖縄戦　命どう宝の会」の呼び掛け人になった。沖縄を再び悲惨な戦争の場にしてはならないとして、個人としての参加を基本とし、既成政党や団体に属しない平和運動や文化活動を目指す趣旨に賛同したからだ。「文学」という手段を有して表現活動をしている私にとっては重い決断だった。同時に必然的な決断であるようにも思われた。躊躇はなかった。

私は父の置き土産を、まだ完全に検証したわけではない。検証し続けることこそが、父の置き土産の真の意図かもしれない。そう思うようにもなった。森下信一郎さんに限定することなく、戦争の犠牲者たちを問い続けること。その無念さを考え続けること。このことこそが、父の置き土産であるような気がしている。父が自らの死をもって、私を励ましてくれたように、今回もまた、私に置き土産を託し生き続けることの意味を問わしめたのだ。

私は「ノーモア沖縄戦　命どう宝の会」の事務局から依頼されて、会が企画するシンポジウムに登壇することを決意した。二度目の自己変革の決意だ。

私は講演のタイトルを「抗う言葉を求めて」と題した。与えられた時間は二〇分と短かったが、沖縄の戦後は常に過渡期である。その中で、表現者たちはその時々の時代に背を向けることなく真摯に対峙し、多くは倫理的な作品を紡いで来た。このことを私は沖縄文学の特質として「抗う文学」「抗う言葉を求めて」と評して講演することにしたのだ。

私の拙い言葉を、前田政一さんだけでなく森下信一郎さんも聞いてくれるような気がした。さらに父も聞いているように思われた。いや、父の言葉で、私は語るのかもしれない。

私は司会者に紹介され、用意された椅子に座り、マイクの前でゆっくりと語った。

〈了〉

【注記】作品の初稿執筆年

逆愛　２００４年
オサムちゃんとトカトントン　２００３年
ラブレター　２００２年
樹の声　２００５年
石焼き芋売りの声　２０２１年
父の置き土産　２０２２年

【付録】大城貞俊受賞歴一覧（文学関係）

西暦年	事項
一九九〇	第24回沖縄タイムス芸術選賞文学部門奨励賞、評論『沖縄戦後詩史』。
一九九二	具志川市文学賞／全国公募、受賞作小説「椎の川」（朝日新聞社出版）。
一九九七	第1回沖縄市戯曲大賞／全国公募、戯曲『山のサバニ―ヤンバルパルチザン伝』。
二〇〇〇	第31回九州芸術祭文学賞沖縄地区優秀賞、小説「サーンド・クラッシュ」。
二〇〇五	第28回山之口貘賞、詩集『或いは取るに足りない小さな物語』。
二〇〇五	第5回碧天文芸大賞入選、小説「G米軍野戦病院跡辺り」。
二〇〇五	第24回新風舎出版賞優秀賞、小説「運転代行人」。
二〇〇五	第2回文の京文芸賞最優秀賞／全国公募、小説『アトムたちの空』（講談社出版）。
二〇〇六	第40回沖縄タイムス芸術選賞文学部門（小説）大賞。
二〇一三	第21回やまなし文学賞佳作／全国公募、小説「別れてぃどいちゅる」。
二〇一七	第34回さきがけ文学賞最高賞／全国公募、小説「一九四五年　チムグリサ沖縄」。（魁新聞社出版）。
二〇二三	第45回琉球新報活動賞（文化・芸術部門）。

大城貞俊　未発表作品集　第二巻　解説

沖縄の諸相における断面をみつめて――大城貞俊の作家的営為

柳井貴士

一、はじめに――大城貞俊の作家的営為

本解説のはじまりにあたり、個人的な体験から記すことをゆるされたい。

大学の教育システムのなかで学位取得を志し、故あって沖縄の文学を研究テーマとして選んだとき、その概要を知るために参考にしたのが、岡本恵徳、新川明、仲程昌徳らの先行研究であったが、同時に大城貞俊の記した『「沖縄文学」への招待』（沖縄タイムス社、二〇一五・三）を手に取ったのを鮮明に記憶している。本書は、沖縄の古典文学から近代文学への流れを、資料をもとに説明し、散文に限らず韻文の重要性を示し、沖縄の文学をめぐる自立や言葉の問題にまで言及した解説書で

あった。

　ここで知った大城貞俊が、『椎の川』(具志川市文学賞／朝日新聞社、一九九三・六)や『アトムたちの空』(文の京文芸賞／講談社、二〇〇五・一〇)を書いた作家の大城貞俊であり、『詩集秩序への不安』(私家版、一九八〇・八)をうたい、『沖縄戦後詩人論』(編集工房・貘、一九八九・一二)や『沖縄戦後詩史』(編集工房・貘、一九八九・一二)を記した詩人大城貞俊と〈同一人物〉であるのを知るのに時間はかからなかったが、だが同時に、この研究と創作への旺盛な意欲をもつ、ひとりの人間への強い関心と不思議な興味を抱いたものだった。

　大城が二〇一七年に「第三四回さきがけ文学賞」を受賞した『一九四五年　チムグリサ沖縄』もそうだが、沖縄戦の諸相と戦後に関心をひきつける作品群は、大城貞俊という作家のテーマ性を示している。同時に、大城の作品群は、〈沖縄〉に在ることとの所与性を内面化し、その土地の記憶と向き合うものでもある。〈沖縄〉に生まれ、生きているという意識が創作の根源にあり、それを現実に横たわる問題と格闘させながら、詩歌に、散文に、批評や評論に言語化していくのが、大城貞俊という運動体の正体なのである。

　本作品集において、大城貞俊は沖縄がもつ諸相に目を向け、掘り下げることで、多くの断面を読者に伝えている。沖縄に残置するアメリカ軍基地、沖縄戦、文化的基層、あるいはどこにでもありそうな日常生活の営為。例えば、沖縄を旅行した際にも見受けられる、これらの沖縄「らしさ」を生きる人々の日々の営みが作家によって感受されるとき、そこに断面が開け、生活者たちの抱く喜怒哀楽が表象されていく。大城貞俊の書く作品の多くは、静かに、しかしときにあふれ出す激しい感情を大波のごとく伝えてくる。それは例えば、ハンセン病を扱った『椎の川』でも、戦争の痛みに向き合う『G米軍野戦病院跡辺り』（人文書館、二〇〇八・四）や『一九四五年　チムグリサ沖縄』（秋田魁新報社、二〇一七・一二）、『六月二十三日　アイエナー沖縄』（インパクト出版会、二〇一八・八）でも、あるいは本土との関係を象徴するホテルの物語『ヌチガフウホテル』（インパクト出版会、二〇二三・三）でも、自らの父と向き合った『父の庭』（インパクト出版会、二〇二三・二）でも変わることはない。近代からの歴史を中心に、日本やアメリカとのかかわりをふまえつつ、沖縄が沖縄であることの意味を考えること。そうすることで沖縄の人々の生活があぶりだされる。沖縄に生活しながらも、可視化されにくい諸相に大城貞俊は向き合うのである。そうして見えてくる様々な断面を感知しつつ、沖縄で生きることの当事者性をもって、作品が描かれていくのであった。例えば、大城自身は沖縄で作品を書くことの意義について以下のように述べる。

私は、沖縄の地で生まれ、沖縄の地で育ったことを、／表現者として僥倖のように思っている。／死者をいたわるように優しく葬送する一連の法事や、また沖縄戦を含めて、／死者を忘れない共同体の祭事やユイマール（相互扶助）の精神に守られて、／私もまた、生かされているように思う。／もちろん、それゆえに、抑圧的な権力や戦争に無頓着ではいられない。／それは過去だけではなく、現在や未来にまでも繋がっていく視点だ。／私は今、沖縄の地で生き

る時間と空間の偶然性を宿命のように感じている。（傍点、引用者）

二〇〇八年出版の『G米軍野戦病院跡辺り』に記された、沖縄で生きること、書くことの「宿命」。それは祖先とつながる文化的な暖かみ、戦争の惨禍、沖縄の戦後空間を描くことの決意表明に思える。そして、大城貞俊の作家としての営みは、『風の声・土地の記憶』（インパクト出版会、二〇二一・六）において、時空間をモザイク的に織り交ぜることで、沖縄から世界への地平を開拓することに成功しただろう。「土地の記憶」、それは沖縄そのものの記憶であり、そこから派生した本土への移住者、南米やハワイ、あるいは戦後におけるアメリカへの移民者をも包括する。未来へとつながる風を読むためにも、「風の声」に耳を傾けねばならない。「風の声」を聴き、「土地の記憶」を知ることで見える沖縄の諸相の開拓、そこから発見された人びとの生活をしっかりと文字にすること、それは大城貞俊の近年の作品に反映される強い意志のあらわれなのである。

大城貞俊は「沖縄大学土曜教養講座」（二〇二二・一〇・二二）における「沖縄文学を考えるシンポジウム」の基調報告にて、沖縄文学の未来について以下のように語っている。すなわち「困難な時代に抗う言葉、自分にとって宝石のような珠玉の言葉、未来に希望を託する言葉はどこにあるか。そんな言葉の力を求めて、沖縄の過去、現在を表出し、未来への希望を志向する。この営為の中に沖縄文学は、今あるように思われるのです」というものだ（又吉栄喜、大城貞俊、崎浜慎編『沖縄文学は何を表現してきたか——なぜ書くか、何を書くか』インパクト出版会、二〇二三・五、二一一頁）。土地や場所の力に根ざした文学の創造への欲求が大城貞俊の中にはある。それは「抗い」というひとつのキーワードをひきつけ、「抗い」と「創造」の交錯する場に「希望」が生じるという、大城の批評的な視座へとつながるだろう。

二、作品の断面――「逆愛」「オサムちゃんとトカトントン」

本作品集第二巻には表題作「逆愛」の他、五作品が収められている。各作品では、沖縄の戦後を軸とした日常に焦点が当てられている。いくつかの作品において視点人物は大城貞俊自身を思わせる年齢層に設定されており、「全共闘世代」の語りを用いたものも見受けられる。

表題作「逆愛」は、米兵であるリチャードと沖縄に生まれた可南子のいびつな恋愛物語である。大城立裕の『カクテル・パーティー』のように前章と後章に分かれた構造をもち、前章では主にリチャードの視点から沖縄にいる米兵の意味が問われつつ、可南子への恋愛感情が語られる。後章では、それを受けての可南子のリチャードへの、さらには沖縄に駐屯する米軍への感情が暴露されるのである。

リチャードはカリフォルニア州出身のまだ若い訓練兵で、ある日、レストランでの偶然の接触により可南子と出会う。リチャードの視点からみると、ふたりは互いを大切に思い慎重な恋愛を重ねているようだ。

ところで本作では米軍の訓練の様子が詳細に描かれる。

砂浜から草むらまでの距離は約百メートル。時間はおよそ十分。草むらに飛び込んだら、ゆっくりとゲリラの拠点に近づく。ゲリラが背を向けた瞬間、口を押さえて引きずり込む。同時にライフル銃を発射しながら突撃する。突撃開始から二分以内に敵を鎮圧すること。戦闘が長引けば、敵の応援部隊が駆けつけてくる。／作戦のブリーフィング（打合せ）を行うブッシュ軍曹の声が、砂浜に響き渡る。

また訓練の様子にとどまらず、沖縄での米軍人の犯罪について、軍がどのような取り組みをしているのか、あるいは沖縄の文化を学ぶ「沖縄文化講座」についてなど、軍内の諸相がリアリティをもって示されるのである。この環境においてリチャードは、国家を護る米兵へと成長していく。リチャードは沖縄の文化を吸収したいと思う。レストランで知り合った可南子に首里城の案内を頼むと、可南子とともに久美子という女性がその役割を買って出てくれる。琉球と沖縄の歴史、文化、薩摩や日本との関係がリチャードに示されるのである。やがてリチャードは可南子に恋愛感情を抱き、デートを重ねるようになる。沖縄の食文化もふたりの距離を縮めていく。一方で、友人のジョージも久美子との恋愛関係に発展していく。

後章の冒頭で、リチャードは自身が米軍人であることへの疑問を開示する。

リチャードは、ジョージたちと一緒にこの森の中で訓練をした話をした後で、少し複雑な気分に陥った。何のために、自分はここで訓練したのだろうか。疑問が沸いてきた。きっと可南子との、こんな平和な時間を護るためにだ、と言い聞かせた。だれと戦うのだろう。敵は、どこにいるのだろうか……。それは国家が決めることなんだ、とリチャードは再び自分への問を、はぐらかした。／しかし、ユナイテッド・ステーツは、いつも正しいだろうか。どんな国よりも、正しく、敵を見極めることができるだろうか……。少し不安になってくる。リチャードにとって、国家は間違いを犯さない理想的な正義であった。ぼくたちは、その正義を遂行しているんだ。可南子を守るためにもだ……。

リチャードはそれを一応の結論としながら、可南子にプロポーズをする。沖縄へ留まることも視野に入れての決断だった。やがて可南子の父母や姉に挨拶をするリチャードは、その席で彼女の祖父と対面する。「狂ったように、口で銃声の音を発したかと思うと、よろめきながらリチャードへ銃を向け、ぐるぐると、リチャードの背後を周り始め」る祖父は、戦時中の悲しい記憶に苛まれていた。

「おじいはね、戦争中だけどね。目の前でアメリカ兵に二十歳にもならない娘を殺されてしまったの。おじいも銃撃されたけれど、奇跡的に命は取り留めたの。小さかったお父も、それを隠れて見ていたのよ……。おばあが、水汲みに行っている間だったそうよ。それを知ったおばあは、私が代われれば、よかったって、気が狂ったように泣き続けたそうよ。だから、おじいもお父も、アメリカ兵が大嫌いなの。うちの家族はみんな、アメリカ兵が嫌いなの。お兄ちゃんも弟も、リチャードの顔も見たくないと言って、今日は家を出て行ったの」

可南子からの告白は、リチャードの同一性を揺るがす。彼はリチャードという個人である。一方で、国家を信頼し、その「理想的な正義」を体現するアメリカ人であることに意味を見出す。それは可南子を守ることにもつながるだろう。しかし、その信念を向けられる可南子の家族は、戦争の記憶から開放されてはいないし、それを望んでもいない。リチャードはアメリカ人であり米軍兵であることと、可南子を愛する個人としての自分に引き裂かれているのだ。

だが可南子はリチャードとの結婚に踏み切る。アメリカから訪れたリチャード家族との沖縄の旅が行なわれる中で、戦時中、沖縄で従軍医師をつとめた祖父の記憶が語られる。「キャンプG」でともに働いた志堅原医師の記憶。それは戦時性暴力を示すものであり、沖縄／アメリカ、被害者／加害者という構図を揺るがすものであった。

やがて可南子は妊娠する。そのころ、リチャードは軍人である自分を問い直し、ピースメイカーとしての作家になる思いを抱きはじめていた。可南子は、アメリカでの出産を望みリチャードを驚かせる。だがそれこそが、可南子の秘かな復讐計画の入り口なのであった。中学二年生のとき、可南子は数人の米兵から性的暴行を受けていた。戦時中の親族の悲しみ。それは戦後の可南子をも犠牲にして、増幅していく。米兵への怒り、それが可南子の復讐の原動力になっていく。可南子はリチャードとの間に生まれた子ラビイを、リチャードから奪い沖縄の地へ連れて行くのである。

可南子は、リチャードと知り合ったときから、このような結末を思い描いてきたのだ。最も愛するものを、リチャードから奪う。自分を強姦した米兵や米国に対する復讐だ。愛する父の兄妹や、親族も多くは戦争で死んだ。戦後も家族の戦争は続き、祖父は気が狂い、祖母は目前で可南子が強姦された無惨さをぬぐいきれず、悲しみの表情を見せながら首を括った。祖母の亡骸を荼毘に付したとき、可南子は決意したのだ。祖母を殺したもの、自分の純潔を奪ったものにきっと復讐してやると……。／たとえ、リチャードだって許すわけにはいかない。

悲しい意志である。だが、そこまで可南子を追い込んだものが何であるのかを考えねばならない。個人と国家、信頼と裏切り、戦後までつづく戦時性暴力、その被害者だけに留まらない痛みの記憶との対決、出来事と対峙する際に問われる当事者性とその意味、そして「歴史を超えることのできない愛」……。可南子はまさに「逆向きの愛を育んでいたの」であった。

「母のハンジ（判示）は、どうやらよく当たるようだ」とはじまる「オサムちゃんとトカトントン」は、中学三年生洋子の精神の成長物語だ。「母は、ユタ（巫女）と呼ばれている。依頼者の悩みごとを聞き、その原因を判断することが仕事」である。ユタの娘であることが、現代沖縄の中学生の営む社会の中でどのように作用するのか。彼女は学校でのイジメの対象になってしまうのだが、そこには母親がユタであることの他に、もうひとつの原因があった。

一つは、洋子がハーフということだ。洋子は、沖縄にやって来た米軍兵士と、沖縄娘との間に生まれた子である。母の喜代は周囲の反対を押し切って洋子を生み、結婚して米国へ渡った。しかし、洋子が三歳になったとき、周囲が懸念したとおり、離婚して沖縄へ戻ってきた。洋子は、父親の白い肌と青い目を受け継いでいる。体格も同年齢の女の子より一回り大きい。

母親がユタであること、自分がハーフであること、「いずれも運命と呼ぶより仕方のないこと」が洋子へのイジメを誘引する。

そんな洋子を支える営みのひとつに読書があった。太宰治を好む洋子の大のお気に入りは「トカトントン」であった。太宰を「オサムちゃん」と呼んで愛する洋子は、「泣いても笑ってもトカトントントンさ」というオサムちゃんの声を頼りにしているのである。

本作では沖縄の基層文化と戦後のひとつの世相を切り取りその断面を開示している。ユタの娘とハーフというアイデンティティを引き受ける洋子だが、本作には注目すべき点が他にもある。

二〇〇三年に書かれたとされる「オサムちゃんとトカトントン」には、「リアルタイムで交信できるから楽しい」とされる「チャット」が登場する。綿矢りさが「インストール」で文藝賞を受けたのが二〇〇一年であり、この作品でもチャットが重要なツールとして機能していた。翻って本作では、レイコというチャット相手との交流が、洋子に救いを与えている。

また舞台として重要なのが「平敷屋公園」である。本作に詳しくあるように政治家であり文学者の平敷屋朝敏に由来するこの公園からは、「ホワイトビーチ」が見える。近世と現代が交錯するこの場は、イジメの現場であり、また米兵だった父と母が出会う遠因にもなる所だった。そこに、洋子の家が抱える悲劇が加わる。母の従妹静代から聞かされたのは、米兵による祖母の強姦の事実だった。「あんたのおじいちゃんも戦争で死んでいたし、息子も戦争で死んでいたからね、おばあちゃんは、とても戦争を憎んでいた。アメリカ兵も憎んでいたと思うよ。そのアメリカ兵と娘は結婚してアメリカへ渡ってしまう。挙句の果てには、自分は強姦されてしまう」と静代は語るのである。父と重なる米兵という存在が家族に大きな不幸をもたらしていた。自分はいかようにその家族の歴史の中に自らを置くべきなのか、自分の存在とは何なのか。母はそのような事実を知りながら米兵と結婚し、いまでは沖縄に帰りユタをしている（この母の行動は「逆愛」の可南子を想起させる）。

静代にはマサルという息子がいた。「生後四か月で髄膜炎を患い、四肢麻痺という重い障がいを背負ってい」るマサルとの交流が洋子には大きな意味を持つ。温かい父母により支えられ優しく生きるマサルの運動会に参加した彼女は、自分の生きる道に光を見出す。「特別支援学校の先生」になりたいという将来の光である。

多くの困難を抱えた少女は、少しずつではあるが前を向いて生きる力を得ていくのである。

三、短編エピソードの織りなす世界――「ラブレター」「樹の声」「石焼き芋売りの声」

「ラブレター」は七通のラブレターが折り重なり展開する作品である。

〈世界一長いベンチ〉は、全共闘世代だった男女が「大学を出て教職に就いた最初の赴任地」で出会い、愛を温め結婚し、やがて妻を亡くしてしまった男による、亡き妻へのラブレターという形式をとる。若い頃にふたりで訪ねた石川県増穂海岸の世界一長いベンチを訪れた男は、あらためて妻への思いの深さを語る。そこには、沖縄の全共闘世代が歩んだひとつの歴史が刻まれている。

〈宝塚〉は、女性から亡き男へのラブレターである。大阪で育ち、母の故郷である沖縄の大学へ進学した女性は、G市立図書館に職を得て、四十代になっていた。出会った男は五十代、妻子もいる。奥手な女性にとって、この恋はまさに盲目であった。宝塚への旅行が、ふたりの最後の思い出となる。男は自死の道を選ぶのである。女性は「帰ってきて欲しい」との思いを吐露しながらも、「あなたの死は、絶望からではなく、希望を手に入れるための死だったのだと、あなたに代わってあなたの論理を振りかざして、私は涙を堪えて私自身を慰めて」いく決意をするのだった。

〈ＴＯＫＹＯ〉は、亡き「愛する女房殿」への男のラブレターである。ふたりの出会いを運命だと感じる男は、女房殿への熱い思いを今でもしっかり抱えている。幼馴染であったふたりは、デートを重ね愛を確かめ合う。「政治の季節」の時代、大学へ入学した男は、「社会に与する自分の存在に嫌悪感を覚え」日雇い労務の道を選ぶ。女房殿はＴＯＫＹＯの地で教員の職に就くも地元に戻る。本作でも「政治の季節」に翻弄されながら、その後の人生を強く生きたある夫婦の人生の断面が、ＴＯＫＹＯという土地とつながりながら語られていた。

〈金閣寺〉は「凛として生きる」凛子の、夫との別れを決意した旅先からの手紙という形式をとる。職場の隣の席で働く若い男と不倫関係にある凛子は母子家庭に育ち、大学卒業二年後に結婚した。夫に原因があり子どものできない夫婦ではあるが、ふたりでの生き方を、凛子なりに模索している。夫は定職に就かず、さらには子どものできないこともあり離婚を申し出ている。それに応えるべきか、凛子は不倫旅行先の京都で迷いながら、本当の愛の意味を問うのであった。

〈伊江島〉は、「戦後七十年余」が過ぎてもなお、沖縄戦で戦死した夫を思う、米寿を迎えようとする女性からのラブレターである。ふたりの間の娘亜希子も還暦を越えている。孫やひ孫もおり、北海道で暮らしているこの親子が、夫／父の戦死した伊江島へ向かうのである。俳句を愛する老女は島に渡るフェリーの上で三句をつくる。彼女の夫との心の会話である。やがて伊江島の戦時下における歴史が開示される。「軍民一体化」という戦陣訓の「呪縛」により多くの住民が犠牲になった伊江島の歴史。そのような過去を見つめながら、亡き夫を偲ぶのであった。

〈竜飛岬〉は、やはり全共闘世代の男女をめぐるラブレターである。太宰治が好きだった亡き夫を思う女性の心情が丁寧に語られる。「精神の自由と自立」を求めながらも、学生運動に絶望した男は、太宰のように心中未遂をする。当時の世相も重ねながら語られる女性の夫への思いは強い。津軽を訪ねた旅の思い出が、これからも生きていく妻の支えになるようだ。

〈ポスポラス海峡〉の視点人物は「幾つもの夢」を抱く男である。妻との離婚を経て、長く務めた新聞社も辞し、イスタンブールへの旅を決行する。それは失意の旅ではなく「希望の旅」である。現地の日本企業に再就職し、夢を追う三十代半ばの男。夢を希望につなげながら、自分の生き方をつねに刷新していく姿は興味深い。

「樹の声」は、全共闘世代の視点人物がその半生を、沖縄に自生する樹の記憶をもとにふりかえる構成をとる。

〈梯梧〉は、「少年のころ、ぼくにとって赤い色は絶望的な色だった」とはじまる。「仏桑華の赤、サルビアの赤、ツツジの赤、ハナキリンの赤、ショウジョウボクの赤」は少年のトラウマなのである。中でも梯梧の赤は少年の心に焼き付いている。転校先のS村の友人清君に誘われて見た源じいの家の梯梧の赤。フラー（気が変になっている）の源じい。そこには沖縄戦の記憶が横たわっている。戦争でふたりの優秀な息子を失った源じいの物語は、「源じいの庭の梯梧の樹を拝めば、源じいの子どものユーディキヤーが移る」という噂を派生する。本作では、戦争をふくめ、人の死が少年にいかように作用したかが語られるのである。

〈仏桑華〉は、作家藤沢周平の作品への愛情から語りがはじまる。「剣を作るには、仏桑華の枝を利用して作る方法があ」り、剣豪の真似をするのが楽しみな少年の、S村へ引越す以前の記憶が記されていく。善美という同い歳の少女との記憶は、性への目覚めの一頁となる。大学を卒業し、ふたりの娘の父親になった語り手は、映画『カレンダー・ガール』の一幕を想起しながら、大学生のころの「激しい政治の季節」に思いを馳せる。「善美の身体に仏桑華の赤い花びらをくっつけた日以来、ぼくは何度か女の身体から流れる血を空想」する語り手は、性の目覚めの記憶を、老年になった身体の中にあらためて問い直すのである。

〈ゆうな〉は、父と同じ教師の道を選んだ全共闘世代の「ぼく」のゆうなをめぐる記憶の物語である。村の道路工事のためにやってきた妻子ある男と恋仲になり、子どもを身ごもりながら自死を選んだ由紀さん。「ゆうなの樹の枝で、少年のころ、ぼくが憧れた一人の少女が成長し、二十歳を迎えた数か月後に首を括って死んだのだ。死が、孤独や悲しみを契機にして遂行されることの実感をもった最初の事件」を経験した少年は、ゆうなの花を見つめながら、大人になった今でも、昔聞いた由紀さんの優しい歌声を思い出す。ここにも、沖縄の生活史の断面が見えるようである。

〈榕樹〉では、もうすぐ定年退職を迎える大城さんと隣人の岸本さんとの関わりが示されながら、榕樹をめぐる沖縄の物語が開示される。「樹の枝を見つめていると、少年のころ聞いた戦争の語り部の話を思い出す。その語り部は、榕樹（ガジュマル）の樹に登って、身を隠して戦争を生き延びた兵士がいたという」話である。「榕樹の樹は、どことなく神秘的で威厳に満ちており、キジムナーの棲む樹だとも言われて」おり、「枝葉がざわめくと、本当にキジムナーが騒いでいるようにも思」う大城さんは、そこに死者たちの霊魂を感じる。沖縄に自生する樹をめぐり、美しい自然の背後に横たわる記憶、それをめぐる想像力が喚起されるのである。

「石焼き芋売りの声」は、住宅街で移動販売される石焼き芋をめぐる三つの視点からの物語である。定年退職した恵介は、週に三回、孫の健太の面倒を見ている。慶良間諸島の一つT島生まれの留美子は毎週日曜日に、石焼き芋の移動販売と彼氏の訪問を待っている。徳じいは、亡くなった妻への思いを抱えながら軽トラックで石焼き芋の移動販売を行っている。それぞれが、生活のなかで見つけた石焼き芋を通して、自分のなかの思いを吐露していくのである。

恵介は県立高校を退職した身であるが、かつて、大学時代の知人であった女性との関係がばれて、妻と三年間別居した経験をもつ。娘も結婚して孫が生まれ、平穏な暮らしを取り戻しつつあるなかに、米軍のオスプレイの姿がさしはさまれる。嘉数台地で暮らす恵介の日常の断面に、米軍の存在が見出される。

留美子はT島を出て、薬学を学び、宜野湾市内の病院に勤務している。高校時代の同窓会で再会した妻子ある男と男女の仲になった留美子は、日曜日に訪れるその男と石焼き芋の移動販売を待ちながら暮らしている。主体的な生活とはいえない。留美子は亡くなった父親に似ている石焼き芋屋の徳じいを「父さん」と呼んでみることで、島から離れた自分の存在の、島へのつながりを確認してみる。そのT島が沖縄戦において被った悲しい歴史が語られる。集団自決（強制集団死）の苦しみは、生き残った島民の生活にも大きな影を落としてきた。そのことを再認識する留美子は「父さんと母さんは、T島の戦後を二人で手を携えて、悲しみを分ちあいながら生きてきたのだ」という認識にいたる。

糸満で生まれた徳じいと亡くなった妻の安江は家が隣りの幼馴染だった。沖縄戦の最中、ふたりの家の男たちは戦場にかり出されていたため、二家族は相談してヤンバルへ避難した。戦後に糸満へ戻り、父親が無事だった徳じいの家族は、父親を失った安江家族を援助しながら必死に生きた。徳じいは亡き妻を思いながら、戦時中のヤンバルでの体験を想起する。身体の不自由な人たちが助けてくれたこと、それはキジムナーだったのではないかということ、飢餓地獄の中で畑に残った芋を見つけ安江と分け合ったこと。その大切な記憶をとどめるためにも、徳じいは「ヤス号」と名付けた軽トラックで石焼き芋の移動販売をつづけるのである。

四、父を探して――「父の置き土産」

二〇二二年に執筆された「父の置き土産」は大城貞俊の私小説ともいうべき作品である。一九七八年一月一日に死去した語り手の父親は、手記を遺稿集として残している。だが語り手は今回、一九六八年の『信濃毎日新聞』の記事を発見することになる。それは、沖縄で戦死した孫の当時の状況を知りたいと願う老女森下よしゑの思いが、偶然の重なりを得て結実したとの記事であった。よしゑの夫は著名な教育者の森下二郎である（森下著『神と愛と戦争――あるキリスト者の戦中日記』（太平出版社、一九八六・五）や宮沢正典「キリスト者の戦時下日記――手塚縫蔵と森下二郎について」（『キリスト教社会問題研究』一九八二・二）などが参考になる）。語り手の父大城貞賢は、偶然、本土派遣校長実務研修生として飯田市を訪れており、「森下日記を読む会」に参加した際に、よしゑの思いを知ることになる。沖縄へ戻り、沖縄タイムスの協力を得て、遂によしゑの孫信一郎の戦時中の様子が明らかになる。遺骨は「萬魂之塔」に合祀されており、戦友だった男が大事に保管していた信一郎の遺品の腕時計が返還されたのだという。

語り手は『沖縄タイムス』の記事も探し当てるが、「信州戦没者兵士の写真を遺族に送ったのが縁となり」の一文にひっかかる。ここから「だれがだれに」という問いへの回答を求めての旅がはじまるのだ。その際に、戦時中の父の南洋諸島パラオでの戦争体験が開示される。戦争は多くの人間の犠牲を強いる。それは二〇二二年にはじまったウクライナへのロシアの軍事侵攻を見ても明らかなことだ。語り手は、過去の戦争と現代の軍事衝突を重ねながら父の面影を追う。

次に、語り手は森下信一郎の腕時計を保管していた前田政一を探す。ふたりの接点から沖縄戦の惨禍が語られる。所属していた「山三四八〇部隊」の戦跡、あるいは沖縄戦の全体が開示されるのである。やがて語り手は慰霊塔や鎮魂碑をめぐる旅を行なうことになる。だがそこに森下信一郎の名前は刻印されていない。戦死者の正確な数字が分からない際に示される「余名」の「余」の字。そこに信一郎はいるのかもしれない。記録に残らない戦争における人間の死。語り手の旅は、まさに土地の記憶を感受するための、あるいは生者の思いを死者の世界へと届けるためのあてどのない旅なのかもしれない。現在の沖縄の状況は、戦後を一挙に飛び越えて戦前の状況を呈しつつある。辺野古新基地建設を許さない県民の闘いは、平和を願う県民の必然的な闘いのように思われる。

語り手は、現在の沖縄を直視しながら、闘いの必然性を思い、さらには以下のような活動に意味を見出すのである。

私は「ノーモア沖縄戦　命どう宝の会」の呼びかけ人になった。沖縄を再び悲惨な戦争の場にしてはならないとして、個人としての参加を基本とし、既成政党や団体に属しない平和運動や文化活動を目指す趣旨に賛同したからだ。「文学」という手段を有して表現活動している私にとっては重い決断だった。同時に必然的な決断であるようにも思われた。躊躇はなかった。

ここには父の思いを受けとる息子の姿がある。「父の置き土産」としての問いは、完全に検証されてはいない。だが、その置き土産は、自分の出来る範囲での平和活動の重要性を語り手に教えるのであった。

大城貞俊という作家にとって父という主題は、『父の庭』へと引き継がれる。

ここまで述べてきたように、本作品集には、沖縄の諸相における断面をみつめた、個性豊かな作品が収められているのであった。

五、おわりに

本解説の最後に、再び個人的な体験を記すことをゆるされたい。

大城貞俊は自らの創作や批評活動に留まらず後進の育成に尽力している。それは県立高校での教員履歴や教育庁指導主事業務、琉球大学での教育活動にもあらわれているが、それだけでなく、シンポジウムを開催して若手研究者や作家に登壇機会を与えること、あるいは公開講座などで沖縄をめぐる文学のあり様を、専門的知識を用いながらも平易な言葉で語る場面にもあらわれる。

新型ウィルスの蔓延により停滞した月日を越え、多くの人たちの移動が可能になった。二〇二三年夏、沖縄を訪問した際に、氏の御厚意により、筆者の担当するゼミ生への講話会が開かれた。「抗う文学——土地の記憶に対峙する沖縄文学の特色」と題した講話では、様々な沖縄の作家たちを例に挙げながら、〈倫理的な作品〉〈言葉の実験〉〈伝統文化の援用〉〈土地の記憶の継承〉という沖縄文学の特徴が丁寧に語られた。ゼミ生も熱心に聞き入り、大変有意義な時間を過ごすことができた。感謝の念に堪えない。

沖縄の文学。それは土地や場所に根ざしたものであること。そこから生まれる言葉の力を引き受けて、作品が生み出されること。大城貞俊は、そのような環境において、現在もこれからも、沖縄に生きる人々の生活の諸相に目を向け、その断面を凝視しながら、多くの作品を書きつづけていくに違いない。

（愛知淑徳大学教員）

大城　貞俊
（おおしろ さだとし）

一九四九年沖縄県大宜味村に生まれる。元琉球大学教育学部教授。詩人、作家。県立高校や県立教育センター、県立学校教育課、昭和薬科大学附属中高等学校勤務を経て二〇〇九年琉球大学教育学部に採用。二〇一四年琉球大学教育学部教授で定年退職。

主な受賞歴

沖縄タイムス芸術選賞文学部門（評論）奨励賞、具志川市文学賞、沖縄市戯曲大賞、九州芸術祭文学賞佳作、文の京文芸賞最優秀賞、山之口貘賞、沖縄タイムス芸術選賞文学部門（小説）大賞、やまなし文学賞佳作、さきがけ文学賞最高賞、琉球新報活動賞（文化・芸術活動部門）などがある。

主な出版歴

詩集『夢（ゆめ）・夢夢（ぼうぼう）街道』（編集工房・貘）一九八九年／評論『沖縄戦後詩人論』（編集工房・貘）一九八九年／評論『沖縄戦後詩史』（編集工房・貘）一九八九年／小説『椎の川』（朝日新聞社）一九〇三年／評論『憂鬱なる系譜―「沖縄戦後詩史」増補』（ZO企画）一九九四年／詩集『或いは取るに足りない小さな物語』（なんよう文庫）二〇〇四年／小説『記憶から記憶へ』（文芸社）二〇〇五年／小説『アトムたちの空』（講談社）二〇〇五年／小説『運転代行人』（新風舎）二〇〇六年／小説『G米軍野戦病院跡辺り』（人文書館）二〇〇八年／小説『ウマーク日記』（琉球新報社）二〇一一年／大城貞俊作品集〈上〉『島影』（人文書館）二〇一三年／大城貞俊作品集〈下〉『樹響』（人文書館）二〇一四年／『「沖縄文学」への招待』琉球大学ブックレット（琉球大学）二〇一五年／『奪われた物語―大兼久の戦争犠牲者たち』（沖縄タイムス社）二〇一六年／小説『一九四五年チムグリサ沖縄』（秋田魁新報社）二〇一七年／小説『カミちゃん、起きなさい！生きるんだよ』（インパクト出版会）二〇一八年／小説『六月二十三日 アイエナー沖縄』（インパクト出版会）二〇一八年／『椎の川』コールサック小説文庫（コールサック社）二〇一八年／評論『抗いと創造―沖縄文学の内部風景』（コールサック社）二〇一九年／小説『海の太陽』（インパクト出版会）二〇一九年／小説『沖縄の祈り』（インパクト出版会）二〇二〇年／評論集『多様性と再生力―沖縄戦後小説の現在と可能性』（コールサック社）二〇二一年／小説『風の声・土地の記憶』（インパクト出版会）二〇二一年／小説『この村で』（インパクト出版会）二〇二二年。／小説『蛍の川』（インパクト出版会）二〇二二年／小説『父の庭』（インパクト出版会）二〇二三年／小説『ヌチガフウホテル』（インパクト出版会）二〇二三年

大城貞俊　未発表作品集　第二巻
『逆愛』

二〇二三年十月三〇日　第一刷発行

著者……大城貞俊
企画編集……なんよう文庫
発行人……川満昭広
発行……インパクト出版会
装幀……宗利淳一
印刷……モリモト印刷株式会社

〒九〇一－〇四〇五　八重瀬町後原三五七－九
Email:folkswind@yahoo.co.jp

〒一一三－〇〇三三　東京都文京区本郷二－五－一一服部ビル二階
電話〇三－三八一八－七五七六　ファクシミリ〇三－三八一八－八六七六
Email:impact@jca.apc.org
郵便振替〇〇一一〇・九・八三一四八